ro
ro
ro

Zu diesem Buch

Iris Alanyali nimmt uns mit auf eine ungewöhnliche Entdeckungsreise in ihr deutsch-türkisches Familienleben. Statt Menschen mit Kopftuch und Goldkettchen begegnen wir ihrem Vater, einem Architekten aus Izmir, der Heino und Schinkenbrot liebt, und einer türkischen Großtante, die über rückständige Anatolier mit Schnauzbart schimpft. Alanyalis Geschichten sprengen alle Klischees, sie sind lebensklug erzählt – und urkomisch.

Die Autorin

Iris Alanyali wurde 1969 in Sindelfingen geboren. Sie lebt in Berlin und arbeitet als Feuilletonredakteurin bei der «Welt».

Iris Alanyali

Die Blaue Reise

und andere Geschichten aus meiner deutsch-türkischen Familie

Rowohlt Taschenbuch Verlag

Veröffentlicht im Rowohlt Taschenbuch Verlag,
Reinbek bei Hamburg, November 2007

Umschlaggestaltung Zero Werbeagentur, München,
nach einem Entwurf von any.way, Hamburg
(Illustration: www.ruthbotzenhardt.de)
Druck und Bindung Clausen & Bosse, Leck
Printed in Germany
ISBN 978 3 499 62134 5

Inhalt

Meinen Eltern

Wie ich Deutsche wurde

Ich bin stolz darauf, Deutsche zu sein.

Huch.

Aber ich kann das erklären. Es heißt doch immer, dass man nur stolz sein könne auf etwas, was man selbst erreicht hat, und nicht auf ein zufälliges biographisches Detail. Eben.

Ich kann guten Gewissens sagen: Ich habe einiges durchgemacht, bevor ich Deutsche wurde. Deutsch war ich schon immer, aber Deutsche bin ich erst mit achtzehn geworden. Ich bin in Deutschland auf die Welt gekommen, meine Mutter ist Deutsche, mein Vater aber Türke, und so galt auch ich automatisch als Türkin.

Fast achtzehn Jahre lang lebte ich mit einem türkischen Pass. Das war nicht weiter schlimm, solange ich Deutschland nicht verlassen wollte. Und das konnte ich nach Ansicht der Bundesrepublik wohl kaum wollen, ich besaß schließlich den kostbaren und bei meinen anatolischen Landsleuten so begehrten Stempel, der mir eine «unbegrenzte Aufenthaltsberechtigung» verlieh. Wieso sollte man da ins Ausland wollen, außer natürlich in die Heimat, um seinen Acker umzupflügen? Wir hatten in der Nähe von Izmir allerdings keinen Acker, sondern ein bevorzugtes Stück Strand im Club Méditerranée, was bei mir zu einem Cluburlaubs-Trauma führte, von dem noch die Rede sein wird. Aber auch diese jährlichen Sommerreisen in die Türkei waren mit dem türkischen Pass ja kein Problem.

Ein Problem waren die Klassenfahrten. Denn deutsche Schulen sahen leider keine Schullandheimaufenthalte in der anatolischen Provinz vor. Übrigens eine große Dummheit, wenn man bedenkt, wie gut sich ein moslemisches Land um die größte aller Sorgen kümmern würde, die deutsche Begleitlehrer plagen: die Trennung von Männlein und Weiblein. Ein diskreter Hinweis an die anatolischen Herbergseltern, und schon hätte jede Schülerin ein Tuch um den Kopf und einen grimmigen anatolischen Leihbruder an der Seite. Den Schülern gegenüber ließe sich das ganz einfach als Rollenspiel zur Förderung multikulturellen Verständnisses verschleiern.

Aber deutsche Schulen bevorzugten zur Förderung multikulturellen Verständnisses nun einmal Fahrten ins benachbarte europäische Ausland, für die Nicht-EU-Mitglieder ein Visum benötigten. Und das Goldberg-Gymnasium Sindelfingen hatte sich 1985 entschieden, die Klasse 10c ins Elsass zu schicken. Was dazu führte, dass der deutsche Teil meiner Familie das Kriegsende verfluchte und die Rückgabe Elsass-Lothringens an Frankreich für einen schweren historischen Fehler hielt; der deutsche Teil meiner Familie stand nämlich gefühlte zwanzig Stunden in der Schlange des französischen Konsulats. Erst dann hatte meine Mutter Frankreich davon überzeugt, dass es sich bei der Klassenfahrt keineswegs um einen verdeckten Flüchtlingstransport handelte, sie bezweifle sehr, dass die Heike oder der Dieter trotz aller häuslichen Schwierigkeiten ein Verlassen Sindelfingens ernsthaft in Erwägung zögen, dass ihre sechzehnjährige türkische Tochter vorerst nicht plane, die deutsche Schulausbildung gegen die zugegeben lukrativere Arbeit als Hafenprostituierte in Marseille einzutauschen, und dass sie selbst durchaus beabsichtige, diese Tochter nach fünf Tagen wieder bei sich aufzunehmen.

Ich bekam das Visum. Ich hatte viel Spaß im Elsass, kehrte

aber tatsächlich nach fünf Tagen wieder nach Sindelfingen zurück.

Ein knappes Jahr später beging meine beste Freundin Angelika Hochverrat und zog mit ihren Eltern nach Frankreich. Ich beschloss, sie trotzdem zu besuchen, was wieder ein Visum erforderte. Da es in diesem Fall keine deutsche Schule gab, die einen offiziellen Aspekt der Reise bestätigen konnte, lastete die ganze Verantwortung auf den Schultern von Angelikas Vater. Und es gab einiges für ihn zu tun. Erstens musste er mir eine schriftliche Einladung schicken. Zweitens hatte er ein Formular auszufüllen, wonach seine Wohnung groß genug war, um mich aufzunehmen, und sein Vermögen ausreichend, um mich mit Nahrung zu versorgen. Drittens mussten diese Angaben vom örtlichen Bürgermeister bestätigt werden. Viertens schickte er sie im Original mit Durchschlag an mich. Und als meine Mutter bei ihrem erneuten Besuch auf dem Konsulat erklärte, sie habe ihre damalige Entscheidung nicht bereut und auch diesmal vor, ihre Tochter nach zwei Wochen wieder bei sich aufzunehmen, konnte ich fahren.

Aber irgendwann reichte es uns, und mein Vater beschloss, für sich, mich und meine Schwester die deutsche Staatsangehörigkeit zu beantragen und die türkische abzulegen, damit es keinen Staatsakt mehr bedeutete, wenn wir einmal einen anderen europäischen Staat besuchen wollten.

Die Einbürgerung wiederum schien in unserem Fall nicht besonders schwierig zu sein, jedenfalls war mein Vater bei den notwendigen bürokratischen Formalitäten ganz in seinem Element, und mir fiel erst gegen Ende der Prozedur eine Aufgabe zu: Ich hatte den «Nachweis ausreichender deutscher Sprachkenntnisse» zu erbringen. Dazu war es erforderlich, auf dem Rathaus einen Lebenslauf in deutscher Sprache und in «nichttabellarischer Form» zu verfassen. Auch ich, geboren in Sindelfingen, aufgewachsen in Sindelfingen, Schülerin des Sindelfinger Goldberg-Gymnasiums, ich musste persönlich aufs Sindelfinger Rathaus. Ich, die ich in der Schule fast nur Einsen und Zweien hatte, deren Deutsch vermutlich besser war als das des Beamten, ich saß auf dem Sindelfinger Rathaus und schrieb einen Lebenslauf in nichttabellarischer Form.

Dass keine Missverständnisse aufkommen: Ich bin die Erste, die findet, dass wir Deutschen von Ausländern deutsche Sprachkenntnisse verlangen müssen. Und zwar am besten mit Zwang. Mit fremden Ausländern kenne ich mich nicht so aus, aber über die türkische Psyche weiß ich eins: Je strenger, desto besser. Erstens ist die türkische Gesellschaft ein patriarchalisches System, und zweitens sind die Türken seit Atatürk daran gewöhnt, mit dem Rohrstock erzogen zu werden. Lassen Sie sich von den Klagen mancher türkischer Mitbürger über die deutsche Bürokratie, in die Sie wahrscheinlich gerne einstimmen, um Ihre Lockerheit und Lebensfreude zu demonstrieren, nicht täuschen: Das Einzige, was den Türken an der deutschen Bürokratie stört, ist, dass er ihre Sprache nicht spricht. Und das Erste, was er nach einer Rückkehr in die Türkei vermisst, ist die deutsche Ordnung. Der türkische Beamtenapparat ist von erstaunlicher Größe, der Hauptunterschied besteht darin, dass er statt von unzähligen Paragraphen von unzähligen Gefälligkeiten reguliert wird.

Aufgrund des Sozialsystems muss dem durchschnittlichen Türken Deutschland wie eine Waldorfschule erscheinen, und das Schulsystem ist innerhalb dieser Waldorfschule das Kuschelzimmer. Türkische Lehrer sind nämlich keine unreifen Weicheier mit immensem Redebedarf und offensichtlich so wenigen gleichaltrigen Freunden, dass sie sich bei ihren Schülern anbiedern müssen. Türkische Lehrer sind Respektspersonen. Ihren Befehlen wird gehorcht, ganz egal, was man selbst davon hält. «In meinen vier Wänden bestimme ich die Regeln» ist das Grundprinzip türkischer Pädagogik. Entsprechend verstünde ein Türke sofort, wenn es hieße: «Du willst bei uns in Deutschland leben? Dann musst du Deutsch sprechen können.» So einfach könnte es meiner Ansicht nach sein, wirklich.

In meinem Fall aber hätte ich es damals durchaus akzeptabel gefunden, zum Nachweis «ausreichender deutscher Sprachkenntnisse» meinen wirklich bemerkenswert differenzierten letzten Deutschaufsatz über «Bürgerliche Konvention und romantisches Ideal in Goethes ‹Leiden des jungen Werther›» als Beweisstück zuzulassen.

Stattdessen saß ich auf dem Rathaus und bemühte mich, mit siebzehn Jahren Sindelfingen wenigstens eine halbe DIN-A4-Seite zu füllen.

Das Einbürgerungsverfahren hielt ich für eine gute Gelegenheit, meinen zweiten Vornamen, den meiner türkischen Großmutter, streichen zu lassen. Sie hieß Müyesser, und ich mochte ihn nicht. Ich hätte ihn durchaus ertragen, weil aber in der Türkei der zweite Name der Rufname ist, stand in meinem türkischen Pass *Müyesser Iris Alanyalı*, und so galt der Name meiner Großmutter in Deutschland offiziell als mein Rufname. Ich liebte meine Oma, aber ich hasste jeden Brief, der an «Müyesser Alanyali» adressiert war, und war deshalb sehr froh, als der Standesbeamte vollstes Verständnis für mein Anliegen zeigte und meinte, das sei kein Problem. Und dann meinte er noch, ich solle mir doch außerdem überlegen, meinen fremdländischen Nachnamen einzudeutschen, der könne vielleicht auch einmal Schwierigkeiten geben, «zum Beispiel mit einem deutschen Ehemann».

Ich habe den Namen meiner Großmutter behalten. Müyesser heißt übrigens so viel wie «vom Schicksal vergönnt».

Einige Monate später wurden mir ausreichende deutsche Sprachkenntnisse bestätigt und die Einbürgerung angekündigt. Ich war sehr stolz, auch wenn es leider keine Note für den nichttabellarischen Lebenslauf gab.

Aber den größten Triumph feierte ich auf französischem Boden. Eine weitere Frankreichreise überschnitt sich mit der Ausstellung des deutschen Passes, und so stand ich ein letztes Mal in der Schlange des französischen Konsulates. Und wieder überschlug sich die Schalterbeamtin vor Gastfreundschaft.

«Was wollen Sie in Frankreich?»

«Meine Klasse unternimmt eine Studienfahrt nach Paris.»

«Sie wollen doch bestimmt dort bleiben.»

«Nein, danke, ich muss danach wieder in die Schule.»

«Erzählen Sie mir doch nichts, Sie wollen natürlich in Frankreich bleiben und sich eine Arbeit suchen.»

«Nein, ich bin siebzehn Jahre alt, ich gehe noch zur Schule, und mein Vater verdient genug, um mich mit durchzufüttern.»

«Ja, das sagen sie alle, und dann suchen sie sich Schwarzarbeit in Frankreich.»

Die Frau zuckte nervös mit den Augenbrauen, haute den letzten Stempel in meinen Pass und knallte ihn mir über die Theke.

Ich überlegte kurz. Ich hatte mein Visum in der Hand, meine Einbürgerung stand direkt vor dem Abschluss. Ich würde diese Frau nie mehr brauchen. «*Alors*», sagte ich freundlich lächelnd in meinem besten Schulfranzösisch, «ich erkläre Ihnen das noch einmal. Ich lebe in Deutschland, und ich lebe gern hier, und ich kann hier eine Menge Deutsche Mark verdienen. Was soll ich denn mit Ihren lächerlichen Francs?» Und dann drehte ich mich um und stolzierte aus dem französischen Konsulat. Ich war nie wieder dort. In Paris aber schon.

Wenige Wochen später konnten mein Vater, meine Schwester und ich unsere deutschen Papiere abholen. Als wir mit unseren nagelneuen Pässen in der Hand nach Hause kamen, schwenkten wir sie in der Luft und brüllten «Ausländer raus» durch die Wohnung, ansonsten löste der Wechsel keinerlei Identitätskrisen aus. Das einzige Mal, dass mein Vater den Schritt bereute, war, als ich am Tag der Bundestagswahl 1987 verkündete, so, ich ginge jetzt die Grünen wählen.

Mir ist heut so türkisch zumute

Inzwischen bin ich schon so lange Deutsche, dass es an der Zeit ist, finde ich, mir Gedanken über das Türkischsein zu machen. Ich werde nämlich immer türkischer. Und ich will wissen, warum.

Aber ich sitze nicht zwischen allen Stühlen und wanke auch nicht zwischen zwei Welten. Ich sage das lieber gleich, sonst sind nachher wieder alle enttäuscht.

Denn offensichtlich bin ich eine ungewöhnliche Deutschtürkin. Ich kann Plateauschuhe nicht ausstehen, und ich habe keine fünf Brüder mit ohnmächtiger Wut im Bauch. Ich habe überhaupt keine Brüder, nur die bereits erwähnte Schwester. Mein Vater schlägt weder uns noch unsere Mutter und kann sogar deutsche Relativsätze bilden. Aber immerhin haben meine Eltern eine Satellitenschüssel auf dem Dach. Weil sie so gerne amerikanische Golfsport-Kanäle gucken.

Die einzigen wirklich türkenfeindlichen Sprüche, die ich mir jemals anhören musste, stammen von meiner türkischen Großtante, die mit meiner Großmutter ganz in unserer Nähe lebte. «Dieses Landvolk ruiniert unseren Ruf», pflegte sie über jedes Kopftuch auf schwäbischen Straßen zu schimpfen. «Ich bin ein Türkenschwabe», pflegt mein Vater zu sagen, wenn er nach seiner Nationalität gefragt wird.

Und was bin ich?

Für Deutsche türkischer Herkunft wie mich war die Heimat

unserer Väter lange Zeit nur das Sommersonnenferienland: entspannte Menschen und schönes Wetter. Wir sind in die Türkei gefahren, um Verwandte zu besuchen und im Meer zu schwimmen. Aber irgendwann wurden wir älter. Wir erkannten, dass eine türkische Oma im Wohnzimmer nicht das Normalste von der Welt ist. Dass es gar kein Witz sein soll, wenn uns jemand für unser gutes Deutsch lobt. Und wir bemerkten auch, dass unsere türkischen Verwandten uns ein bisschen so behandelten wie die Elektrogeräte, die wir ihnen immer aus Deutschland mitbringen mussten: heiß begehrt, innig geliebt, aber letztlich etwas Fremdes. Wir selbst waren auch «made in Germany» und mussten für den Gebrauch im türkischen Alltag dringend noch ein bisschen zurechtgestutzt werden.

So sind wir zu Türken gemacht worden: von unserer türkischen Verwandtschaft, die uns die angenehmen Seiten ihres Lebens zeigt und uns kopfschüttelnd Familiensinn und Heimatliebe eintrichtert. Von den Deutschen, die uns gern als Idealtürken preisen, weil wir so deutsch sind. Und von uns selbst – weil wir begonnen haben, uns auf die Suche nach unseren Wurzeln zu machen.

Auch ich bin irgendwann neugierig geworden. Es kann doch nicht sein, dachte ich mir, dass mich von anderen Deutschen nur die Fähigkeit unterscheidet, in der türkischen Imbissbude das Wort «Döner» richtig zu betonen (auf der zweiten Silbe!). Irgendwann bin ich nicht mehr nur zum Schwimmen in die Türkei gefahren. Habe die Türken mit Kopftuch und Schnauzer in Deutschland nicht mehr einfach nur als Ausländer betrachtet. Ich fing an, in meiner Erinnerung ebenso zu kramen wie in alten Fotos, und wenn meine Eltern von früher erzählten, habe ich ganz genau aufgepasst, was zwischen den Zeilen steht.

Solche wie mich gibt es einige. Wir werden immer mehr. Wir sind, ganz allmählich, zu bewussten Türken geworden. Zu

Hobby-Türken. Freiwilligen Türken. Das unterscheidet uns von jenen, die unter dem Zusammenprall der Kulturen leiden. Wir wissen, dass wir uns aus beiden Kulturen das Beste heraussuchen können. Wir genießen es, dass wir uns über Deutsche *und* Türken lustig machen dürfen und dass es schwer ist, uns als ausländerfeindlich zu beschimpfen. Wir begreifen die Kombination aus deutscher Heimat und türkischer Verwandtschaft als Bereicherung, nicht als Bedrohung.

Und deshalb sitze ich nicht zwischen den Stühlen. Ich habe es mir auf einem breiten deutschen Sofa mit ein paar orientalischen Kissen sehr bequem gemacht. Mir ist heut so türkisch zumute, und ich will eine Liebesgeschichte erzählen. Nicht nur die meiner Eltern. Ich werde von Deutschland, der Türkei und mir erzählen. Die Geschichte muss, wie alle guten Liebesgeschichten, auch von Lüge und Eifersucht handeln, von Vorurteilen und Missverständnissen erschüttert werden. Sie fühlt sich manchmal wie eine komplizierte Dreiecksbeziehung an und manchmal wie eine aufregende *ménage à trois*. Aber keine falschen Erwartungen bitte: Ich bin eine anständige Türkin. Zu anständig, findet übrigens mein Vater.

Der Prinz aus den Straßen von Izmir

Die erste Frau meines türkischen Großvaters verbrannte. Ein Gasherd explodierte im Haus, und keiner konnte sie retten. Mein Großvater heiratete noch dreimal. Die nächste Frau blieb zwei Jahre bei ihm und ging dann zurück zu Mutter und Schwester. Die dritte war dreizehn Jahre mit ihm zusammen und sagte später, es seien dreizehn vergeudete Jahre gewesen. Die vierte hat ihn überlebt und spricht mit Respekt von seinen Schrullen und Schwächen. Ein Geschäftsmann sei er eben gewesen, kein Mann für die Ehe. Im Kopf immer neue Ideen und kein Platz für Familie. Mal war er reich, dann wieder arm, und die Sorge um seine Kinder hielt sich in Grenzen. Einem Sohn wollte er im Winter keinen Mantel bezahlen, das könne er sich gerade nicht leisten, einen anderen warf er nachts auf die Straße, als dieser betrunken nach Hause kam. Mal betrieb er eine Obstplantage, mal versuchte er sich im Chrom-Tagebau, dann besaß er eine Gerberei. In einer Maschinenfabrik verlor er drei Finger, und als sein Traktor eines Tages auf dem Feld mit ihm kippte, kroch er darunter hervor und humpelte mit klaffendem Schenkel zum Arzt.

Meine Großmutter war seine zweite Frau. Sie gebar einen Sohn, den nahm sie mit, als sie zurück nach Hause kehrte. Sie zog ihm rosa Kleidchen mit Rüschen an und band ihm riesige Schleifen ins Haar; zu gern hätte sie eine Tochter gehabt. So wuchs mein Vater ein paar Jahre als Mädchen auf bei Mutter, Großmutter, Tante und sah aus wie Shirley Temple. Er hatte auch einen Großvater, aber gegen drei türkische Frauen hatte der keine Chance. Mein Vater war ihr Augenstern und ihre Lebensversicherung, es drehte sich alles um ihn. Im Hause Tüzüntürk gab es siebzehn Katzen und bunte Teppiche auf jedem Fleck Boden, und so wie die Katzen um seine Beine strichen und seine Füße im dicken Flor versanken, so umgab ihn mit Sanftheit und Wärme die Liebe von Mutter, Großmutter, Tante.

Später bekam der Prinz kurze Hosen und rannte hinaus. Die Jungs auf den Straßen von Izmir* kletterten über Zäune und stahlen Maulbeeren und Quitten aus dem Garten des Richters, sie schmissen beim Ballspiel oft Scheiben ein, und als ein Nachbar sich wütend beschwerte und ihnen den Tennisball in zwei Hälften geschnitten zurückwarf, da stopften sie nachts Kartoffeln tief in den Auspuff seines Wagens. Sie lockten Straßenkater

* gute Gelegenheit, ein paar Ausspracheregeln zu erwähnen. Im Türkischen wird alles so gesprochen, wie man es schreibt, es gibt aber ein paar besondere Buchstaben. Der wichtigste, weil später noch häufiger von meiner «teyze» («Tante») die Rede sein wird: Ein türkisches z spricht sich s. Man sagt also «Ismir» und «teyse». Weitere Regeln:

c: wie dsch

ç: tsch

ğ: unbetontes Dehnungs-h, einfach ignorieren

h: wird immer gesprochen, am Ende eines Wortes ein bisschen wie ch

j: französisch, wie in Journal

s: wie ß

v: wie w

ı: eine Art nachlässiges, kurzes e, wie es im Deutschen oft am Wortende vorkommt, z. B. in Ochse. Dass deutsche Touristen das ı immer wie i sprechen, bereitet Türken besonders großes Vergnügen, es lohnt sich also, vor dem Urlaub besonders das ı ein bisschen zu üben …

mit Fleisch unter Blechschüsseln mit komplizierten Fangvorrichtungen, und saßen die Kater in der Falle, hieben die Jungs mit Trommelstäben auf sie ein und lachten sich tot über die fauchenden Schüsseln, die kreuz und quer voller Panik über die Straße stoben. Der Prinz war der Anführer der Gang, aber Großmutter, Mutter und Tante wussten von nichts.

Ihr Junge war gut in der Schule, der Beste sogar, und zu Hause ein Engel. Dort regierte die Großmutter, die Mutter führte den Haushalt, und die Tante, die beschlossen hatte, niemals zu heiraten, arbeitete als Sekretärin in Atatürks Volkspartei. Das brachte das Geld, mit dem der Junge später einmal studieren sollte. Der Militärdienst würde folgen und dann eine schöne Beamtenlaufbahn. Beständige Sicherheit, so war das üblich in der Familie der Tüzüntürks, einen Hallodri als Mann wie den Vater des Jungen, den brauchte man nicht. Der Junge trug den Namen seines Vaters, *Alanyalı*, aber den Unterhalt nach der Scheidung, den hatten Großmutter, Mutter und Tante stolz abgelehnt.

Als ihr Junge begann, lange Hosen zu tragen, da rannte er weiter. In Izmir gab es ein NATO-Quartier, dort lief die Gang hin und ließ sich von den amerikanischen Soldaten das Baseballspiel zeigen. Sie schnitzten sich Schläger aus Holz und nahmen zum Werfen den Tennisball. Wieder gingen unzählige Scheiben kaputt, aber der böse Nachbar war inzwischen gestorben. Die Soldaten verkauften der Gang Levi's, Marlboros und Zippos. Die Jungs auf den Straßen von Izmir zogen die Jeans an und sprangen ins Meer, damit die Hose saß wie ihre zweite Haut. Sie achteten darauf, dass die Marke ihrer Zigaretten durch die Brusttasche zu erkennen war, und das Feuerzeug benutzten sie erst, wenn sie vor dem Spiegel so lange geübt hatten, bis sie das Zippo mit einer einzigen Handbewegung aus der Hosentasche holen und schnappend zum Brennen bringen konnten. Dann gingen sie auf der Promenade am Meer auf und ab oder lehnten an Häuserwänden wie die Jungs in den Filmen aus Hollywood. Mein Vater war der Schönste von allen: Du siehst ein bisschen aus wie Tony Curtis, sagten die hübschesten Mädchen, dann zog er lässig an der Zigarette und lächelte, scheinbar bescheiden.

Mein Vater, der Prinz, war jetzt König, und die Straßen von Izmir waren als Reich viel zu klein.

Das Fenster über dem Bosporus

Es gibt ein schönes altes Schwarzweißfoto, da steht mein Vater an einem Fenster in Istanbul, das bis zum Boden reicht, und sieht hinaus. Ich sehe ihn von der Seite, die eine Hand schiebt die Gardine zur Seite, durch die das Sonnenlicht ins Zimmer fällt, die andere steckt wie immer in der Hosentasche. Er muss Anfang zwanzig sein, er sieht tatsächlich ein bisschen aus wie Tony Curtis, und er lächelt. In diesem Lächeln kann ich erkennen, was mein Vater vor Augen hat. Nicht nur die Dächer der alten Holzhäuser, die entlang schmaler, steiler Gassen bis hinunter an den Bosporus reichen. Nicht nur den Bosporus, der sich in der Ferne zum Meer weitet. Mein Vater sieht Europa.

«*Bir dil bir insan*», pflegte seine Großmutter immer zu sagen, «eine Sprache, ein Mensch»: «Jede Fremdsprache macht einen zusätzlichen Menschen aus dir.» Aber damit meinte sie eigentlich Bücher. Die Arbeit am Schreibtisch unterstützte man sehr im Hause Tüzüntürk, immer wurden Milch und Kekse gebracht.

Mein Vater aber würde ins Ausland gehen, unbedingt. Den ersten Schritt hatte er ja schon getan, er war zum Studieren aus

Izmir nach Istanbul gezogen. Er hatte ein Zimmer mit Blick auf Europa.

Im Sommer 1956 war er mit Freunden für ein paar Tage nach Istanbul gefahren, um an den Aufnahmeprüfungen für die Universität teilzunehmen. Er hatte sich für das Fach Maschinenbau an der Technischen Universität beworben und für ein Stipendium, das ihn nach England führen würde, um Bergbau zu studieren. Es war ihm um England gegangen, nicht um den Bergbau.

In Istanbul wohnten die Freunde zusammen in einer gerade leer stehenden Vierzimmerwohnung eines Bekannten, und eines Abends, mein Vater hatte alle Tests hinter sich gebracht und saß mit einer Zigarette am Küchentisch, kamen Orhan, Galip und Cengiz mit leuchtenden Augen zurück. «Du Bergbau-Trottel, du hast was verpasst. Wir haben das Paradies gesehen!» Die drei wollten Architektur studieren und waren in der Universität der Schönen Künste gewesen. Die Hochschule lag unweit des Dolmabahçe-Palastes am Ufer des Bosporus, direkt neben dem Atatürk-Mädchengymnasium. Riesige Fenster erlaubten einen Blick aufs Meer, und auf der anderen Seite trennte ein englischer Garten das Gebäude von der Straße. «Das ist ein Hollywood-Park», schwärmten die Freunde, «die Mädchen laufen mit Pferdeschwänzen und Minis herum, und überall küssen sich Paare!»

«Wie, ‹küssen sich›? Unter freiem Himmel? So richtig mit Anfassen?»

«Mit Anfassen und Zunge!»

«Hohoho!!!»

Die vier tranken einen Rakı auf die Mädchen von Istanbul, und am nächsten Morgen warf mein Vater einen prüfenden Blick in den Garten. Dann rief er sofort sein Gymnasium in

Izmir an, man solle ihm bitte schnell noch einen Satz Bewerbungsunterlagen schicken.

Er bestand auch diese Prüfung. Da rief mein Vater meinen Großvater an und fragte um Rat. Sein Vater riet ihm, vom Maschinenbau die Finger zu lassen, das sei kein Beruf, der selbständiges Arbeiten ermögliche. Außerdem kündigte er an, ihm die Knochen zu brechen, sollte mein Vater Bergbau studieren – seine eigene Chrom-Mine hatte ihn einst in den Ruin getrieben. Und weil die Kunsthochschule am Bosporus lag und ihr Garten voller Mädchen war, schrieb mein Vater sich für die Schönen Künste ein.

Die Verwandlung fiel ihm nicht schwer – nach einem zweiten aufmerksamen Blick in den Garten kaufte mein Vater sich eine «Intellektuellen-Pfeife», ließ sich einen «Künstler-Bart» wachsen, und schon war aus dem Maschinenbau-Studenten ein künftiger Architekt geworden.

Er fand Unterkunft bei einer alten Dame, die ihr Haus mit Blick über den Bosporus in eine Pension für Studenten und Langzeitgäste verwandelt hatte. Dort lebte auch ein Gastdozent für Kunsthandwerk aus Stuttgart. Er war Spezialist für Metallarbeiten und auch sonst ein zupackender Charakter. Englisch sprechend freundeten sie sich an, und eines Tages erzählte mein Vater ihm von dem Studentenaustauschprogramm, das seine Hochschule anbot. An ihr hatten einst Bruno Taut und Paul Bonatz gelehrt, Architekten der Stuttgarter Weißenhofsiedlung und des Stuttgarter Hauptbahnhofs, und nun konnte mein Vater in den Semesterferien nach Deutschland. Hans der Schwabe winkte ab: «Immer dieser Unsinn von fröhlicher Jugend, die tagsüber gemeinsam im Straßenbau schuftet und abends am Feuer lustige Lieder singt! Da lernst du doch nichts!» Mein Vater sah von Lagerfeuern gesäumte deutsche Autobahnen vor sich. Daneben Grüppchen von Studenten aus aller Welt, die mit Gitarre und Banjo im Kreis saßen und Lieder ihrer Heimat schmetterten. Mercedes-Wagen und BMWs rauschten an ihnen vorbei. Mein Vater war verunsichert. «Außerdem», ergänzte Hans weise, «lernst du in so einer Gruppe doch keines unserer deutschen Mädel kennen!»

Hans startete sein persönliches Auslandsprogramm für den türkischen Freund. In der «Stuttgarter Zeitung», die immer mit einwöchiger Verspätung, aber täglich per Post eintraf, fand er eines Tages die Anzeige eines Stuttgarter Bauunternehmers, den er kannte und der für den Sommer Hilfskräfte suchte. Hans schrieb eine Empfehlung für meinen Vater, und ein paar Wochen später traf die Zusage ein. Drei Monate würde mein Vater auf einer Baustelle in Stuttgart arbeiten. Er würde endlich Europa sehen.

Istanbul–Stuttgart, zweiter Klasse

An der Mündung zum Goldenen Horn, nicht weit vom Topkapı-Palast entfernt, liegt der Bahnhof Sirkeci. Sirkeci war die Station des Orientexpresses in Istanbul. Den Zug, der meinen Vater im Juli 1959 nach Deutschland bringen sollte, verband nichts mit dem Orientexpress. Seine Farbe, Dunkelgrün vielleicht, lag seit langem unter einer dicken schwarzen Schicht Ruß verborgen. Den Bahnsteig bevölkerten bulgarische Bauern, Familien aus Zagreb und türkische Kaufleute auf dem Weg nach Ljubljana. Sie schleppten Kartoffelsäcke und riesige offene Plastiktaschen ins Abteil, schleiften speckig glänzende Lederkoffer den Bahnsteig entlang und reichten sich an den Stufen der Waggontüren schwere Holzkisten hoch. Noch vor der Abfahrt sah der Zug aus, als habe er seine Reise schon hinter sich, und als mein Vater sich endlich auf einen Sitz in der zweiten Klasse quetschte und die Lok sich schnaufend in Bewegung setzte, wünschte er sich, es ginge wie üblich zu Ferienbeginn heimwärts nach Izmir und es lägen nicht 55 Stunden Fahrt vor ihm.

Es war ein heißer Sommer und ein überfüllter Zug. Aber niemand wollte die Fenster öffnen, weil sich sonst innerhalb weniger Minuten eine Rußschicht bildete, die man mit dem Fingernagel von seinen Unterarmen abkratzen konnte. Mein Vater, der sich krank fühlt, wenn er nicht täglich duschen kann, der einer von denen ist, die ihre Hemden nach Farbe sortiert im Schrank aufhängen und die Utensilien auf ihrem Schreibtisch in parallelen Linien und rechten Winkeln anordnen, er hatte drei lange Tage und Nächte zwischen lauter schwitzenden, lärmenden Menschen in einem überhitzten Waggon vor sich.

Europa, dachte mein Vater, Europa ist das noch nicht. Er erinnert sich kaum an diese erste und für ihn doch so bedeutende Fahrt, seine erste größere Reise überhaupt. Er sagt, es sei eine Höllenfahrt gewesen. «Ich habe einen imaginären Radiergummi genommen und sie aus meinem Gedächtnis gestrichen.» Er könne sich nur noch an das Gute erinnern. An die bulgarische Familie zum Beispiel, die ihr Abendbrot mit ihm teilte. An den Vater, der mit einem riesigen Messer dicke Scheiben von seiner Salami säbelte und sie ihm mit einem aufmunternden Grunzen unter die Nase hielt. Und an die Jugoslawen, die in Sofia zustiegen und sofort mit dem Schachspiel begannen, als sei ihr Leben außerhalb des Zugabteils nur die Unterbrechung einer ewigen Schachpartie. Als sie die Blicke meines Vaters bemerkten, luden sie ihn ein. Und so saßen der junge Türke mit den schicken Koteletten und die alten Jugoslawen mit grauem Stoppelbart beisammen und spielten Schach. Die Figuren zitterten während der Fahrt leicht auf ihrem zerkratzten Holz-

brett, und für fünf, sechs Stunden war alles Gedränge, waren Hitze und Dreck vergessen.

Die Fahrt ging durch einen schmalen Streifen Griechenland, über Sofia, Belgrad und Zagreb, und an jeder Grenze stiegen ein paar schlecht gelaunte Zollbeamte ein, die sich mit besonderer Vorliebe auf diesen jungen Mann konzentrierten, der ganz allein reiste und doch bestimmt ein paar Zigaretten in seinem Koffer hatte, die man ihm abnehmen konnte mit dem Argument, das beschleunige die Passkontrolle ganz ungemein und er wolle doch nicht, dass seine Mitreisenden wütend auf ihn würden.

Europa, dachte mein Vater, Europa ist das nicht.

Aber dann, nach zwei Tagen, kam Österreich. Die Wagen wurden ausgetauscht, die Sitze waren jetzt sauber, und aus den Wasserhähnen in den Toiletten floss wieder mehr als nur ein dünnes Rinnsal. Die Reisenden mussten umsteigen, und als der Zug sich in Bewegung setzte, waren kaum noch bekannte Gesichter darunter, dafür viele neue Passagiere in frischer, gepflegter Kleidung. Aber mein Vater hatte keinen Blick mehr für sie, er saß mit einem Lächeln am Fenster und starrte hinaus. Hohe Berge in saftigem Grün zogen vorüber, genauso, wie er sie von den Bildern des alten Kalenders kannte, der bei seiner Großmutter im Esszimmer hing. Auf den Weiden grasten Kühe, nicht in dem fahlen Braun wie zu Hause, sondern strahlend weiß mit großen schwarzen Flecken und mit Eutern so dick, dass ein anatolisches Dorf, dachte mein Vater, eine ganze Woche mit Milch versorgt wäre.

Der Zug fuhr durch Österreich nach München, mein Vater stieg um und war in Stuttgart am Ziel. Seinen Koffer aus dem Gepäcknetz zu nehmen, den Gang entlangzugehen, die Stufen an der Waggontür hinunterzusteigen und zum ersten Mal deutschen Boden zu betreten – hätte das nicht ein bemerkenswerter

Augenblick im Leben eines einundzwanzigjährigen Türken sein sollen? Ein tiefer Atemzug vielleicht, ein Stoßgebet? «Eine Dusche!», dachte mein Vater. Und ging sich sofort ein Taxi suchen, das ihn zu seiner Unterkunft für die erste Nacht bringen sollte. Der Fahrer ließ ihn einsteigen, hielt, ohne mit der Wimper zu zucken, 400 Meter weiter an der angegebenen Adresse und kassierte. «Taxifahrer also sind überall gleich», befand mein Vater, betrat die Pension, duschte und schlief achtzehn Stunden. Das Geld für das Abendessen hatte ohnehin der Fahrer.

Ich muss oft an den imaginären Radiergummi meines Vaters denken, während ich ihn nach seinen Erfahrungen in Deutschland befrage. Mit seinen Brüdern oder türkischen Freunden ist es dasselbe. «Nein, *wir* hatten keine Probleme», sagen sie immer. Und dann erzählen sie, wie sehr sie im Goethe-Institut für ihr schnelles Lernen gelobt wurden. Dass sie lauter deutsche Freunde hatten. Dass man sich nicht wundern müsse, wenn andere einen mieden, wenn man herumlaufe wie ein Bauer und rede wie ein Baby. Sie klingen wie lauter stolze Musterschüler ihres Lieblingslehrers Deutschland.

Nur manchmal, wenn ich nachhake und gut aufpasse, dann erwische ich noch ein paar Krümel des Radiergummis, an denen die anderen Geschichten kleben, die Geschichten aus der Zeit, als sie ganz neu in der Klasse waren und es Deutschland noch nicht so leicht machen konnten, ihnen anerkennend auf die Schulter zu klopfen.

Da erzählt mein Vater zum Beispiel von der Wohnung, die er während seines zweiten Besuches in Stuttgart suchte. Noch sprach er kaum Deutsch und suchte ein preiswertes Zimmer zur Untermiete. Nach einer Zeitungsannonce klingelte er eines Tages an der Wohnung von Frau Scheller in Stuttgart-Degerloch. «Nennen Sie mich Ursula», sagte Frau Scheller, sobald der hübsche junge Mann durch ihre Tür getreten war. Frau Ursula war erst siebenunddreißig, aber schon Witwe. Das Zimmer, das sie meinem Vater zeigte, hatte neben Tisch, Stuhl, Bett und Schrank ein Waschbecken, neben dem an einem Haken ein Waschlappen hing. Kein Bad und keine Toilette, aber ein Waschlappen, dachte mein Vater, der aus Izmir nur Wohnungen mit Badezimmer kannte. Er stutzte. *Ein* Waschlappen? Für Gesicht *und* Hintern? Doch Frau Ursula war schon weitergegangen und sah sein entsetztes Gesicht nicht. Dann standen sie in der Küche. «Und hier isch die Badewanne, für samschtags», informierte ihn Frau Ursula. Mein Vater schwieg. Das also war das Wirtschaftswunderland Deutschland. Das Volk, das aus dem Nichts eines der reichsten Länder der Welt aufgebaut hatte, das jedes Jahr Millionen Autos exportierte und keine Arbeitslosigkeit kannte, dieses Volk also wusch sich einmal in der Woche. Samschtags.

Er habe Frau Ursula auf zwei Bäder pro Woche hinaufgehandelt, erzählt mein Vater. Aber jedes Mal, wenn er in der Wanne saß, die man unter einer Arbeitsplatte hervorziehen musste, hatte die einsame Frau Ursula unbedingt etwas aus der Küche zu holen. Schrecklich unangenehm sei das gewesen.

Wieso er das Zimmer denn dann genommen habe, frage ich. «Na, was glaubst du, wie viele Zimmer es damals gab für einen Ausländer, der kaum Deutsch sprach. Was glaubst du, wie oft ich mit der Zeitung in der Hand vor der Tür stand und sie sie mir vor der Nase zugeschlagen haben: ‹nix Zimmer›. Na egal, jedenfalls bin ich dann ziemlich bald umgezogen; habe ich dir eigentlich die Geschichte von meinem ersten Sonntagsbraten erzählt …»

Richtig, immer nur die guten Seiten in Erinnerung behalten. Aber da war er, ein kleiner Radiergummikrümel.

Während seines Ferienjobs lebte mein Vater dank Hans in einem Zimmer bei seinem Chef unterm Dach. Karl Weber war ein großer, hagerer Bauunternehmer, der stets einen Hut trug und mit seiner Frau ein paar Jahre in Amerika verbracht hatte. Weber Bau war ein Familienbetrieb seit fünf Generationen, und Karl Weber hatte ihn nach dem Krieg mit eiserner Hand wieder aufgebaut. Sein Haus lag direkt neben der Firmenzentrale, der Parkplatz dort war die Sammelstelle, von wo aus jeden Morgen um sieben die Arbeiter mit Bussen auf ihre Baustellen gebracht wurden. Jeden Morgen kurz vor sieben stand Karl Weber mit auf dem Rücken verschränkten Händen auf dem Parkplatz, und jeden Morgen grüßte ihn mein Vater mit respektvollem Blick.

Die Frau von Herrn Weber aber, die verehrte mein Vater sehr, und Frau Weber liebte meinen Vater. Die eigenen Söhne hatte ihr despotischer Mann aus dem Haus gegrault, aber dieser gut aussehende Junge hier strahlte sie mit blitzenden Zähnen an, wann immer sie ihm auf der Treppe begegnete, behandelte sie mit liebevollem Respekt und freute sich über die Brote, die sie ihm heimlich für die Mittagspause zusteckte, als habe sie ihn vor dem Verhungern bewahrt.

Dabei war mein Vater nichts als ein wohlerzogener türkischer Sohn, gerade einmal einundzwanzig Jahre alt, zeit seines Lebens umhegt und gepflegt von Mutter, Tante und Großmutter und nun 2000 Kilometer von der Heimat entfernt. Er sah in Frau Webers warme braune Augen und sah seine Mutter, sah den aufrechten Gang einer Dame in weich fallenden Kleidern und dachte an seine Tante, sah das zum silbergrauen Dutt gebundene Haar und musste an seine Großmutter denken. Und wie ein aus dem Nest gefallener Vogel begab er sich vertrauensvoll unter Frau Webers Fittiche. «Wenn Engel alt werden, müssen sie so aussehen», dachte er oft.

Abends, während der Hausherr in seinem Arbeitszimmer über den Büchern brütete, saßen sie manchmal in der Küche, Frau Weber kochte Tee oder wärmte ihm ein paar Reste vom Mittagessen auf, und aus meinem Vater sprudelten die Erlebnisse von seinem Tag auf der Baustelle.

Eines Tages meinte Frau Weber: «Es wird Zeit, dass Sie einen deutschen Sonntagsbraten kennen lernen, ziehen Sie sich etwas Nettes an und seien Sie am Sonntag um zwölf Uhr hier.» Mein Vater kam, natürlich im Anzug, natürlich mit blank geputzten Schuhen und natürlich mit einer Schachtel Pralinen – in der Türkei bringt man Süßes mit, keine Blumen. Frau Weber begrüßte ihn herzlich, nahm ihm die Pralinen ab und schickte ihn ins Esszimmer, bevor sie wieder in der Küche verschwand. Ihr Mann saß schon am Kopf des Tisches, nickte und faltete seine Serviette auseinander. Mein Vater betrachtete entzückt die Tafel, während er Platz nahm. Auf der schweren weißen Tischdecke stand weißblaues Porzellan, neben den Tellern lagen silberne Serviettenringe. Mein Vater nahm das schwere Besteck in die Hand und bewunderte die Verzierungen. Doch Herrn Webers knappem «Familiensilber!» folgten keine Erläuterungen.

«Die Arbeit geht gut voran», sagte mein Vater.

«Schön», sagte Herr Weber.

«In Deutschland kann es im Sommer ja auch ganz schön heiß werden!», sagte mein Vater.

«Manchmal», sagte Herr Weber.

Schließlich gab mein Vater auf. «Seltsames Familienessen», dachte er und lauschte dem Ticken der Standuhr. Er schob sein Glas ein wenig nach links, er schob sein Glas ein wenig nach rechts. Er lauschte dem Ticken der Standuhr. Er betrachtete die Ölgemälde an den Wänden. Als er die Zahl der Kristallgläser im Vitrinenschrank auswendig konnte, fing er an, das Besteck zu wiegen. Er wog das Messer in der einen und die Gabel in der anderen Hand. Er wog den Löffel. Er prüfte noch einmal das Messer. Die Standuhr tickte. Der Löffel war am schwersten. «Der Löffel ist am schwersten!», sagte mein Vater. Herr Weber verzog keine Miene.

Stunden schienen zu vergehen, dann brachte Frau Weber endlich die erste der dampfenden Schüsseln herein. Es gab Salzkartoffeln, grüne Bohnen, eine dunkle Soße und schließlich die Platte mit dem Braten. Ermutigt von Frau Webers belustigtem Lächeln, brach mein Vater in laute «Ahhs!» und «Ohhs!» aus. Er hatte die Hausmannskost seiner Tante schon vermisst, und dieser üppig gedeckte Tisch kam dem sehr nahe, womit zu Hause der Stammhalter aufgepäppelt zu werden pflegte, wenn er in den Semesterferien zu Besuch kam. Dass hier Schweinefleisch stand, musste seine Mutter ja nicht wissen – auch nicht, dass er schon seit seinem ersten Stuttgarter Abendbrot deutschen Schinken liebte.

Hungrig griff er nach Messer und Gabel, vergaß seine Tischmanieren und wollte sich gerade aufs Essen stürzen, da hörte er ein leises «Schsch» von Frau Weber. Sie saß ihm gegenüber und hob ganz leicht die Augenbrauen. Mein Vater sah verstohlen nach rechts und bemerkte, wie Herr Weber die Hände unter dem Tisch faltete. Frau Weber tat es ihm gleich. Mein Vater begriff, dass er einen furchtbaren Fehler begangen hatte, und riss hektisch seine Arme unter den Tisch. Seine Hände umklammerten noch das Besteck, von der Gabel fiel ein Stück Kartoffel auf den Teppich, das Messer schlug gegen das Tischbein, aber dann war Ruhe. Und während Herr Weber das Vaterunser sprach, bat mein Vater Allah, die Soße nicht von der Gabel auf seine gute Hose tropfen zu lassen.

Kaum hatte Herr Weber die letzten Zeilen gesprochen, holte mein Vater Messer und Gabel wieder hervor, nahm einen erneuten Anlauf – und bemerkte, dass das Ehepaar sich jetzt bei den Händen gefasst hatte. Herr Weber griff gerade nach seiner Hand. Panisch ließ mein Vater Messer und Gabel fallen, klirrend landeten sie auf dem Teller, und mein Vater packte die Hand seines Chefs. Der sagte laut «Amen», und dann sah mein Vater Karl Weber zum ersten Mal lächeln. Das Mittagessen konnte beginnen.

Ein Italiener auf der Baustelle meines Vaters, der natürlich Mario hieß und schon ein paar Monate länger in Deutschland war, fand, eine fünfzigjährige Frau Weber sei nicht der rechte Umgang für einen jungen Mann vom Mittelmeer. «Du gehst ins Tanzcafé Heinemann», befahl Mario, «da sitzen am Samstag die einsamen Herzen.» Mein Vater war dankbar für den Tipp und warf sich erwartungsfroh in seine Wochenendkluft, mit der er in Istanbul nicht nur die Einsamen unter den Herzen im Sturm zu erobern pflegte.

Seine hellgrauen Hosen hatte mein Vater sich in Izmir von «Papa Servan» dem Schneider anfertigen lassen: So wie Humphrey Bogart in «Casablanca» sie trug, so sollten sie aussehen, mit doppelter Bundfalte und lockerem Schnitt. Als Papa Servan nicht begriff, nahm mein Vater ihn mit ins Kino. So saß der alte bärtige Schneider mit seinem weißen Häkelmützchen auf dem Kopf und den bunten Stecknadeln am Hemdsärmel eines Tages in der Nachmittagsvorstellung des *Ses Sinaması* und sah «Casablanca» mit türkischen Untertiteln. Er verstand kein Wort, seine Augen flitzten zwischen der Leinwand und dem Notizblock auf seinem Schoß hin und her, aber immer wenn er sich zu sehr von Ingrid Bergman ablenken ließ und nicht mehr auf Bogarts Bundfalten achtete, gab es von meinem Vater einen mahnenden Stoß in die Rippen.

Mein Vater bekam seinen Anzug und Servan der Schneider künftig bewundernde Blicke, wenn er Maß nahm an Kunden und ganz nebenbei fragte, ob es der klassische Schnitt sein sollte oder vielleicht sein neues «Modell Casablanca». Den nächsten Anzug erhielt mein Vater zum Sonderpreis.

Die Bogart-Hosen trug er am Wochenende, dazu *Tanca*-Schuhe, die Budapester der Türkei, ein weißes Hemd mit offenem Kragen und das passende Jackett immer zumindest über der Schulter – allzeit bereit, Einlass ins Hilton gewährt zu bekommen. Danach hieß es, eine Woche lang ausschließlich in der Mensa und nur das billigste Gericht zu essen, aber mit nichts konnte man die Mädchen von Istanbul so sehr beeindrucken wie mit einer spontanen Einladung zum Five o'Clock Tea in die Lobby des Hilton Hotels Istanbul.

Nun aber stand mein Vater vor der Tür des Stuttgarter Tanzcafés Heinemann und wurde nicht hineingelassen. «Nedd ohne Krawadde», sagte der Türsteher, aber mein Vater verstand ihn nicht. An seiner Kleidung konnte es nicht liegen, passierten ihn doch Männer mit gepunkteten Jacketts, und bei anderen – er dachte, er sehe nicht recht – lugten die Socken unter viel zu kurzen Hosenbeinen hervor. In Istanbul ein Fauxpas, mit dem sich niemand auch nur in die Nähe eines hübschen Mädchens gewagt hätte. War er etwa overdressed? Doch dann zupfte der Mann an seiner eigenen Krawatte, und mein Vater verstand, wenn auch kopfschüttelnd. Zum Besten, was die Südländer nach Europa brachten, sagt er heute, gehört, dass sie den deutschen Männern zeigten, wie man ein bisschen Sorgfalt auf sein Äußeres verwendet.

Eine Woche später saß er mit Krawatte unter den Kronleuchtern des Tanzcafés auf einer roten Plüschbank. Offensichtlich waren die einsamen Herzen in Deutschland älter als in der Türkei, aber es gab auch ein paar hübsche blonde Fräulein im Saal, die den jungen Mann mit den dunklen Augen und dem schicken Anzug genauso interessiert musterten wie er sie.

Plötzlich rief der Kapellmeister etwas, und das Orchester begann zu spielen. Mein Vater erhob sich sofort, da merkte er, dass er als einziger Mann im Saal stand – und dass eine Horde kichernder Frauen auf ihn zustürmte: «Damenwahl!»

Davon hatte er noch nie etwas gehört. Die nächsten Stunden erlebte mein Vater wie in Trance. Er kam kaum dazu, sich zu setzen, eine nach der anderen schleppten die Schwäbinnen diesen exotischen Beau auf die Tanzfläche. Sie konnten kaum Englisch, er kein Wort Deutsch, aber tanzen, das konnte er, er drückte sie eng an sich und wirbelte sie mit geschmeidigen Schritten zur Musik durch den Saal.

So verging der Nachmittag, und eine dralle Dunkelhaarige mochte gar nicht mehr von ihm lassen. Sie lächelte, sie plauderte munter drauflos, sie tanzte und stieß mit ihm an, und als der Tanztee vorüber war, nahm sie ihn einfach mit zu sich nach Hause. «Ich liebe Deutschland!», dachte mein Vater. Kaum war die Wohnungstür hinter ihnen zu, hatte sie die Bluse schon offen. «Ich liebe Deutschland!», dachte mein Vater. Und als sie zwischen den Laken lagen, da fing die nackte Schwäbin an zu schreien.

«Feschter! Feschter!», rief die Schwäbin.

«Ich liebe Deutschland!», dachte mein Vater.

Diesen sonnigen Stuttgarter Augustnachmittag würde er nie vergessen. Noch heute hallt es in seinen Ohren: «Feschter! Feschter!»

Der Chef auf der Baustelle war «Kapo Adolf», Häuptling Adolf, so hatte ihn Mario getauft. Gut gelaunt begrüßte ihn mein Vater an seinem ersten Tag mit einem der wenigen deutschen Sätze, die er schon kannte: «Heil Hitler!» Er meinte das gar nicht böse, in der Schule lernten die türkischen Kinder damals, dass Hitler ein wichtiger Mann der Geschichte gewesen sei, ein Diktator zwar und schuld am Tod Millionen von Menschen, dass er aber für Vollbeschäftigung in seinem Land gesorgt habe.

«Kapo Adolf» allerdings fand das gar nicht lustig, und mein Vater schrieb später an seine Freunde in Istanbul: «Über Hitler darf man in Deutschland auf keinen Fall Witze machen. Er ist zwar schon lange tot, aber die Deutschen haben immer noch große Angst vor ihm.»

Mein Vater hatte auch später nicht viel Spaß mit Adolf. Der Siebenundvierzigjährige war ein missmutiger Mann mit einem Bierbauch und schütterem Haar. Er hatte sich fünf Standorte ausgesucht, von denen er jeweils einen Großteil der Baustelle gut einsehen konnte. Jeden Vormittag und jeden Nachmittag verbrachte Adolf damit, seine Kontrollpunkte nach einem ausgetüftelten System abzuschreiten. An jedem blieb er für mehrere Minuten stehen, stemmte die rechte Hand in die Hüfte, fuchtelte mit der linken durch die Luft und brüllte seine Anweisungen. Den Türken und den Italiener, von denen er wusste, dass sie kaum Deutsch konnten, brüllte er besonders laut an, damit sie ihn besser verstünden.

Gelegentlich packte Adolf selbst mit an, und einmal musste er zusammen mit dem Türken einen Balken hoch ins Gerüst stemmen. Mein Vater hielt ihn zu hoch, und als Adolf «ab, ab!» brüllte, verstand mein Vater «up, up!» und hob das Holz noch ein Stückchen höher. Adolf brüllte noch einmal «ab!», mein Vater verstand wieder «up!», Adolf brüllte lauter, und erst als ein Kollege einsprang, gelangte der Balken an die richtige Stelle.

Mein Vater fand das sehr lustig, Adolf nicht. Dieser Kerl hielt sich wohl für was Besseres, dachte Adolf, nur weil er irgendwo im wilden Kurdistan Architektur studiert hatte. Der sollte bloß nicht denken, er, Adolf, lasse sich von dahergelaufenen Säbelrasslern einschüchtern.

Typen wie «Kapo Adolf» hießen bei meinem Vater fortan «Baustellen-Adolfs»: «Das ist die Kriegsverlierergeneration», schrieb er nach Istanbul, «schlecht gelaunte Männer, die ihre Jugend geopfert haben für eine Sache, über die plötzlich keiner mehr sprechen will. Um ihr Herz ist eine Hornhaut gewachsen, und ihre verbitterte Seele funkelt finster aus zusammengekniffenen Augen.»

«Ihre verbitterte Seele funkelt finster»? Ja, so etwas schreiben junge türkische Architekten in ihren Briefen. Dazu muss man wissen, dass praktisch alle türkischen Akademiker früher einmal linke Studenten waren und alle linken Studenten in der Türkei ständig Gedichte lesen.

Die Lieblingskneipe meines Vaters und seiner Kommilitonen in Istanbul war Dimitris Weinlokal in einer kleinen Nebenstraße hinter der Çiçek pasajı, die damals noch ein richtiger Markt war und keine Fressgasse, in der sich die Touristen von ihrem Einkaufsbummel auf der Istiklâl Caddesi erholen. Dimitris Wein lagerte in durchnummerierten Fässern an der Wand, die Freunde bestellten vier Gläser Nr. 3, zu besonderen Anlässen die schwere Nr. 6, dann saßen sie und ließen sich vom griechischen Wirt die schwermütigen Lieder übersetzen, die sich von seinem alten Plattenspieler durch den Raum wanden. «Ein Mann liebt eine Frau», übersetzte Dimitri, «aber sie verschmäht seine Liebe. Da geht er in der Nacht zum Hafen und singt die Fischerboote an, sie sollten seine Liebe mitnehmen und hinaus aufs Meer tragen, er brauche seine Liebe nicht mehr und nur das Meer sei groß genug für sie.» Wenn Dimitri verstummte, seufzten die Studenten. Schwer wie der Nebel des Bosporus lag die Melancholie über den Fässern, sie tranken den Wein, rezitierten Gedichte und weinten gemeinsam die ganze Nacht. Als eine Freundin meines Vaters aus Istanbul fortzog, schrieb er ihr Briefe. Er sei am Wasser gewesen und habe seine Liebe mit den Fischerbooten aufs Meer geschickt. «Keiner schreibt so schöne Briefe wie du!», antwortete sie unter Tränen.

Inzwischen zitiert mein Vater zwar ständig den Satz von Churchill, wonach jeder, der mit zwanzig Jahren nicht Sozialist ist, kein Herz hat, während jeder, der es mit vierzig noch immer ist, keinen Verstand hat. Türkische Gedichte aber liebt er auch heute noch.

Meist dauerten die Baustellen-Adolfs meinen Vater, und wenn später, als sein Deutsch besser geworden war, ein Schwabe wütend am Straßenrand stand, mit seinem Stock gegen den Ampelmast hämmerte und ärgerlich fauchte, weil mein Vater die Straße bei Rot überquerte, dann lächelte der nur und meinte: «Bleib ruhig, warum gehst du nicht nach Hause und schrubbst schön dein Auto?» Manchmal aber, wenn er seinen Wagen im Halteverbot parkte und ihm ein besonders empörter Schwabe den Weg versperrte, ihm den Zeigefinger fast in die Nase steckte und lautstark einen Vortrag über Verkehrsregeln hielt, dann brüllte er genauso laut zurück: «Wie sprichst du mit mir, alter Mann? Ich bin nicht schuld, dass du den Krieg verloren hast! Ich habe meinen Wagen kurz ins Halteverbot gestellt, ich habe nicht sechs Millionen Juden in die Gaskammer geschickt!» Das, sagt mein Vater, wirkte immer, und grinst. Ich als Deutsche muss schlucken.

Ich glaube, die drei Monate auf der deutschen Baustelle waren für meinen Vater drei Monate auf einem Abenteuerspielplatz. Ein Ort, wo er Häuser bauen, sich mit anderen Jungs kabbeln und Mädchen beeindrucken konnte. Aber mein Vater sagt, es war ein Schnellkurs Deutschland, den er dort bekam. «In diesen drei Monaten habe ich das wahre Wesen Deutschlands kennen gelernt», sagt er und ergänzt jedes Mal: «Und lieben gelernt!» Aus dieser Zeit stammt auch sein Ritual, einmal pro Woche an einer Imbissbude eine Rote Wurst zu essen.

Das wahre Wesen Deutschlands besteht, wie könnte es anders sein, aus Disziplin, Ordnung und Sauberkeit. Und Effizienz. Mein Vater pflegt Deutschlands Wirtschaftswunder mit der schwäbischen Bauordnung zu erklären: «Als ich nach Deutschland kam, hatte die Bauordnung der gesamten türkischen Ägäisregion 30 Seiten. In jedem dritten Absatz war die Rede von einem ‹Ermessensspielraum›. Und so sah das Land auch aus. Ein einziger Ermessensspielraum. Dagegen war allein die Bauordnung Baden-Württembergs 1000 Seiten dick. Darin war alles geregelt. Da musste man nicht um jedes Detail kämpfen wie auf dem Bazar, man musste einfach nur die Regeln kennen und konnte seine Energie ins Bauen stecken. Lieber überordentlich als unordentlich, sage ich immer!»

Manchmal habe ich den Verdacht, dass mein Vater ein zufällig in der Türkei geborener Deutscher ist. Als er später sein eigenes Architekturbüro hatte, kannte er die Regeln besser als die Beamten auf dem Bauamt. Seine Besuche dort gerieten zum Paragraphen-Pingpong, das beide Seiten mit masochistischer Lust genossen – ein Schlagabtausch zwischen dem türkischen Unternehmer und den deutschen Beamten. Die Gesetzestexte schwirrten nur so hin und her, mein Vater fand Lücken und Widersprüche, verwies auf selten angewandte Ausnahmeregeln, die Beamten blätterten und staunten, triumphierten mit Unterabsätzen von Unterparagraphen – bis man sich erschöpft, aber befriedigt geeinigt hatte.

Auf Adolfs Baustelle lernte mein Vater Meister kennen, die genau am vereinbarten Tag lieferten, stolz auf komplizierte Details hinwiesen – «und einmal kam einer, der streichelte zum Abschied sein Treppengeländer!». Wann immer er später in der Türkei auf das Siegel «made in Germany» stieß, erzählte mein Vater die Geschichte von dem Handwerksmeister, der sein Holzgeländer streichelte. Und wann immer er heute auf die deutschen Politiker schimpft, die den Mittelstand ruiniert hätten, dann erzählt er die Geschichte von dem Handwerksmeister, der sein Holzgeländer streichelte.

Was mein Vater auf Adolfs Baustelle aber am meisten liebte, war der «blaue Anton», den alle trugen. Wenn er an den blauen Overall denkt, bekommt er heute noch leuchtende Augen und strahlt übers ganze Gesicht: «Das war schöööön! Darin gehörten wir alle zusammen.» Besonders in den Pausen, wenn sie beisammensaßen und die deutschen Bauarbeiter dem türkischen Studenten beim Biertrinken zusahen. Mein Vater trank kaum Bier, in Istanbul hatten sie zu Wein oder Rakı gegriffen, und aus der Flasche trank ein Junge aus gutem Hause schon gar nicht. Das aber wollte er sich natürlich nicht anmerken lassen. Beherzt öffnete er wie die anderen den Bügelverschluss mit einem lauten «Plopp», steckte den Flaschenhals in den Mund – und jedes Mal floss ihm das Bier in Strömen aus Nase und Mundwinkeln. Während er hustete, klopften ihm die Kollegen brüllend auf den Rücken: «Wenscht baue willscht, muscht au drenga könne!» Irgendwann erbarmte sich Mario und zeigte seinem türkischen Freund, dass man nicht die ganze Öffnung in den Mund stecken dürfe. Aber mein Vater hasst es bis heute, aus der Flasche zu trinken, und als er später seine eigenen Baustellen besuchte, war er «der Türke, der das Bier aus dem Pappbecher trinkt». Wenn er aber auf Richtfesten selbst Reden halten musste, dann dachte er immer an seine Zeit im blauen Anton auf der Holzbank zurück, sprach von «unserer Arbeit», lobte die vielen kleinen Details, und dann hoben die Männer ihr Bier und riefen: «Ein Hoch auf den Türken!»

Überhaupt: die Richtfeste. Wenn es ums Schunkeln ging, war mein Vater immer dabei. Seitdem liebt er auch deutsche Volkslieder mit Männerchören, und ganz besonders Heino. Ein paar Platten von Tony Marshall hat er auch. Als ihn später ein deutscher Kollege auf seine erste Pyjamaparty einlud, hielt mein Vater die Deutschen für die verrücktesten Partyhühner unter der Sonne, und niemals wurden Faschingspartys ausgelassen, auf denen er natürlich als Scheich verkleidet aufzutauchen pflegte. Ich hasse Fasching und hege als vorbildliche Wahlberlinerin tiefste Verachtung für diesen armseligen Versuch, einmal im Jahr zur vorgeschriebenen Zeit so richtig aus sich herauszugehen. Mein Vater hält mich deshalb für eine snobistische Langweilerin. «Mir kann keiner erzählen», sagt er immer, «dass die Deutschen nicht feiern können. Die können feiern *und* arbeiten!»

Nach seinem ersten Richtfest schrieb mein Vater einen Brief in die Türkei, um für seine Freunde das Geheimnis Deutschland zu lüften:

«Gestern haben wir alle zusammen auf Holzbänken gesessen und Bier getrunken. Ihr wisst doch, wie unser Professor Orhan Bey immer in seinem Büro thront und mit abgespreiztem Finger die Radiergummikrümel von seinen Plänen wischt? Auf unserem Richtfest schunkelten der Polier und der Architekt Arm in Arm! Stellt Euch Professor Orhan vor, wie er mit den Bauarbeitern singt! Wer hier zu Geld kommt, der protzt damit nicht rum, der arbeitet weiter. Standesunterschiede kennen die Deutschen nicht. Hier packen alle mit an. Ich wohne bei einem wichtigen Mann in Stuttgart, dem gehört ein Bauunternehmen mit 150 Mitarbeitern, und er wohnt in einem großen Haus. Und wisst Ihr was: Das Haus putzt seine Frau selbst. Als ich sie zum ersten Mal die Treppe hab wischen sehen, wollte ich ihr helfen, weil ich dachte, das Hausmädchen sei krank. Da hat sie mich für verrückt erklärt und aus dem Weg geschickt.»

Ja, mein Vater hatte eine schöne Zeit auf Adolfs Baustelle, und dass abends er es war, der im Blaumann die Baustelle fegen musste, machte ihm gar nichts aus, im Gegenteil. Er dachte an seinen tadellos aufgeräumten Schreibtisch in Istanbul und freute sich, dass er endlich in einem Land gelandet war, das seine Sorgfalt zu schätzen wusste.

«In Deutschland werden sogar die Baustellen gefegt», schrieb er in seinem letzten Brief, und während sich zu Hause in Istanbul seine Kommilitonen prustend auf die Schenkel klopften, war mein Vater sicher: Er würde wiederkommen.

Der Türkenschwabe

Drei Jahre später war es so weit. An einem kühlen Septembertag im Jahre 1962 stand der frisch gebackene Architekt von der Istanbuler Universität der Schönen Künste wieder auf dem Stuttgarter Bahnhof. Seine Diplomarbeit war die beste seines Jahrgangs gewesen, weshalb die Universität sie der Tradition entsprechend für ihr Archiv gekauft hatte. Das Geld, umgerechnet knapp 400 Mark, trug mein Vater in der Tasche seines zerknitterten Jacketts. Es war sein Startkapital für die zwei Jahre, die er in Deutschland zu bleiben gedachte. Er wusste um seine Talente, aber er wusste auch, dass mit vierundzwanzig Jahren in der türkischen Berufswelt kein Mensch auf ihn hören würde. Nach zwei Jahren in Deutschland wollte er zwei Jahre nach Frankreich, dann zwei Jahre nach England, vielleicht auch nach Amerika. Dann wäre er dreißig, spräche vier Sprachen und hätte sechs Jahre Auslandserfahrung. Die Welt würde ihm gehören, und die Türkei erst recht.

Für Stuttgart hatte er die Einladung eines Architekturbüros, die sein Universitätsprofessor ihm vermittelt hatte. Er bekam schnell eine feste Stelle. Stuttgart in den Sechzigern und der Architekt aus Izmir passten gut zusammen. Beide liebten strenge Formen und Funktionalität. Mein Vater war in einem türkischen Haushalt mit drei Frauen, siebzehn Katzen und gefühlten eintausend Teppichen aufgewachsen. Niemand verstand Walter

Gropius so gut wie er, wenn der schrieb: «Vom biologischen Standpunkt aus benötigt der gesunde Mensch für seine Wohnung in erster Linie Luft und Licht.» Mein Vater liebte die Architektur des Bauhauses. Bauhaus war das Gegenteil von siebzehn türkischen Katzen auf eintausend türkischen Teppichen.

Und dann war da wieder das Zusammengehörigkeitsgefühl in diesem deutschen Büro, wie damals auf der Baustelle. Gleich am ersten Mittwoch wurde er von den Kollegen angehalten, morgen Duschzeug und ein Handtuch mitzubringen, donnerstags gehe man immer gemeinsam in die Sauna. Sauna? Gut, davon hatte mein Vater schon einmal gehört. Ein heißes Zimmer aus Finnland. So etwas Ähnliches wie das Hamam, das türkische Dampfbad.

«Schön, dass es das hier auch gibt», dachte mein Vater, während sie sich im Umkleideraum der Sauna auszogen. Wie die anderen schlang er sein Handtuch um die Hüften und marschierte mit ihnen durch einen gefliesten Gang, bis sie vor einer Holztür standen. Und warteten. Bis mit großem Hallo die Kolleginnen um die Ecke bogen. Als mein Vater sie sah, erstarrte er. Er blickte auf drei Paar nackte Busen. Die Frauen hatten wie die Männer die Handtücher nur um die Hüfte gelegt! «Wenn ich da noch länger hingucke, verlier ich meinen Job», dachte mein Vater. Was machten die hier? Hatten die keine eigene Sauna, wie im Hamam? Da schoben ihn seine Kollegen schon durch die Holztür, und erleichtert stellte mein Vater fest, dass es in einer Sauna viel dunkler war als im Hamam, und setzte sich schnell in eine freie Ecke. So macht man das im Hamam, man trägt ein Tuch um die Hüften und unterhält sich. In der Sauna aber war es immer noch hell genug, um zu erkennen, dass die Kollegen alle ihr Handtuch abnahmen, auf den Holzbänken ausbreiteten und sich darauf setzten. Alle. Männer und Frauen. Nackt und stumm saßen sie da und stöhnten wohlig.

Mein Vater begann zu schwitzen. Der Türke, der seine Mutter nie unbekleidet gesehen hatte, saß mit wildfremden Kollegen, wildfremden Kolleginnen und noch wildfremderen Fremden in einem heißen Zimmer in Stuttgart und schwitzte. Er starrte auf seine Zehen und dachte an seine Mutter. Dann dachte er an seine Großmutter und zählte die Holzbalken des Fußbodens. Dann dachte er an den fetten Murat mit den gelben Pickeln aus der vierten Klasse, der immer furzen musste, wenn er eine Antwort nicht wusste. Langsam konnte mein Vater seinen Blick wieder heben. Und ungefähr nach dem zweiten Aufguss war er ein glühender Verehrer der finnischen Saunakultur geworden.

«Wusstest du übrigens, dass sich die finnische und die türkische Grammatik sehr ähnlich sind? Finnen fällt es relativ leicht, Türkisch zu lernen», sagt mein Vater. Aha, sage ich und will von ihm wissen, warum er eigentlich nie einen Deutschkurs besucht habe. «Wann denn?» Tagsüber habe er gearbeitet, und die Abende seien doch nicht zum Lernen da. «Ich bin ein Genussmensch!»

Nicht ohne Stolz pflegt mein Vater zu verkünden, dass er Deutsch «auf der Straße und im Bett» gelernt habe. Das merkt man aber auch. Vor allem, wenn er auf Deutsch etwas schreiben muss. Und manchmal an seiner Grammatik, die vermutlich der finnischen gleicht. Etwa ein Viertel der Artikel verteilt er bis heute nach Gefühl. Aber was schert den Genießer ein falscher Artikel, solange er den Mädchen die richtigen Komplimente machen kann.

So weit wie manche türkische Freunde, die ihr fließendes Deutsch bei Verabredungen zerhackten, weil die deutschen Mädchen das so exotisch fanden, ging er allerdings nie. Er war ehrlich bemüht, richtiges Deutsch zu lernen, und umso enttäuschter, wenn die Deutschen das nicht anerkannten.

Einmal beschloss er, sich etwas Türkisches zu kochen, und schlug das türkische Nationalgemüse Aubergine, *patlıcan*, im Wörterbuch nach. «Eierfrucht» stand da. Die Verkäuferin im Stuttgarter Lebensmittelgeschäft starrte ihn verständnislos an: «Eier sen do, Obscht isch hier.»

Während seiner ersten Tage in Deutschland hatte er mit einem Päckchen Kaffee in der Hand nach Milch gefragt, und die Frau wies auf die Milchdosen im Kaffeeregal. Kopfschüttelnd balancierte er zehn Konserven auf einmal zur Kasse und machte sich Sorgen um die Deutschen, die ganz offensichtlich entschieden zu wenig Milch tranken. Und das bei den Prachtkühen. Doch als er die Dosen zu Hause öffnete und sich ein schönes großes Glas Milch eingießen wollte, verstand er, warum. Deutsche Milch schmeckte ja widerlich. Erst Mario hatte ihn damals aufgeklärt und ihm die Flaschen im Kühlregal gezeigt.

Und dann gab es da diese Bäckersfrau eines Stehcafés, wo er sich eines Morgens ein Frühstück bestellen wollte. «Ein Frühstück, bitte», sagte er freundlich in seinem besten Anfängerdeutsch, um von der ungeduldigen Schwäbin hinter der Theke mit einem Schwall Fragen bombardiert zu werden. «KloinesodergroßWurschtoderKäseKaffeeoderTeeundwiewolletsedasEihartoderweich?» Mein Vater glotzte nur sprachlos und bat, die Frage zu wiederholen, worauf die Bäckersfrau mit den Augen rollte, sich nach vorn beugte und mit rotem Gesicht genauso schnell, aber viel lauter über die Theke bellte: «KLOINESODERGROSSESFRÜHSTÜCKWURSCHTODERKÄSEKAFFEEODERTEEEIHARTODERWEICH?» Finster starrte sie ihn an.

Da beugte sich mein Vater ebenfalls über die Theke und antwortete ebenso laut: «GRRRRRRRR! Wau! Wau! GRRRRRR!!!» Nach wenigen Minuten stand ein perfektes Frühstück vor ihm, an diesem und an allen folgenden Morgen.

Als ich meinen Vater besorgt frage, ob er die deutsche Gesellschaft anfangs als kalt und abweisend empfunden habe, denkt er kurz nach. «Also, dass die deutschen Kellner immer so mürrisch waren, das hat mich gewundert. Man ist freundlich und lässt sein Geld da und wird zur Strafe angemuffelt.»

Es ist zum Verzweifeln. Sogar die Klagen meines Vaters über Deutschland sind deutsch. «Aber deshalb bin ich doch nicht weniger Türke», beruhigt er mich und fügt weltmännisch hinzu: «Je mehr man gesehen hat, desto kleiner werden die Länder. Desto mehr wird man Europäer.» Außerdem sei er nicht nur Türke, sondern auch Orientale. Und habe als solcher die aristotelische Logik des Abendlandes mit orientalischer Mystik ergänzt. Dem Schwarzweißdenken gewissermaßen arabeske Muster hinzugefügt. Aha, denke ich. Mein Vater pflegt sich Stunden Zeit zu nehmen, wenn er einfachste Sachverhalte erklären will. Ob er das damit meint? Ich traue mich nicht, ihn zu fragen, es würde zu lange dauern.

Eine seiner türkischen Lieblingsredewendungen, die inzwischen auch seine deutschen Freunde gern zitieren, lautet: «Wenn meine Tante Eier hätte, wäre sie mein Onkel.» Unveränderliches müsse man akzeptieren. Aber dann erzählt er seine Lieblingsgeschichte von Nasreddin Hoca, dem schalkhaften Geistlichen, der im 13. Jahrhundert in Akşehir lebte und, ähnlich dem Rabbi der jüdischen Witze, in zahllosen Anekdoten türkische Volksweisheiten am Leben erhält: Eines Tages sitzt Nasreddin Hoca am Strand und gibt löffelweise Joghurt ins Meer. Er wolle einmal versuchen, ob man das Meer nicht in Joghurt verwandeln könne, antwortet er auf verwunderte Fragen. «Aber Hoca, das geht doch niemals!», rufen die Leute. «Natürlich nicht», sagt der Hoca, «aber – wenn doch?»

«Aber wenn doch?», wiederholt mein Vater und grinst triumphierend. Unveränderliches akzeptieren, «aber nie seine

Träume verlieren!» – auf diesen zwei Prinzipien habe er sein Leben in Deutschland aufgebaut. «Es ist uns gut bekommen, mir und Deutschland!»

Heimweh hängt an der Sprache, sagt mein Vater. Deshalb müsse man die Sprache des Landes lernen, in dem man lebe. Also lernte mein Vater Schwäbisch. Da ist er ganz Ausländer: Ihn faszinieren die lokalen Bräuche und Dialekte Deutschlands, und während ich lange Zeit kaum etwas so sehr verabscheute wie das Schwäbische, pflegte er mit mir zu schimpfen: «Gerade du mit deinem Interesse an Sprache! Das Schwäbische kennt allein dreißig Möglichkeiten, ‹ja› zu sagen, und jedes ‹jo› hat eine andere Nuance!»

Oh ja, ich erinnerte mich: Mit meinem Vater in lustige Kinofilme zu gehen war immer ziemlich peinlich, aber nur zweimal habe ich es erlebt, dass er sich zu Hause vor dem Fernseher auf dem Wohnzimmerteppich kugelte. Einmal an Silvester beim «Dinner for One» und einmal, als das dritte Programm ein Kabarett mit seinen schwäbischen Lokalhelden Häberle und Pfleiderer übertrug. Da stehen Häberle und Pfleiderer nebeneinander auf einer Brücke, lehnen ans Geländer, blicken über die Landschaft, und ihre Unterhaltung sieht ungefähr so aus: «Ja.» – «Ja?» – «Jo.» – «Ja, ja.» – «Jo …» – «Jooo …» – «Joho …» – «Joooo …» – «Ha joo!» Mein Vater lag auf dem Boden, hielt sich abwechselnd den Bauch und den Rücken, und während er japste, brüllte und ihm die Tränen flossen vor Lachen, rief er «Jooo! Jo-ho! Jooo!»

Eines Abends war in der Kneipe, die er in Stuttgart immer mit den Kollegen besuchte, kein Platz mehr frei. Nur der Stammtisch, den mein Vater immer neidisch beobachtete und auf dessen Mitte ein Aschenbecher mit Wimpel thronte, stand leer in der Ecke. Während mein Vater sich umsah, erkannte ihn der Wirt und winkte ihn heran: «Scho rächd!» Mein Vater nahm Platz und fühlte sich wie der König der Kneipe, sagt er. Er saß am Stammtisch. Jetzt war er in Deutschland angekommen. Strahlend begrüßte er den kurz darauf eintreffenden Kollegen: «Gell, do glotsch!»

Inzwischen freue ich mich, wenn ich meine Eltern in Sindelfingen besuche und den freundlichen schwäbischen Zungenschlag höre. Offensichtlich bin ich schon so alt, dass der Ort meiner Kindheit nostalgische Gefühle in mir weckt. Vielleicht zeigt es aber auch, wie türkisch ich inzwischen bin.

Ich lausche Istanbul

Eines Tages aber hatte mein Vater tatsächlich Heimweh, er litt an Sprach-Heimweh. Er fühlte sich wohl in Deutschland, er hatte eine interessante Arbeit, Erfolg bei den Frauen und viel Spaß mit so manchem Kollegen, er hatte darauf geachtet, sich seine Freunde vor allem unter den Deutschen zu suchen – aber jetzt konnte er mit niemandem Türkisch sprechen. Die Sprache, mit der er immer noch dachte, die Sprache, in der er immer noch träumte, mit der war er ganz allein.

Von den Abenden, da er mit Orhan, Galip und Cengiz am Bosporus saß und bei Rakı und Fisch die Welt verändern wollte, davon hatte er nur die Sprache mitnehmen können. Von den Abenden, da sie in ihren Studentenbuden saßen und lautstark die Verse ihrer Lieblingsdichter deklamierten, davon hatte er nur die Bücher mitnehmen können.

Ich lausche Istanbul, mit geschlossenen Augen

Plötzlich war das Türkische mehr als nur eine Sprache. In Deutschland war sie nicht mehr einfach ein Mittel zur Kommunikation, sie war wie ein enger Freund, mit dem er alles teilte.

Erst weht ein leichter Wind

Das Englische und erst recht das bisschen Deutsch, das er inzwischen konnte, die waren wie ein schönes Haus, aber seine Muttersprache war der Garten, der es umgab, ein riesiges Gelände, dessen Grenzen er noch nicht einmal kannte.

Sachte, ganz sachte wehen die Blätter an den Bäumen

Die Bücher, die er sich aus Istanbul mitgebracht hatte, Gedichte aus seiner Studentenzeit, die las er jetzt nicht mehr einfach nur, er erkundete sie Satz für Satz, ließ sich die Silben auf der Zunge zergehen und sagte sie sich laut vor.

In der Ferne, in weiter weiter Ferne

Und jedes Wort klang in den Ohren und schmerzte in der Seele. Diese Sprache war kein Mittel zum Zweck mehr, um sich mit anderen zu unterhalten. Im Gegenteil, sie warf ihn auf sich selbst zurück, erinnerte ihn ständig daran, dass er an diesem Ort der Einzige war, der so sprach.

die Glöckchen der Wasserträger

Ich lausche Istanbul, mit geschlossenen Augen

Mein Vater sehnte sich danach, wieder einmal Türkisch zu sprechen, und so tat er das, was in seiner Heimat alle machen, wenn sie sich zu Hause einsam fühlen oder es sie an einen fremden Ort verschlagen hat: Er ging zum Bahnhof. Das Kommen und Gehen dort linderte die Einsamkeit, und nirgendwo war die Wahrscheinlichkeit größer, einen Landsmann zu treffen – «heute würde ich vor meinen so genannten Landsleuten aber wegrennen!», betont er.

Damals jedoch spazierte er, ein türkisches Volkslied pfeifend, die Bahnsteige entlang, blätterte an einem Kiosk in Zeitschriften und trank an einem anderen einen Tee. Und tatsächlich: Bald sprach ihn ein dunkelhaariger junger Mann an, «*Türk müsün?*», bist du Türke? Und ob mein Vater Türke war! Ein Handschlag, ein Küsschen links, ein Küsschen rechts, und schon hatte ihn sein neuer alter Freund Ferdi mitgenommen zu dem Wohnheim, in dem der Student lebte. Gegenüber gab es eine Kneipe, da trafen sie noch ein paar Kommilitonen von Ferdi, sie tranken und lachten die ganze Nacht, und sie suhlten sich im Türkisch.

Ich lausche Istanbul, mit geschlossenen Augen
Ein schönes Mädchen geht vorüber
Flüche, Lieder, Weisen, Geplänkel
Etwas fällt aus ihrer Hand
Es muss eine Rose sein
Ich lausche Istanbul, mit geschlossenen Augen
(Aus: Orhan Veli, «Ich höre Istanbul»)

Hildegard

Was zu seinem Glück jetzt noch fehlte, war eine deutsche Freundin. Blond sollte sie möglichst sein, unbedingt aber schöne Hände haben. Denn an den Händen, hatte ihm seine Großmutter beigebracht, erkenne man einen guten Charakter. Doch die deutschen Frauen genossen ohnehin einen guten Ruf unter den türkischen Männern. Weil «die nicht immer erst ihre Mutter, Tante und Oma um Rat fragen mussten und dann ihre Mutter, Tante und Oma zu jedem Rendezvous mitbrachten wie die Türkinnen», sagt mein Vater. «Deutsche Mädchen galten als richtige Kumpel.» Ums Küssen mit Zunge und Anfassen sei es gar nicht so sehr gegangen. Das ist allerdings die Stelle, an der von meiner Mutter immer ein höhnisches «Hmpff» zu hören ist.

Tatsächlich lernte mein Vater in einem Kurzwarengeschäft auf der Stuttgarter Königstraße Hildegard kennen, als er für seinen Anzug einen neuen Knopf brauchte. Hildegard trug eine weiße Rüschenbluse zu ihrem knielangen Rock und ihre glatten Haare in der Mitte gescheitelt. Sie war zwanzig Jahre alt und der Inbegriff eines blonden Fräuleins und ließ sich nach Feierabend zum Kaffee einladen. Das Beste an Hildegard aber war, dass sie «anders als türkische Frauen» nicht nach dem dritten Date sofort von Zukunftsplänen anfing. Sie hatten eine schöne Zeit miteinander.

Doch eines Tages, Hildegard verbrachte das Wochenende bei meinem Vater, klingelte es, und Hildegards Bruder stand vor der Tür. «Hilde, du kommscht etz sofort mit, dr Vadder hat scho d'Bolizei ogrufe.» Da erst erfuhr mein Vater, dass Hildegard gegen den Willen ihrer Eltern mit ihm zusammen war und dass ihr Vater, ein Pastor, ihn angezeigt hatte wegen «Entziehung einer Minderjährigen ihres Elternhauses». Damals war man erst mit einundzwanzig volljährig. Hildegard aber weigerte sich, mit ihrem Bruder mitzugehen, und dieser fing an, meinen Vater mit «dreckiger Türke, dreckiger!» anzubrüllen. «Der benimmt sich ja wie ein Bruder in Anatolien», dachte sich mein Vater verwundert und hielt es daher für angebracht, diesem schwäbischen Macho mit türkischen Methoden zu antworten. Eine halb leere Flasche, die hinter ihm auf dem Tisch stand, zerschlug er an der Tischkante und hielt sie dem Mann unters Kinn. Der Bruder verschwand, Hildegard blieb, aber mit der Beziehung war es bald darauf vorbei.

«Wie furchtbar», sage ich. «So ein Idiot!» Ach, meint mein Vater, es sei immerhin ein Fortschritt gewesen, als Türke beschimpft zu werden: «Sonst hieß es ‹dreckiger Itacker›.»

Ein Radiergummikrümel, da ist wieder einer, ich halte ihn fest, bevor ihn mein Vater vom Tisch wischen kann. «Du bist als Itacker beschimpft worden?» Jaja, eines Abends in einer Kneipe, war nicht so schlimm. Er saß dort mit Kollegen, als am Nachbartisch ein paar besoffene Schwaben anfingen zu pöbeln.

«Scheiß Itacker!», brüllten sie lauter und lauter. Einer pflanzte sich vor meinem Vater auf und wich nicht zur Seite, als mein Vater sich erhob. Der seufzt noch heute: «Man darf sich nie so nahe kommen, wegen der Kopfnuss!» Schon türkische Kinder würden den Schlag mit der Stirn gegen die Nase des Gegners an Regenrinnen trainieren.

Folgerichtig hielt sich der besoffene Schwabe kurz darauf die blutende Nase. Aber auch mein Vater lernte etwas dazu. Denn niemand in der Kneipe war aufgestanden und hatte versucht, die Streithähne zu beruhigen, wie das in der Türkei der Fall gewesen wäre. «Damals habe ich zum ersten Mal das deutsche Gesellschaftsgefüge kennen gelernt: Man mischt sich niemals ein. Man hilft nicht.»

Konsequenzen zog er daraus allerdings keine. Jahre später, ich war etwa acht, kam meine Mutter morgens vor der Schule sehr wütend in mein Zimmer. «Dein blöder Vater ist im Krankenhaus», sagte sie. «Der musste sich natürlich wieder einmischen.» Vor einer Bar hatten nachts zwei Rocker einen Jugoslawen beleidigt und angegriffen. Als mein Vater dazwischenging, tauchte aus dem Dunkel plötzlich der Rest der Gang mit Eisenketten auf. Der Jugoslawe rannte, mein Vater der Held lag ein paar Minuten später mit blutendem Gesicht und drei gebrochenen Rippen auf dem Straßenpflaster. «Das war eine Nacht!», grinst er heute.

Ja, denke ich, ganz hervorragend: Der Türke prügelt sich auf der Straße, und die Deutsche beklagt sich darüber bei ihrer achtjährigen Tochter. So was wollen die Leute hören.

Es ist höchste Zeit, die Geschichte meiner Eltern zu erzählen.

Das Mädchen in der Straßenbahn

Fast jeden Abend sah mein Vater auf dem Heimweg von der Arbeit in der Straßenbahn ein Mädchen. Sie hatte dunkle Augen und ein schmales Gesicht, vom Mittelscheitel fielen die glatten schwarzen Haare links und rechts bis über die Schultern. Sie war sehr schlank und trug einen sehr kurzen Minirock. Scheinbar unberührt vom Feierabendgedränge, stand sie aufrecht im Gang, hielt die Gummischlaufe fest umschlungen und sah ernst aus dem Fenster. Niemals nach rechts oder links, immer nur ernst aus dem Fenster.

«Ha», dachte mein Vater, «ich bin der Tony Curtis von Istanbul ...» Unauffällig schob er sich in ihre Nähe und lächelte sie an. Eine Station, zwei Stationen, drei Stationen. Nichts. An der vierten musste er aussteigen. Nun gut, morgen war auch noch ein Tag.

Am nächsten Abend das gleiche Spiel. Mein Vater stand eine Armeslänge von dem Mädchen entfernt und lächelte. Nichts. Er fing an, mit der Hand in der Schlaufe zu schaukeln und begann zu pfeifen. Nichts. Fünf weitere Straßenbahnfahrten gingen so vorüber. Mein Vater beschloss, dass er mehr Zeit brauchte, und fuhr bis zur Haltestelle des Mädchens mit. Die Straßenbahn hielt an der fünften Station, mein Vater stand links neben dem Mädchen und pfiff. Die sechste Station, mein Vater stand rechts und pfiff. Die siebte, mein Vater schaukelte mit beiden Händen in den Halteschlaufen und pfiff. Nichts.

Es kam die Endhaltestelle, und das Mädchen stieg aus. Sie ignorierte ihn nicht, sie warf ihm keine verächtlichen Blicke zu – das Mädchen bemerkte ihn einfach nicht. Nun wusste mein Vater Bescheid: «Sie ist krank. Entweder blind vor Liebe zu einem anderen oder lesbisch. Jedenfalls krank.» In Zukunft hielt er respektvollen Abstand und prüfte nur gelegentlich mit einem Pfeifen und Grinsen, ob ihr bedauernswerter Zustand noch andauerte.

Das Mädchen war eine protestantische Pfarrerstochter aus Hessen. Ihre Mutter starb an Krebs, da war sie neun. Sie hatte einen Vater, den sie sehr liebte, der sich am Wochenende aber immer um lauter Fremde in der Kirche kümmerte, und eine Stiefmutter, die sie verachtete. In der Schule hatte das Mädchen nur «Jimmy» geheißen, weil sie James Dean so verehrte – den einsamen Rebellen mit dem schwierigen Verhältnis zum Vater und der geliebten Mutter, die starb, als er neun Jahre alt war.

Das Mädchen wollte so schnell wie möglich weg von zu Hause. Aber sie erinnerte sich an fürchterliche Geschichten eines Onkels, der eine Katholikin geheiratet hatte und nun in Hildesheim lebte. Er litt schrecklich unter der katholischen Gemeinde dort, die an ihm zerrte wie an einem verirrten Schaf. Da floh das Mädchen für alle Fälle ins protestantische Stuttgart.

Sie arbeitete als Kindergärtnerin in einem evangelischen Kindergarten. Wenn sie mit der Straßenbahn bis zur Endhaltestelle nach Hause fuhr, besonders im Winter, wenn es früh dunkel wurde, oder spätnachts, wenn sie mit Kolleginnen noch ausgegangen war, dann trug sie in der Manteltasche einen Schlagring mit Dornen. Den hatten ihr die Kolleginnen geschenkt und sie gewarnt vor den Ausländern in ihrem Viertel: Es würden dort jetzt viele Griechen wohnen, und für diese Männer aus dem Süden sei eine Frau allein unterwegs eine

Frau mit Lust auf ein Abenteuer, sie solle sich vorsehen. Und so stand das Mädchen in der Straßenbahn, die eine Hand in der Schlaufe, die andere in der Manteltasche versteckt. Dabei hätte sie nicht einmal sagen können, ob es tatsächlich so viele Griechen gab in ihrem Viertel. Das Mädchen achtete nicht auf seine Umgebung. Sie genoss ihr unabhängiges Leben und war gerne für sich. Auch den Türken bemerkte sie nicht.

Die Monate vergingen. Eines Tages schlug Ferdi aus dem Wohnheim meinem Vater vor, ein Blind Date mit einer Freundin seiner Freundin zu arrangieren. Nachdem mein Vater sichergestellt hatte, dass es sich dabei um keine Dicke handelte – «blond mussten sie nicht sein, aber niemals dick, nie!» –, war er einverstanden. Zu viert wollten sie ins Kino gehen, und so standen Ferdi und mein Vater an einem Freitagabend vor den Kammerlichtspielen im Stuttgarter Wilhelmsbau. Sie rauchten und warteten. Mein Vater trug über dem weißen Hemd mit offenem Kragen seinen Trenchcoat, und Ferdi meinte bewundernd: «Kein Wunder, dass dich immer alle für einen Amerikaner halten.» Mein Vater wollte gerade erzählen – er sei neulich in einer von US-Soldaten besuchten Bar in die Routinekontrolle der amerikanischen Militärpolizei geraten, die hielten ihn wegen des Trenchcoats für einen der Ihren –, da sah er vor dem Kino zwei Frauen auf sie zukommen. Und er sah, wen Ferdis Freundin mitgebracht hatte: das Mädchen aus der Straßenbahn. In einem sehr kurzen Minirock. «Ich kenne dich», sagte mein Vater und warf seine Zigarette weg. «Schon lang.» Das Mädchen lächelte verwirrt.

Ich bin voller Bewunderung für meine Mutter und frage mit dem angemessenen kritischen Bewusstsein einer für multikulturelle Probleme sensibilisierten Deutschtürkin: «Das war doch bestimmt sehr schwierig, in den Sechzigern in Deutschland mit einem Ausländer zusammen zu sein.»

«Nö», sagt meine Mutter.

Damals gab es noch nicht besonders viele Türken in Deutschland – 1961 waren es knapp 9000. Und die, die kamen, waren begehrt. «Türken werden nach Angaben der Bundesanstalt für Arbeitsvermittlung am meisten angefordert», schreibt eine Tageszeitung noch 1968, «deshalb sind sie auch am schwersten zu haben. Zehn Wochen müssen die Firmen allein auf Hilfsarbeiter warten. Türkinnen sind schon eher zu bekommen, vor allem die Analphabetinnen. Insgesamt stehen die Gastarbeiter in diesem Spätsommer hoch im Kurs. Weitgehend ausverkauft sind auch die Italiener, bis auf eine kleine Zahl von Handwerkern, wie Schneider, Maler und Elektromechaniker oder verwandte Berufe.»

Die Türken, die meine Mutter über ihre Freundin kennen gelernt hatte, waren auch keine Gastarbeiter, sondern Studenten, und meist stammten sie aus wohlhabenden Familien. In denen gehörte es jahrzehntelang zum guten Ton, die Söhne an deutsche Universitäten zu schicken.

«Außerdem», sagt meine Mutter, «war dein Vater gar nicht türkisch. Er war eigentlich ziemlich untürkisch. Eher kosmopolitisch.» Denn die Türken in ihrem Bekanntenkreis – Ferdi und seine Kommilitonen – seien furchtbar nationalistisch gewesen. «Für die war klar, dass in Istanbul im Grunde alles besser war und dass sie bald in die Türkei zurückkehren würden. Dein Vater meinte immer, er könne überall leben.» Das gefiel dem Mädchen aus Korbach. «Und er hatte einfach mehr Charme als andere Männer. Auch als andere Türken.»

Es war also alles Friede-Freude-Eierkuchen? Ob sie denn nie als «Ausländerflittchen» beschimpft worden sei, wie man das aus Reportagen über die deutschen Fräulein von damals so kenne? «Nein», sagt meine Mutter wieder, für eine Hure sei sie auch ohne meinen Vater gehalten worden: Einmal hatte sie nach einer Party früh am Morgen auf der Heimfahrt in der Straßenbahn kein Kleingeld für den Schaffner, der damals noch durch die Züge ging. Während sie in ihrer Tasche kramte, starrte der Mann auf ihren Minirock und grinste anzüglich: «Na, du willst mir doch nicht erzählen, dass du heute Nacht nicht genug verdient hast!» – «Doch, doch», habe sie da geantwortet, «aber nur große Scheine!»

Ich seufze.

«Ach», sagt meine Mutter da, «einmal gab es doch einen Zwischenfall.»

Damals wusch mein Vater auf dem Parkplatz vor dem Haus sein Auto, und ein Nachbar wollte es ihm verbieten. Meine Mutter mischte sich ein und erklärte, das sei sehr wohl erlaubt. «Du hast mir gar nichts zu sagen», schnauzte der Mann sie daraufhin an, «du Ausländerflittchen!» Das sei eine Beleidigung, antwortete meine Mutter, und die sei sehr wohl strafbar. Sie werde ihn jetzt wohl anzeigen müssen. Sie wandte sich zum Gehen. Zufällig war das Polizeirevier drei Häuser weiter. «Da hat sich der Alte vielleicht erschrocken!» Na, so habe er es doch gar nicht gemeint, und ein schönes Auto habe der junge Mann da ja, kein Wunder, dass er es sauber halte. «Typisch», sagt meine Mutter, so einem musste man nur mit Autoritäten kommen, und schon sei er still gewesen.

Am erstaunlichsten an der Geschichte finde ich eigentlich, dass mein Vater sein Auto eigenhändig wusch. Als Kind war ich tödlich beleidigt, wenn er ohne mich durch die Waschstraße gefahren war.

Wenn meine Eltern sich über damals beklagen, dann klagen sie über den Muff und die Spießigkeit dieser Jahre. Das alberne

Verbot für Untermieter, Damenbesuch zu haben, zum Beispiel fällt ihnen ein, wenn ich wissen will, was für Schwierigkeiten sie hatten.

Einfach war es für meine Mutter mit meinem Vater trotzdem nicht. Er war ein Frauenheld, vor dem ihre Freundinnen sie warnten. «Die waren nur neidisch», winkt mein Vater ab. «Die wollten mich selber alle!» Aber er war tatsächlich einer, der wie in Slapstickfilmen gegen Laternen rannte, wenn hübsche Frauen an ihm vorübergingen. Einer, bei dessen Sprüchen die Frauen abwinkten, um ihn sich kichernd dann doch noch einmal genauer anzusehen. «Kühut ist mein Name», pflegte er auffordernd zu grinsen, «spricht man ungefähr ‹cute›, wie das englische ‹süß›!»

Ich kann gar nicht sagen, wie oft mein Vater mit Kellnerinnen flirtete, die seine Töchter hätten sein können, während seine Töchter vor Scham im Boden versanken. «Papa», versuchte ich ihn dann aufzuklären, «dir ist schon klar, dass die nur aus Professionalität freundlich sind und in der Küche über ‹diesen sabbernden Alten› lästern?» – «Ach was», erwiderte mein Vater dann, «nicht alle jungen Mädchen sind so spießig wie du!»

In solchen Momenten wünschte ich mir, ich könnte Dean Martin «Großvater» nennen. Dessen Sohn Craig war nämlich 1962 in Nellingen bei Stuttgart stationiert und hatte einen heftigen Flirt mit meiner Mutter, kurz bevor sie meinen Vater kennen lernte. Wir konnten meinen Vater wunderbar ärgern, wenn wir bei alten Dean-Martin-Filmen im Fernsehen «Opa!» riefen.

Doch meine Mutter hatte sich ja für den Türken entschieden. Sie wurde seine feste Freundin, aber sehen wollte er sie nur mittwochs und samstags. «Damit es nicht langweilig wird», sagte er, und bevor sie sich beklagen konnte, sorgte er dafür, dass diese Treffen an Intensität ein tägliches Wiedersehen weit überwogen. Pro Woche gingen sie mindestens zweimal ins Kino, immer gut essen, mit Freunden in Bars und zum Bowling. Einmal hatte er wieder sein Spezial-Heimweh, diesmal vermisste er es, am Meer zu sitzen und Fisch zu essen. «Forelle haben wir auch», sagte meine Mutter, und sie fuhren an einen See, an dem es eine Gaststätte gab, bestellten Forelle Müllerin Art und fragten, ob sie dazu den mitgebrachten Rakı trinken dürften. Sicher, sagte der Wirt und probierte selbst ein Glas.

Mein Vater verdiente gut als Architekt, jedes Wochenende gaben sie die damals erstaunliche Summe von 100 Mark aus, und manchmal fuhren sie nach Baden-Baden ins Spielcasino, wo mein Vater zum Entsetzen meiner Mutter an manchen Abenden zwei Monatsgehälter verlor, an anderen vier gewann. Sie unternahmen kleine Reisen, weil mein Vater Europa sehen wollte, und meine Mutter, die keinen Führerschein hatte und aus dem Urlaub nur die Nordsee kannte, fuhr nach Paris, durch Spanien und sah Italien. Doch in Stuttgart blieb es dabei: Sie sahen sich mittwochs und samstags.

«Was willst du mit dem», fragten die Freundinnen, «was glaubst du, was der an den anderen Tagen tut?» Meine Mutter fragte nie.

Weihnachten in Korbach

Als meine Eltern etwa ein Jahr zusammen waren, lud meine Mutter meinen Vater ein, Weihnachten mit ihrer Familie im hessischen Korbach zu verbringen. Mein Vater war furchtbar neugierig auf echt deutsche Weihnachten, aber er dachte an Hildegards Pastorenvater und zögerte. Doch meine Mutter konnte ihn beruhigen. Ihr Vater sei anders.

Mein Großvater war Dekan. Was das ist, erklärte er mir,

als ich zehn und er neunundsiebzig Jahre alt war. Das komme aus dem Griechischen und sei einmal so eine Art Feldwebel gewesen, schrieb er in einem Brief, heute aber kommandiere ein Dekan nicht mehr zehn Soldaten, sondern zwanzig Pastoren: «Die haben auch keine Schwerter, die sie in feindliche Bäuche stechen, sondern Bücher, und wenn sie ‹ran an den Feind› gekommen sind, schlagen sie nicht etwa ihre Bücher an die feindlichen Bäuche, sondern sagen: ‹Haltet mal stille! Höret mal zu! Wir wollen euch Geschichten vorlesen.› Diese Bücher nennt man auch ‹Bibeln›, im Orient sagen sie dafür ‹Koran›. Und wenn sie vorgelesen haben, sagen die Feinde: ‹Schön war das! Nochmal 'ne Geschichte!› Und dann sind sie allesamt mit einmal ganz fromm geworden. Ja, so ist das heute. Ich allerdings mache so was heute nicht mehr, weil ich ein ‹Dekan i. R.› geworden bin. Das bedeutet: ‹im Ruhebett›, also ich trinke abends mein Bierchen und leg mich dann ins Bett.»

Dass zwischen meinem Vater und seinem späteren Schwiegervater Liebe auf den ersten Blick herrschte, glaube ich sofort. Beim Willkommensessen stürzte sich mein Vater auf den Schweinebraten, während der Rest der Familie am Hühnchen knabberte, das man für den moslemischen Gast vorsichtshalber bereitgehalten hatte. Dabei erzählte mein Opa Geschichten aus der Bibel, und mein Vater ergänzte mit Berichten von den Originalschauplätzen. Nein, im Paradies sei er noch nicht gewesen – an der Quelle von Euphrat und Tigris lokalisiert das Alte Testament den Wohnort von Adam und Eva –, aber Ephesus bei Izmir, wo Paulus einst predigte, ja, das habe er natürlich besucht. Wie wohl jeder Bewohner Izmirs die antike Ausgrabungsstätte kannte. Und auch den angeblich letzten Wohnort der Jungfrau Maria, doch, den hatte er besichtigt.

Die kleine Kirche, sehr malerisch zwischen Ölbäumen gelegen in den Hügeln oberhalb von Ephesus, war schon immer ein beliebter Ausflugs- und Pilgerort, schließlich ehren auch Moslems die Mutter eines Propheten. Meine Tante in Izmir schwärmt auch heute gern von dem lauschigen Plätzchen: Sie zünde bei jedem Besuch eine Kerze an und spreche ein Gebet. «Ein Gebet?» Ja sicher, sagt sie, wenn sie diese schönen europäischen Kirchen besuche, bete sie auch immer und zünde eine Kerze an.

Rüstü Tüzüntürk, der Vater meiner Oma, war ein *hafız*. Den Titel «Bewahrer» dürfen sich jene geben, die den gesamten Koran auswendig rezitieren können. Seine Lieblingspredigt allerdings bestand darin, seinen Töchtern einzuschärfen, dass es mit dem Rezitieren allein nicht getan sei, man müsse den Koran begreifen lernen. Entsprechend euphorisch wurde von ihm nach Gründung der Republik Atatürks Idee unterstützt, in den Moscheen den Koran nur türkisch verlesen zu lassen – eine der wenigen Reformen allerdings, die nicht einmal Atatürk durchzusetzen wagte, es kam nur zu ein paar türkischen Anteilen der Predigt.

Mein Vater liebte seinen Großvater sehr und verbrachte in seiner Jugend viel Zeit mit ihm, schließlich wuchs er ohne Vater auf. Sie gingen am Ufer ihres Viertels Karşıyaka spazieren, der große, hagere Mann und der kleine Junge in kurzen Hosen, und führten lange Gespräche über die Anzahl der Tropfen im Meer oder die Frage, wie die Farbe in die Murmel kommt. Der Großvater brachte seinem Enkel auch das *namaz* bei, das rituelle Gebet, das im Islam fünfmal am Tag verrichtet werden soll. Aber fünfmal am Tag betete er nie. «Nichts als Gymnastik!», pflegte Rüstü Bey seinem Enkel zu erklären: «Die Moschee ist gut für die alten Männer, dann sind sie nicht so allein und bleiben in Bewegung. Aber das Wichtigste sind nicht die Gebete, das Wichtigste ist der Glaube. Den hat man im Kopf und im

Herzen. Das Gebet sagt gar nichts: Teufel mit Gebetsteppich gibt es viele!»

Wenn sie durch die Haupt-Einkaufsstraße von Karşıyaka spazierten und der Imam zum Nachmittagsgebet rief, zeigte Rüstü Bey meinem Vater, was er meinte. Als *hafız* war er ein angesehener Mann des Viertels. In einiger Entfernung vom Laden des Juweliers versteckten sie sich in einem Hauseingang und sahen den Schmuckhändler vor der Tür munter mit seinem Nachbarn plaudern. Dann trat Rüstü Bey hervor und wechselte laut und deutlich, sodass der Juwelier ihn bemerken musste, ein paar Worte mit einem Sesamkringelverkäufer. Als sie sich dem Schmuckgeschäft genähert hatten, war der Besitzer im Innern verschwunden. Sie betraten den Laden, und während ein junger Angestellter sie begrüßte, sahen sie durch die weit geöffnete Tür des Hinterzimmers den Juwelier, auf seinem Teppich kniend und scheinbar tief ins Gebet versunken.

Mein Vater würde später nur während des Ramadans gelegentlich die Moschee besuchen, weil sie dann voller junger Leute und ein beliebter Treffpunkt war. In Karşıyaka mussten an Ramadan regelmäßig die Straßen gesperrt werden, weil sich alle zum ausgelassenen Volksfest versammelten. In Istanbul gab er das Fasten auf. «Wer studiert und arbeitet, ehrt Gott wie der Betende», hatte sein Großvater ihm gesagt, «spare deine Kraft für den nützlicheren Dienst an Gott.»

Und jetzt, hier in Korbach, hatte mein Vater wieder einen hageren älteren Herrn vor sich, Wilhelm, einen leibhaftigen Prediger gar, mit dem sich trefflich diskutieren ließ. Zumal der ganz begeistert davon war, mit einem echten Türken beim Abendbrot zu sitzen. Einem Türken, der auch noch aus einer streng kemalistischen Familie stammte – Wilhelm war Hobbyhistoriker und hielt Atatürk zufällig für eine der spannendsten

Figuren der Weltgeschichte. So leerten sie Bier um Bier, und so manchen Schnaps, und stritten. Über einen Gott, der einen Sohn gezeugt haben soll wie ein Mensch, und einen Staatsmann, der Religion fürchtete wie der Teufel das Weihwasser. Der eine verehrte das Mitgefühl Jesu, der andere pries Mohammeds Kampfgeist, beide schwärmten von Atatürk – und meine Mutter war heilfroh, einmal nicht das Opfer der Monologe zu sein, die beide Männer für ihr Leben gern hielten.

Nur in der Küche, da saß ihre Stiefmutter – Turnlehrerin, einst strammes BDM-Mädel und noch immer sehr angetan von Hitlers Autobahnen – und beriet sich mit ihrer Schwester, wie man den Ausländer wohl wieder loswerde. Das hat mir später mein Onkel erzählt. Mein Vater aber merkte davon nichts, er versprühte wie gewohnt seinen Idealer-Schwiegersohn-Spezialcharme. Ich habe meine Stiefgroßmutter mit ihm nur kichernd erlebt, sie schloss ihn bald in ihr Herz und fand, dass sich die deutsche Jugend, die ja oft nichts als Negermusik im Sinn habe, so manches Scheibchen von diesem manierlichen Türken abschneiden könnte.

Der Weihnachtsabend im Pfarrhaus begann traditionell am Nachmittag mit dem gemeinsamen Singen. Die Familie stellte sich in Sonntagskluft um den mit Honigkerzen geschmückten Weihnachtsbaum, fasste sich an den Händen und stimmte ihre Lieder an. Zwei Schwestern meiner Mutter waren mit ihren Ehemännern da, ihr Bruder und der Jüngste, ihr Halbbruder. Mein Vater stand im dunklen Anzug zwischen Wilhelm und meiner Mutter und sang begeistert mit. Er ging dabei nach der Methode vor, die ich später bei meiner türkischen Großmutter kennen lernen sollte, wenn sie in Peter Alexanders schönste Schlagermelodien einstimmen wollte. Denn diese Taktik ermöglicht auch Fremden eine Teilnahme an den Volksweisen in der ganzen Welt: Das Lied wird lautmalerisch mitgesummbrummt, bis der Refrain kommt. Von dem merkt man sich die letzte Silbe, die erst mit unauffälliger halbsekündiger Verspätung leise nachgesungen wird. In der Wiederholung, wenn der Reim kommt, kann sie dann laut mitgeschmettert werden. «O Tannenbaum» klang damit etwa so: «Hhmhmhmmmaum, o Hmhmhm-Baum, wehgrnhmhndhmhm-tärr!» Meinem Vater war sehr feierlich zumute. Meine Mutter rollte mit den Augen.

Dann wurden die Geschenke ausgepackt. Einzeln, und alle sahen zu und riefen laut «ahhh» und «ohh»! Wilhelm hatte dem türkischen Gast zunächst einen Bildband über Deutschland gekauft, aber nachdem sie den ersten Abend gemeinsam verbracht hatten, ging er schnell noch einmal los und besorgte eine Flasche südhessischen Schnaps. Er selbst bekam einen Plattenspieler und türkische Musik. Eigentlich hatte mein Vater vorgehabt, ihm nur eine Platte zu schenken. Da musste er von seiner Freundin erfahren, dass ihr Vater, soweit sie wisse, gar keinen Plattenspieler besitze. Er habe so seine Berührungsängste mit moderner Technik. Mein Vater konnte es kaum glauben. Ein deutscher Haushalt ohne Telefunken-Plattenspieler! Er beschloss, Abhilfe zu schaffen. Pastor Wilhelm war tief beeindruckt, und nachdem ihm der Türke in nur fünfzehn Minuten erklärt hatte, wie das Gerät funktionierte, rief er immer wieder: «Ein dolles Ding!», den ganzen Abend: «Ein dolles Ding!» Zu der türkischen Platte, mit der sie den Spieler ausprobierten, sagte er: «Sehr interessant. Sehr interessant.»

Nachdem sich alle artig beieinander bedankt hatten, setzte man sich zum Abendessen. Es gab ein Tischgebet, bei dem der Türke die deutsche Familie mit seinem professionellen Verhalten erstaunte, und dann ein einfaches Abendbrot, zu dem traditionell neben Aufschnitt und Pils ein Fischsalat mit Roter Bete gehörte, weshalb mein Vater Rote Bete bis heute nur «Weihnachtssalat» nennt.

Später ging es in die Mitternachtsmesse. Für meinen Vater das erste Mal, dass er während eines Gottesdienstes eine Kirche besuchte. «Der stand da wie ein Kind vorm Weihnachtsbaum», erzählt meine Mutter. «Wahrscheinlich der erste Mensch, den ein protestantisches Weihnachtsfest begeistert ...» Doch was meinen Vater so faszinierte, war der Gesang. Aus der Moschee kannte er keine Musik, und von Gospels hatte er nur gehört. Wie nun die Gemeinde gemeinsam sang, das berührte ihn sehr. Natürlich sang er zum Entsetzen meiner Mutter bald mit. «Komische Melodien», sagte er. «Dafür fällt dein Gejaule nicht so auf», antwortete meine Mutter. Und dann der mächtige Klang der Orgel! Mit dieser Musik würde er sich einmal näher beschäftigen.

Als sie zurück in Stuttgart waren, ging er ins Musikhaus Lerche, ein riesiges Geschäft mit Instrumenten und Platten, der Stammladen meiner Eltern. Wann immer sie im Radio Popmusik gehört hatten, die ihnen gefiel, schleppte mein Vater meine Mutter in die Plattenabteilung, und meine Mutter musste vorsingen. Und immer wusste ein Verkäufer, was gemeint war. «Das waren noch Fachleute!», sagt mein Vater. Nach seinem Besuch in Korbach aber betrat er zum ersten Mal die Klassikabteilung und ließ sich von einem älteren Herrn mit Fliege alles von Bach zeigen. «Sicher, Bach ist ganz wunderbar», sagte der ältere Herr, «aber kennen Sie Haydn?»

So wurde mein Vater zu einem großen Liebhaber klassischer Barockmusik. Bei späteren Besuchen in Korbach fachsimpelte er mit meinem Großvater über Aufnahmen klassischer Musik. Seine Plattensammlung ist riesig, und ich möchte an dieser Stelle betonen, dass mein Vater von Johann Sebastian Bach weit mehr Platten besitzt als von Tony Marshall.

Aber Weihnachten, Weihnachten mag er überhaupt nicht mehr. Die Deutschen haben ihn enttäuscht. Damals war die Freude groß, als er entdeckte, dass auch sie Familie haben und mit ihr feiern. Von den zwei Schwestern seiner Freundin hatte er erst zu Weihnachten erfahren. Aber bald kam die Weihnachtswahrheit ans Licht: «Was ist das für ein Familienleben, bei dem man sich nur einmal im Jahr trifft?»

Die Sultansmütter

Im Sommer nach diesem Weihnachtsfest fuhren meine Eltern nach Izmir.

Meine Mutter war gespannt, Angst hatte sie keine, sagt sie. «Ich kannte doch deinen Vater, der gab mir keinen Anlass zur Sorge.» Ihre Kollegen sahen das anders, sie ließen sich sämtliche Adressen in der Türkei geben, und als sich ihre Rückreise um vier Tage verschob, weil meine Mutter sich den Magen verdorben hatte, brachen einige Freunde in Panik aus: Sie waren der festen, ehrlichen Überzeugung, mein Vater hätte meine Mutter verkauft. An einen Harem.

Später, als meine Schwester und ich auf der Welt waren, riet ihr ihre Frauenärztin eindringlich, für ihre Töchter keinesfalls eigene Papiere ausstellen zu lassen, sondern sie in ihren eigenen Pass eintragen zu lassen, damit ihr Mann sie nicht in seine Heimat entführen könne. Sie spreche aus Erfahrung. Meine Mutter konnte die Ärztin beruhigen: Ihr Mann habe sie mehrmals darauf hingewiesen, dass im Falle eines Scheiterns der Ehe sie die Kinder würde behalten müssen. Zu finanzieller Unterstützung sei er immer bereit, aber er sei auch der festen Überzeugung, dass Kinder zu ihrer Mutter gehörten. Diese Einstellung bekümmerte übrigens meine Großtante sehr, ihre

Hoffnung nach der Heirat war immer, dass mein Vater diese Deutsche früher oder später verlassen und mit seinen Kindern zurück in ihre Obhut kehren würde.

Von einem Harem drohte meiner Mutter tatsächlich die größte Gefahr. «Du wirst drei Frauen kennen lernen», bereitete mein Vater sie vor ihrer Reise vor, «deren Leben sich seit meiner Geburt nur um mich drehte. Du wirst unter strengster Beobachtung stehen – bleib einfach freundlich, und es wäre gut, wenn du ein paar türkische Wörter lernst.» Meine Mutter lernte «guten Tag», «auf Wiedersehen», «wie geht es Ihnen», «gut», «bitte», «danke» und «sehr lecker». Ansonsten war das einzige Zugeständnis, das sie an die Türkei Anfang der sechziger Jahre zu machen brauchte, die mittelkurzen statt der ganz kurzen Miniröcke einzupacken.

Das Haus, in dem mein Vater aufgewachsen war, lag in Izmirs sehr bürgerlichem Stadtteil Karşıyaka. Von der Innenstadt nahm man am besten die Fähre quer über die Bucht von Izmir. Das liberale Izmir, wo Atatürks Mutter ihren Lebensabend verbrachte, wurde vom Rest des Landes gern *gâvur Izmir*, das barbarische Izmir, die Stadt der Ungläubigen, genannt. Izmir hat sich immer viel auf sein europäisches Flair und seine Lebensqualität eingebildet, aber als am eingebildetsten gelten die Bewohner Karşıyakas. Jedenfalls höre ich oft, wenn ich erzählen soll, woher mein Vater stammt, von Türken ein grinsendes «O-ho!». «Izmir war eine Kleinstadt», sagt dagegen meine Mutter, «und Karşıyaka ein Dorf.»

Der Empfang im Hause Tüzüntürk war freundlich, wenn auch zurückhaltend. Man war irritiert. Denn alle waren der festen Überzeugung, mein Vater nähme sie auf den Arm und hätte eine Türkin aus Istanbul mitgebracht. Eine Deutsche war dieses schwarzhaarige Mädchen auf keinen Fall. Deutsche waren blond, das wusste man doch gerade in Izmir über Europa genau. Die gesamte Familie redete etwa eine halbe Stunde und mit zunehmender Lautstärke auf meine Mutter ein, erst dann hatte diese sie davon überzeugt, wirklich kein Wort zu verstehen.

Begrüßt wurde meine Mutter zuerst von einer alten Frau mit drei Warzen und unzähligen Runzeln im Gesicht, und ihrer ebenso huldvoll lächelnden Tochter, einer kleinen, etwa fünfzigjährigen Frau, die sorgsam onduliertes Haar und eine schmetterlingsförmige Brosche auf ihrem gigantischen Busen trug. Das waren Großmutter und Tante meines Vaters. Die beiden hatten seufzend beschlossen, sich angesichts der Ausländerin noch keine allzu großen Sorgen zu machen. Das ist Besuch, sagten sie sich – der kommt, und der geht auch wieder.

Und dann gab es da noch eine schlanke, umtriebige Frau in nachlässiger Kleidung und mit ein paar Strähnen, die ihr aus den zurückgesteckten Haaren ins Gesicht fielen. Sie hatte im Hintergrund gewerkelt und begegnete meiner Mutter am freundlichsten. «Die Putzfrau», dachte die. «Die Angestellten sind wieder am nettesten.»

«Und das ist meine Mutter», sagte mein Vater.

Auf alten Schwarzweißfotos sieht meine Großtante aus wie ein Filmstar aus den dreißiger Jahren. Sie selbst verglich sich gern mit Bette Davis, und da ist etwas Wahres dran. Auf den Fotos ist sie immer geschminkt und modisch gekleidet, hat mal eine Blume im Haar, trägt Abendroben mit Volants, Kleider mit Schleifen oder Puffärmelchen und Röcke gerafft und gerüscht. Und immer lächelt sie in vorteilhafter Pose mit einem neckischen Blick über die Schulter. Sie war das verhätschelte Nesthäkchen im Haus und wollte gerne Schauspielerin werden. Da aber sagte der ältere Bruder dann doch nein, man sei schließlich kein Hurenhaus.

Meine Großtante begleitete stattdessen ihren Vater in den Landesverband von Atatürks Volkspartei, den Rüstü Bey mitbegründet hatte und dessen Generalsekretär er war. Die liberale, umtriebige Atmosphäre gefiel ihr, und sie wurde seine Sekretärin. Schreibmaschine lernte sie schnell, und die arabischen Schriftzeichen, die sie auch nach Atatürks Schreibreform noch beherrschte, dienten ihr als Steno. Noch im Alter, als Oma und Großtante bei uns in Deutschland lebten, pflegte sie ihre Notizen und Einkaufslisten in arabischen Zeichen zu verfassen, wenn wir zu Edeka gingen. Dort stand dann meine Oma vor dem Gemüse und starrte auf den Zettel mit geschwungenen Bögen und Punkten, die sie für undeutliche Schreibschrift hielt, und schimpfte, diese Klaue könne doch kein Mensch lesen.

Als Rüstü Bey in Rente ging und seine Familie dank einer späten Leidenschaft für Rakı und Kartenspiel die Mietshäuser, die eigentlich als Lebensversicherung hätten dienen sollen, verlor, behielt meine Großtante den Job und führte den gesamten Schriftverkehr der Partei in der Ägäisregion. Rüstü Bey hatte einen Nachfolger, doch die eigentliche Generalsekretärin war meine Großtante Muazzez *hanım*, Frau Muazzez, wurde gemunkelt.

Jeden Nachmittag aber holte ihre Mutter Muazzez *hanım* von der Fähranlegestelle ab, damit dem Mädchen nichts passierte. Arm in Arm schritten sie nach Hause, um sich von meiner Großmutter einen Tee machen zu lassen, damit meine Großtante sich auf der Couch liegend erholen konnte. Meine Großmutter war ja eine geschiedene Frau. Sie hatte den ganzen Tag geruhsam mit Sohn und Hausarbeit verbracht, während meine Großtante sich der harten Arbeitswelt stellte, um dem Kleinen einmal ein Studium zu ermöglichen.

Meine Großmutter hatte sich ursprünglich auch einmal der harten Arbeitsrealität stellen wollen und eine Ausbildung zur Grundschullehrerin gemacht. Um weiterstudieren zu können, hätte sie allerdings nach Istanbul gemusst, und das verbot ihr der ältere Bruder. Der Bruder hatte vielmehr einen Freund im Sportclub von Karşıyaka, einen gut aussehenden, vermögenden Witwer mit drei Kindern, die dringend eine neue Mutter benötigten. Die aparte Schwester seines Sportskameraden gefiel Feyzi Alanyalı gut. Die fügte sich in ihr Schicksal. Aber die Ehe zwischen dem Lebemann und dem Seelchen konnte nicht funktionieren. Das sagten auch Mutter und Schwester dem Seelchen immer und immer wieder, besonders, nachdem dieses einen Jungen geboren hatte. Nach zwei Jahren kehrte meine Oma zu Mutter und Schwester zurück. Die nahmen fortan ihr Leben in die Hand. Vor allem das des Babys. Des Jungen. Das war jetzt ihr Junge.

Es gab viele Männer, die meine Großtante wollten, und einige, die auch meine Großmutter mit Kind genommen hätten. Aber die wollte ihrem Sohn keinen Stiefvater zumuten, sagte sie immer. Und meine Großtante – nun, meine Großtante hatte der Liebe abgeschworen, wie sie zu sagen pflegte. Um meines Vaters willen. Obwohl es da ja immer diesen schmucken Oberst gegeben habe. Den hatte sie auf der Fähre kennen gelernt, Izmirs stadtbekanntem Heiratsmarkt für seine fortschrittlich eingestellten Bewohner, die sich nicht von den Omas und Großtanten den Partner fürs Leben aussuchen lassen wollten. «Aber ich habe den Oberst abgewiesen», erzählte meine Großtante uns oft. «Ich hatte schließlich einen Jungen, euren Vater, um den ich mich kümmern musste!»

«Männer sind dreckig», sagte sie auch gern, ekelte sich immer vor sich küssenden Paaren und schimpfte oft auf den Verfall der Sitten. Erst lange nach ihrem Tod erfuhr ich, warum. Es gab da einen Oberst, aber der saß auf der Fähre, lange bevor es meinen Vater gab. Er hatte tatsächlich um die Hand meiner Großtante angehalten. Und freudig hatte sie ja gesagt. Aber nach ein paar Monaten fand er eine andere und löste die Verlobung von einem Tag auf den anderen.

«Männer sind dreckig.» Ob zu dieser Zeit die Putzneurose meiner Großtante begann? Ihren Körper pflegte sie von den Fingerspitzen über die Zähne bis zu den Zehen mit kübelweise Seifenschaum abzuschrubben. Gleiches galt für die Lebensmittel beim Kochen. Kochen wurde ihre große Leidenschaft. Den Rest des Haushaltes hielt dagegen ihre ältere Schwester sauber. Ihr Leben lang. Die zwei sollten sich nämlich niemals mehr trennen.

Meine Mutter verbrachte in Izmir viel Zeit mit den drei Frauen im Hause Tüzüntürk. Denn mein Vater musste ja so viel erledigen und so viele besuchen. Und selbst wenn er niemanden besuchte, konnte es passieren, dass er für die 500 Meter von der Fähre nach Hause zwei Stunden brauchte, weil er unterwegs zwanzig Leute traf, die ihn begrüßten, umarmten und küssten, alles über Deutschland wissen wollten und über die deutsche Frau, die er mitgebracht hatte. Die saß derweil hinter dem vergitterten Erkerfenster des Wohnzimmers im ersten Stock und sah auf die nicht sehr belebte Straße hinaus.

«Die haben dich eingesperrt?», frage ich und warte auf einen Radiergummikrümel. «Quatsch», sagt meine Mutter, «aber alleine wollte ich nicht raus, ich verstand ja nichts. Und immer mit zu den türkischen Freunden deines Vaters wollte ich auch nicht.»

Ab und zu gingen sie auf einen Drink ins Efes-Hotel von Izmir. Das war das beste Haus am Platze, und wer etwas auf sich hielt in der Stadt, der besuchte die Hotelbar. Und anschließend den «Club Kubana», ein absolutes Muss besonders zur Messezeit, die Izmir alljährlich im September in ein Volksfest verwandelte. Von der Messe hatte mein Vater meiner Mutter schon erzählt. Sie war eine Idee Atatürks gewesen, der einen Teil des 1922 im Türkisch-Griechischen Krieg in Brand gesetzten Stadtgebiets in einen «Kulturpark» mit Messegelände hatte verwandeln lassen. Anfang der Fünfziger hatte sich mein türkischer Großvater hier einen weißen Austin Cabrio gekauft, das Ausstellungsstück direkt von der Messe weg. Mein Vater war so dumm gewesen, es sich mit achtzehn gelegentlich nachts «auszuleihen», obwohl er keinen Führerschein besaß und die ganze Stadt das schicke Auto des exzentrischen Feyzi Bey kannte. «Das fand er gar nicht gut», grinst mein Vater.

Mit der Messe pflegte die große weite Welt nach Izmir zu kommen, aber auf der Fahrt in die Bars kam meine Mutter an Männern vorbei, die im Pyjama vor ihrer Haustür saßen und schwatzten. Sie passierte Schlachthäuser, die ganz selbstverständlich zwischen den Wohnhäusern angesiedelt waren und gerne mal das Schafsblut zur Tür hinauskehrten. Sie sah Kloake, die aus dicken Rohren ungefiltert ins Meer floss. Dann saß sie in der Hotelbar und trank Cocktails mit smarten türkischen Männern und ihren Frauen in High Heels und paillettenbesetzten Minikleidern. Und dann wiederum ging es zurück in eine Wohnung, deren Bewohnerinnen französische Schnitte trugen, aber deren Plumpsklo meiner Mutter die Verdauung verdarb.

Am Wochenende fuhren sie oft an den Strand und saßen auf ausrangierten Orientteppichen, weil Handtücher nicht groß genug waren für die ganze Familie. Aber manchmal zog das Paar auch alleine los, dann legte sich meine Mutter in die Sonne, und mein Vater verschwand im Meer. Wenn er vom Schnorcheln zurückkam, war seine sonnenbadende Freundin im gelben Bikini von einem Kreis von Männern umringt wie der Stempel einer Blume von Blütenblättern. «Huch», sagte meine Mutter ahnungslos, als mein Vater sie nicht ohne Besitzerstolz darauf hinwies und dann mit ein paar Blicken dafür sorgte, dass die einsamen Männer mit ihren Handtüchern schnell ein Stück weiter weg rutschten.

Nach drei Wochen fuhren sie zurück nach Deutschland. «Und», frage ich, «was hast du über die Reise gedacht?» Das Mädchen aus Korbach, zum ersten Mal im Orient!

«Schön war's», sagt meine Mutter.

«Und?», frage ich noch einmal. Ich werde ungeduldig: «Das muss doch alles ganz fremd gewesen sein! Was hat dich am meisten gewundert?»

«Na ja», sagt meine Mutter, «das Mittelmeer hat mich sehr enttäuscht.»

Ich bin entsetzt. Kein Meer ist so schön wie das türkische Mittelmeer!

«Das war das erste Mal, dass ich am Mittelmeer war», erklärt meine Mutter. «Ich dachte, das ist ein noch viel wilderes Spektakel als Ebbe und Flut an der Nordsee. Aber da war gar nichts. Nur Geplätscher.»

Künftig fuhren meine Eltern fast jeden Sommer in die Türkei und fast jedes Weihnachten nach Korbach. Sonst sahen sie sich mittwochs und am Wochenende. Und eines Tages kündigte meine Mutter ihre Stelle im evangelischen Kindergarten. Sie ertrug das Milieu nicht mehr, nur Frauen, und ihr Leben kreiste nur um die Kinder. Auch ließ sie ihren Schützlingen viel Freiheit: So streng und schulmeisterlich, wie sie von ihrer Stiefmutter behandelt worden war, so sollte kein Kind aufwachsen, dachte meine Mutter. Aber ihre Vorgesetzten sahen das nicht gern. «Und außerdem machten die immer öfter blöde Bemerkungen über deinen Vater.» Immer öfter? Ich greife nach dem

Radiergummikrümel. «Was für Bemerkungen denn?» Na ja, dass er eben Ausländer sei. Und offensichtlich keinen guten Einfluss auf sie habe. Gewisse moralische Standards müsse man gerade als protestantischer Kindergarten nun einmal aufrechterhalten. Ob das denn etwas Festes zu werden gedenke? Das allerdings fragte sich meine Mutter auch immer öfter.

Sie fand Arbeit beim Strumpfhersteller Hudson, in der Datenverarbeitung. Als unausgebildete Angestellte sortierte sie Lochkarten und verdiente damit mehr als zuvor als ausgebildete Kindergärtnerin. Jetzt arbeitete sie mit Frauen *und* Männern zusammen, und sie arbeitete in einer Zukunftsbranche. Welche Zukunft, dachte sie, hat das mit dem Türken? Schließlich floh sie zu einer Freundin in Frankfurt am Main und fand dort eine Arbeit.

Da kaufte mein Vater sich ein Auto. Einen Opel Kapitän, eierschalenfarben, mit schwarzem Verdeck und einem gefederten Plattenspieler zwischen den Vordersitzen. Mit dem fuhr er nach Frankfurt, und sie sahen sich weiter, gingen ins Kino, machten Ausflüge aufs Land. Fast war alles wie immer, nur mit größerem Aufwand verbunden. Schließlich kehrte meine Mutter zu Hudson nach Stuttgart zurück. Doch nun kam es vor, dass sie nicht zu Hause auf ihn wartete, wenn mein Vater am Mittwoch vor der Tür stand oder am Wochenende klingelte. Manchmal war sie unterwegs mit Kollegen, ging auf Partys oder zum Tanzen mit anderen. «Und eines Tages», sagt meine Mutter und grinst triumphierend, «kam er mit einem Verlobungsring an.»

Es war eine schlichte Trauung im kleinen Kreis, deutsch geradezu, aber in Izmir. Zum einen, weil der bürokratische Aufwand in der Türkei geringer war, zum anderen, weil meine Mutter unbedingt in Weiß heiraten wollte und das in der Türkei auf dem Standesamt viele tun. Eine kirchliche Heirat stand nicht zur Debatte.

Das Hochzeitsfoto, auf dem unten rechts in verschnörkelter Schrift *Studyo Mehmet* steht, stammt vom 29. August 1968. Zu sehen sind etwa zwanzig feierlich blickende Türken vor der getäfelten Wand eines Amtszimmers. Vorn sitzt auf einem Stuhl neben meinem Vater meine Mutter. Sie trägt weiße Handschuhe, weiße Pumps, einen weißen Schleier – und ein schneeweißes Minikleid. Nichts deutet darauf hin, dass sie im vierten Monat mit mir schwanger ist. Im Hintergrund hängt riesig ein Porträt Atatürks und schaut stolz lächelnd auf das deutsch-türkische Paar hinab.

Meine Mutter aber hat als Einzige einen merkwürdig ernsten, fast resignierten Blick im Gesicht, als würde sie gleich mit den Schultern zucken. «Sehr glücklich siehst du nicht aus ...», meine ich besorgt und denke an die türkische Familie, denke an den feindlichen Harem, der meinen Vater so streng bewachte. «Guck dir doch mal die Frisur an!», schimpft meine Mutter. «So eine blöde türkische Friseuse hat mir die Haare zum Monsterturm toupiert!»

Meine Großtante war eine kluge, moderne Frau. Aber wenn es um meinen Vater ging, schien sich in ihrem Kopf ein Schalter umzulegen. Nach der Geburt des Prinzen hatte sie beschlossen, dem vaterlosen Kind niemals von der Seite zu weichen – und damit gehörte er ihr. Dass ihr Sohn, wie sie ihn ausschließlich nannte, nicht in Karşıyaka blieb, mit einer folgsamen Türkin Enkel produzierte und sie als Sultansmutter über die Familie herrschen konnte, hat sie nie verwunden. Dabei hatten Großmutter, Mutter und Tante ihm schon eine Frau aus gutem Hause ausgesucht. Aber das scherte meinen Vater natürlich nicht. Als er ihnen eines Tages ankündigte, diesmal würde er nach Izmir kommen, um seine deutsche Freundin zu heiraten, konnten sie nichts dagegen tun. «Allah, womit haben wir das verdient!!», klagte seine Oma und ging beten. «Hauptsache, du bist glücklich, mein Sohn», sagte seine Mutter. Für seine Tante aber brach eine Welt zusammen. Und das ließ sie an ihrer Schwiegertochter aus.

Meine Großtante besuchte uns im Herbst 1970 in Deutschland. Ich war fast zwei Jahre alt, und meine Mutter hochschwanger mit meiner Schwester. «Gut», dachte meine Mutter, «vielleicht kann sie mir ein bisschen zur Hand gehen.» Die Pläne meiner Großtante allerdings sahen anders aus. Sie war der Überzeugung, ihr Sohn würde mit ihr Europa bereisen. Wusste er doch, wie gern sie einmal Paris sehen wollte. Nur musste der Sohn leider arbeiten und war den ganzen Tag nicht zu Hause. Beleidigt setzte sich meine Großtante aufs Sofa, und dort blieb sie die nächsten drei Monate sitzen.

Oh, sie half ihrer Schwiegertochter durchaus mit dem Haushalt. Wenn meine Mutter Fenster putzte, wies sie sie von ihrem Logenplatz auf der Couch auf übersehene Flecken hin, und das Kochen übernahm sie auch, schließlich kochte niemand so gut wie sie, vor allem aber schrubbte niemand das Gemüse und Fleisch vor dem Essen so sorgfältig mit heißem Wasser und Pril. Wer weiß, was die Deutsche ihr und ihrem Sohn für einen Fraß servieren würde, womöglich von Schweinen. Allerdings war sie es, die die Küche hinterließ wie einen Saustall, und die Deutsche, die die Schweinerei nachts noch putzte.

Mein Vater ließ es geschehen. Er musste, sagt er. Wie hätte er ihr böse sein können? Sie hatte einst im Hause Tüzüntürk die Organisation des Alltags in die Hände genommen, als ihr ältester Bruder längst das Weite gesucht und ihr Vater in den Alkohol geflüchtet war. Sie war es gewesen, die ihm mit ihrer Arbeit das Studium ermöglicht hatte. Und vor allem: Sie hatte ihm das rote Fahrrad geschenkt. Alle seine Freunde auf der Straße hatten eins, aber ihm sagten sie daheim, das könne man sich leider nicht leisten. Als sie die Verzweiflung ihres Lieblings sah, legte die Tante stetig ein wenig vom Haushaltsgeld beiseite und erbat sich von der Partei einen Vorschuss, bis zum Zuckerfest am Ende des Ramadan nicht nur ein Fahrrad vor der Tür stand. Es war ein knallrotes Fahrrad, und es war ein europäisches Fabrikat. Erst hatte er keins und jetzt das beste Fahrrad von allen.

Nein, mein Vater konnte einfach nichts tun, sagt er, auch wenn er wusste, dass seine Tante sich falsch verhielt und böse war und seiner Frau unrecht tat.

Meine Eltern hätten die Babysitterin im Haus gern genutzt, um ins Kino zu gehen, leider konnte die Babysitterin, die ja noch mit dreißig Jahren von ihrer Mutter von der Fähre abgeholt worden war, nicht allein bleiben und wollte mit. Also passte eine Freundin auf mich auf, und meine Eltern gingen absichtlich in möglichst anzügliche Filme, sodass meine Großtante die ganze Zeit über zur Seite blickte, «ogottogottogott» murmelte und vom Hollywood-Kino mit Bette Davis schwärmte. Gingen sie mit meiner Großtante aus dem Haus, mussten sie Extrazeit einplanen, da es vorkam, dass sie bis zu fünfzehn Minuten am Zebrastreifen stand und sich so lange weigerte, einen Schritt zu tun, bis kein Auto weit und breit zu sehen war. Eine Vorfahrt für Fußgänger war ihr aus der Türkei völlig unbekannt, und auch als mein Vater ihr das Zebrastreifen-Prinzip erklärt hatte, wartete sie und mahnte zur Vorsicht: «Man kann nie wissen, mein Junge!»

Aber auch im Haus war man nie sicher. Während eines Gewitters pflegte sie sich in der am weitesten vom Fenster entfernten Ecke zu verkriechen, murmelte unaufhörlich Gebete und jammerte: «Der Himmel fällt uns auf den Kopf, der Himmel fällt uns auf den Kopf!» Immer, wenn ich später «Asterix» las, musste ich an meine Großtante denken. Als meine Schwester und ich noch ganz klein waren, setzte meine Mutter sich mit uns beim ersten Gewitter ans Fenster, erfand ein Blitz-und-Donner-Spiel und sorgte dafür, dass wir Gewitter bis heute sehr mögen.

Meine Mutter hatte eine böse Schwiegertante bekommen, und mein Vater vermittelte zwischen beiden, so gut er konnte. Aber das konnte er nicht sehr gut.

Unerträglich wurde die Situation, als meine Schwester bereits auf der Welt war und Großmutter und Großtante uns eines Sommers beide besuchten. «Stell dich doch nicht so an», sagte mein Vater meiner Mutter, aber er selbst kam jeden Abend später nach Haus, und jeden Abend gab es Streit. Schließlich mietete er seinen Müttern ein Zimmer im Hotel nebenan. Doch tagsüber saßen sie wieder bei meiner Mutter auf dem Sofa. «Ich hatte plötzlich vier Kinder im Haus», sagt sie, auch wenn ihre Schwiegermutter nach Kräften versuchte zu helfen.

Eines Tages, die drei geplanten Besuchsmonate waren fast um, unternahmen sie alle einen Ausflug an den Max-Eyth-See bei Stuttgart. Sie saßen gemütlich bei Kaffee und Kuchen, ich spielte zu ihren Füßen, und meine Schwester lag in ihrem Kinderwagen. Es schien ein friedlicher Nachmittag zu werden, sogar meine Mutter entspannte sich, und wie aus der Ferne plätscherte die türkische Unterhaltung an ihr vorbei, die ihr Mann mit Mutter und Tante führte. Da fing mein Vater plötzlich an zu brüllen, lautstark redete er auf die beiden Frauen ein, die ihn nur trotzig anstarrten, meine Großmutter leicht verunsichert, ihre Schwester mit Tränen des Selbstmitleids in den Augen. Was sie ihm mitgeteilt hatten, an diesem schönen Sommertag am Stuttgarter See? «Unsere Mutter ist tot, wir haben niemanden mehr in Izmir. Du bist hier, unsere Enkel sind hier. Wir bleiben.»

Meine Mutter war beruhigt, dass ihr Mann die Idee für genauso absurd zu halten schien wie sie. Aber sie bedachte nicht: Er war auch ein türkischer Sohn. Ein türkischer Sohn, für den es trotz aller Bedenken letztlich Ehrensache war, für die Frauen zu sorgen, die ihn aufgezogen hatten.

Da fuhr meine Mutter mit ihren Töchtern zu ihrer Schwester nach Bremen und blieb so lange fort, bis mein Vater seinen Müttern eine eigene Wohnung besorgt hatte.

Im Sommer 1972 siedelten meine Großmutter und meine Großtante aus der Türkei in Sindelfingens Nachbarort Maichingen über. Für meine Schwester und mich war es das Beste, was uns passieren konnte.

Schaffe, schaffe, Häusle baue

Meine Eltern waren 1970 nach Sindelfingen gezogen, als mein Vater beschloss, als freier Architekt zu arbeiten. Das Stuttgarter Architekturbüro, für das er zuletzt gezeichnet hatte, entwarf viel für Sindelfingen. Die Stadt war perfekt für ihn. Das Schwabenländle als Industrie-Standörtle: Schaffe, schaffe, Audo baue. Die Stadt, in der man mehr Mercedes-Wagen auf den Straßen sieht als Sterne am Himmel. Die Stadt mit 60 000 Einwohnern und 40 000 Arbeitsplätzen «beim Daimler».

Die «einst reichste Stadt Deutschlands», heißt es inzwischen gern, wenn in Hartz-IV-Zeiten über den Abbau von Tausenden Arbeitsplätzen im Mercedes-Benz-Werk Sindelfingen berichtet wird. Nun, ich kenne die Stadt noch ohne das «Einst». Ich kenne auch die berühmten Zebrastreifen aus Marmor, die die Stadt sich dank ihrer Gewerbesteuereinnahmen leisten konnte und über die von der BBC bis zum *Wall Street Journal* die halbe Welt berichtete. Ich habe sie Hunderte Male überquert, auf dem Weg zum Eiscafé Venedig in der Ziegelstraße, wo sie das beste Zitroneneis nördlich der Alpen haben.

Ganz in der Nähe hatte mein Vater sein Büro. Mit sechs Mitarbeitern zog er Projekte an Land, an denen er Millionen verdiente, seit er sich 1977 dazu entschlossen hatte, auch als Bauträger zu fungieren, Grundstücke zu kaufen, zu bebauen und zu verkaufen, statt für ein kümmerliches Architektenhonorar nur ein paar Striche aufs Papier zu werfen, an dem dann andere Millionen verdienten.

Er baute Villen für Bankdirektoren, zu denen Architekturstudenten gepilgert kamen, schmucke Bungalowsiedlungen und Mietsblöcke mit hundert Wohnungen ebenso wie das Aufsehen erregende vierzehnstöckige Sindelfinger «Stelzenhochhaus». Seinen Erfolg pflegt mein Vater damit zu erklären, dass er deutsche Disziplin und Korrektheit mit der Flexibilität und Risikobereitschaft des türkischen Unternehmers kombiniert habe. Den Gewinn jedes erfolgreichen Projektes investierte er in ein neues, noch größeres. Vom schwäbischen Sparen hielt er nicht viel, allerdings ebenso wenig von der türkischen Tradition, zur Sicherheit in Immobilien zu investieren. Jeder türkische Fabrikarbeiter bei Mercedes besaß mindestens ein Mietshaus in der Türkei – nicht so mein Vater. Er verwirklichte lieber seinen Traum von einer deutschen Stammkneipe und eröffnete in Sindelfingen die Zirbelstube, ein Weinlokal mit schwäbischer Küche, Butzenscheiben und getäfelten Wänden aus Zirbelholz. Ich fand es schrecklich und wies darauf hin, wie Walter Gropius schon aus biologischen Gründen Luft und Licht zu benötigen. Es half nichts, wir hatten regelmäßig «in der Zirbel» essen zu gehen. Der Zwiebelrostbraten war zwar lecker, aber als sein Partner absprang, musste mein Vater das Lokal Hals über

Kopf verkaufen, «ein Restaurant betreibt man nicht nebenbei». Stattdessen streckte er seine Fühler in die Modebranche aus: Ein türkischer Freund schlug ihm vor, ins Textilgeschäft einzusteigen, in der Türkei könne man «sportliche Jugendmode» billig produzieren. Ich fand, so sah die Ware auch aus, und wies darauf hin, dass rosa Sweatshirts weich und flauschig zu sein hatten wie jene von Hugo Boss, doch es half nichts, wir hatten in kastenförmigen Uniformen aus Sackleinen herumzulaufen. Offensichtlich waren wir die Einzigen, denn als es mit der Baubranche in Deutschland abwärts ging, konnte das Architekturbüro all die Verluste nicht mehr auffangen.

Der schwäbische Geschäftsanwalt meines Vaters klagte gerne darüber, dass die Kombination aus «türkischer Risikobereitschaft und deutscher Disziplin» sehr zuungunsten der deutschen Tugenden ausfalle. «Wenn du im Geldbehalten so gut wärst wie im Geldverdienen, wärst du längst Millionär!», schimpfte er, als mein Vater 1994 alles verlor. Aber das ist eine andere Geschichte.

Wir wohnten in Sindelfingen in einem der Mietshäuser, die mein Vater entworfen hatte. Bald, pflegte er zu sagen, würden wir natürlich im eigenen Haus wohnen. Er musste nur noch das perfekte Grundstück finden und an der Perfektionierung des bahnbrechenden Entwurfs arbeiten.

Ein paar der Wohnungen in dem Gebäude wurden von Praxen und Büros belegt, weshalb es keine Kehrwoche, aber einen sehr schwäbischen Hausmeister gab. Etwa dreimal am Tag kurvte Herr Wiesendorf mit seinem Minitraktor wie eine Maultasche auf Speed über den Rasen hinterm Haus und mähte das Gras in Grund und Boden. Was, wie ich fest überzeugt war, mit seiner Frau zusammenhing. Frau Wiesendorf trug bunte Kittelschürzen, einen finsteren Blick und liebte ein aseptisches Treppenhaus fast so sehr, wie sie Kinder hasste, was mein Vater ihr sehr übel nahm. Eines Tages stand sie mit ihm im Lift und beklagte sich über den Gestank im dritten Stock, «die kochet do immer im Treppehaus!» – «Ach?», fragte mein Vater. «Was es nicht alles gibt! Mit Spiritus, oder wie machen die das?» Frau Wiesendorf antwortete nichts, sondern überlegte, ob dieser Herr Alanyali, der schließlich der Architekt dieses Gebäudes und mit seinem Besitzer gut befreundet war, sie nun auf den Arm nahm oder ob er sie als Ausländer eben nicht richtig verstanden hatte. Damit war sie erst einmal wieder ein paar Tage ruhig gestellt.

Die Tatsache, dass mein Vater das Gebäude entworfen hatte, bedeutete: Die Wohnungen hatten ein kleines Schlafzimmer und winzige Kinderzimmer. Von Privatsphäre hielt mein Vater nicht viel, er hasste es, wenn wir unsere Türen schlossen, und es bedurfte vieler beruhigender Worte meiner Mutter, bevor er zu gewissen Zeiten wie vor Weihnachten unsere selbst gebastelten Ampeln an der Tür respektierte – und zwar nur unter Murren. Ich frage mich, ob ich wohl auch deshalb so eine gute Schülerin wurde, weil ich nur mit dem Wort «Hausaufgaben!» die Tür jederzeit schließen konnte.

Das Herz der Wohnung war ein riesiger offener Wohn- und Essbereich. Denn der war ja für die Familie. Vor der Schrankwand aus dunklem, glänzendem Palisanderholz mit einem großen Fernseher und später auch einem Videorecorder gruppierte sich eine moderne Couchlandschaft aus hellbraunem Cord in strengen, eckigen Formen, deren breite Armlehnen genug Platz für die orangefarbenen Aschenbecher meiner Mutter und die organisch geschwungenen hölzernen Nussschalen meines Vaters boten. In der Ecke hing die berühmte Perlmuttplättchen-Lampe des skandinavischen Designers Verner Panton, von dem auch die Freischwinger um den Esstisch stammten. Bei jedem Besuch fragte meine Großtante kopfschüttelnd, weshalb sich ein wohlhabender Architekt wie ihr Sohn Stühle aus Plastik in die Wohnung stelle. Schlimmer war in ihren Augen nur noch die naive Kunst aus Brasilien und Mexiko an den Wänden, worin meine Schwester und ich ihr aber absolut zustimmten.

Das Serail von Maichingen

Die erste Erinnerung, die ich an meine Oma und Großtante habe, ist die von zwei schrecklich alten Frauen, die meine Schwester Aylin und mich im dunklen Flur ihrer Maichinger Wohnung in Empfang nahmen. Die eine hatte weiße Haare und zwei riesige Warzen auf Nase und Kinn. Die andere schien fast so breit wie hoch, sie trug einen rosa Pullover, und ihre dicke Nase war voller schwarzer Punkte, die aussahen wie winzige Käfer. Die beiden strahlten uns an und drückten uns an ihren großen Busen: «*Aytatlımnasılsınıznebüyüdünüzbukadarkızacık-zamandahaydiiçeriyegelinyemekhemenhazırgüzelgüzelpata-tesleetyaptıksizeyavrularım!!!*» Kaum hatten sie uns wieder losgelassen, stürzten wir zurück zu Mama und Papa – die würden uns ja wohl nicht bei zwei alten Hexen lassen, die nicht einmal richtig sprechen konnten.

Wir irrten uns.

Meine Schwester und ich sollten bleiben, an diesem und an unzähligen weiteren Wochenenden, Feiertagen, während Schulferien und auch zu Schulzeiten, wenn unsere Eltern wieder einmal in der Welt umherreisten. Und ich würde keine dieser Reisen nach Mexiko, Brasilien oder auf die Bahamas eintauschen gegen die Zeit, die wir in Maichingen verbrachten.

Auch wenn der Anfang nicht leicht war, für beide Seiten. Als Kleinkinder sollen wir Großmutter und Großtante, erzählten sie später, mit den Worten «weg! weg!» fortgejagt haben, wann immer sie sich uns entzückt näherten. Als ich einmal stolz aus dem Bad marschiert kam, um meine Oma mit dem Hinweis «Guck mal, Oma, Nackedei!» zu begrüßen, lächelte sie mich an und wiederholte verständnislos *«ne kadar?»*, «wie viel?». Ich krakeelte «Nackedei!», sie fragte *«ne kadar?»*, bis ich schließlich zu meiner Mutter lief und sie informierte: «Mama, zur Oma geh ich nicht mehr, die Oma ist dumm, die versteht nix.»

Mein Vater sagt, er habe von klein auf versucht, mit uns Türkisch zu sprechen, aber wir hätten so penetrant auf Deutsch geantwortet, dass er es aufgegeben habe. Meine Großtante behauptete später gern, meine Mutter sei dagegen gewesen. Aber natürlich lernten wir von den zwei alten Damen schnell Türkisch, und bald waren aus Großmutter und Großtante Oma und Teyze geworden. *Teyze* heißt Tante auf Türkisch, aber *büyükteyze*, Großtante, war uns zu lang. Deshalb hieß Oma auch Oma: *babaanne*, «Vaters Mutter» war viel zu kompliziert.

In unserer Familie wurden die Verwandten nach ihrem Wohnort geordnet, weshalb es Korbach-Opa gab, Korbach-Oma und Izmir-Opa. Da der ja so oft geheiratet hatte, gab es allerdings zu viele Izmir-Omas, weshalb wir ihre Vornamen plus *teyze* verwendeten, denn *teyze* heißt nicht nur Tante, sondern ist die respektvoll-freundliche Anrede für alle älteren Frauen im Tantenalter; im Türkischen nennt man ältere und/oder sozial höher gestellte Personen fast nie einfach nur beim Namen, dieser wird immer ergänzt durch Titel wie «Bruder», «Onkel» oder «Meister».

Mehr als zwei Omas zu haben hat im Hause Alanyali übrigens eine gewisse Tradition. Meinem Urgroßvater in Alanya (*Alanyalı* heißt der Bewohner Alanyas, so wie «Stuttgarter») schenkte die Ehefrau drei Töchter, weshalb er sich mit ihrer Erlaubnis eine Zweitfrau nahm. Diese brachte tatsächlich einen Sohn auf die Welt, den Vater meines Vaters. Die Hauptfrau hatte ihre erste Tochter mit vierzehn bekommen. Als mein Vater die beiden zum ersten Mal sah, vierundsiebzig und sechzig Jahre alt und ungefähr gleich stark verschrumpelt, hielt er sie für Schwestern und war lange davon überzeugt, insgesamt vier Omas zu haben: seine beiden leiblichen Großmütter und die verschrumpelten «Schwestern».

Uns aber wäre es niemals eingefallen, unsere Maichinger Oma «Maichinger Oma» zu nennen. Sie war die einzige, wahre Oma, eine Oma, die direkt dem Bilderbuch entstiegen schien, um uns mit Liebe zu überschütten und bedingungslos zu verwöhnen. «Oma und Teyze» wurde zum stehenden Begriff, der alles umfasste, wozu sonst eine türkische Großfamilie nötig ist: Liebe, Wärme, Geborgenheit und Unmengen von Essen.

Maichingen war ein Bauern- und Weberdorf gewesen, bis das Mercedes-Benz-Werk von Sindelfingen sich immer stärker ausbreitete und die Arbeiter und Angestellten des Wirtschaftswunders Wohnraum brauchten. Oma und Teyze lebten in einer Neubausiedlung in einem Haus, das zu einer Reihe fast identischer vierstöckiger Mehrfamilienhäuser gehörte, die nicht nur von jungen deutschen, sondern auch von zahlreichen türkischen Arbeiterfamilien bevölkert wurden.

Auf der anderen Straßenseite verbargen sich hinter Jägerzäunen und akkurat geschnittenen Hecken solide Einfamilienhäuser. Die breite, aber nur wenig befahrene Straße bot genug Platz für parkende Kombis und andere Familienautos. Mittwochs kam der Eierwagen, donnerstags läutete der Kartoffelmann, und im Sommer klingelte jeden Tag der italienische Eiswagen, mit aufgemalten Eiswaffeln in Rosa, Gelb und Hellblau und den Sorten Erdbeere, Zitrone, Pfirsich, Vanille und Schokolade im Angebot. Ging man hinter dem Haus drei Blocks weiter, befand man sich auf einem Feldweg, auf dem es entweder nach

Kuhstall oder Heuschober duftete; ging man vor dem Haus die Hauptstraße entlang, landete man nach fünfzehn Minuten im Einkaufszentrum von Maichingen, mit Volksbank, Sparkasse, Friseursalon und einem Edeka.

Und inmitten dieser Idylle lag unser privates orientalisches Ferienlager. Oma und Teyze lebten in einer kleinen Zwei-Zimmer-Wohnung mit großem Balkon im ersten Stock. Es gab ein Schlafzimmer mit einem Ehebett und einem riesigen Kleiderschrank, und ich erinnere mich an seine Fächer mit gigantischen Büstenhaltern, aber dieser Raum gehörte Oma und Teyze. *Nur* dieser Raum.

Im Wohnzimmer stand eine aufklappbare Couch aus dunkelbraunem Cord, die sich nachts in ein Schlaflager verwandelte, auf dem nicht nur meine Schwester und ich, sondern auch vier Monchichis, ein circa hundertjähriger Teddybär und ein nagelneuer Steiff-Löwe ausreichend Platz fanden. Tagsüber war der Teppichboden zwischen Couch, Schrankwand, Fernsehbank und zwei riesigen braunen Sesseln unser Spielplatz, auf dem oft ein zum Kaufmannsladen umfunktioniertes Hexenhäuschen aus Stoff stand oder eine Höhlenlandschaft, gebaut aus Stühlen und alten Gardinen. Dann musste Oma, die im Alter begonnen hatte, fünfmal am Tag ihren Gebetsteppich aus gesteppter grüner Seide hervorzuholen, auf dem freien Fleckchen zwischen Schrankwand und Balkontür beten. Was aber, wie sie uns versicherte, weder sie noch Allah störte. Praktischer war es, wenn gerade Barbie- oder Playmobil-Zeit herrschte. Dann kniete Oma einfach inmitten einer mittelalterlichen Playmobil-Stadt. Ein ganz zartes, fast durchsichtiges Tuch aus weißer Baumwolle über dem zum Knoten gebundenen Haar, hob und senkte sie leise murmelnd ihr Haupt, während wir unauffällig den einen oder anderen Playmobil-Ritter zur Seite schoben, der sich auf ihren grünen Teppich verirrt hatte.

Gegenüber dem Wohnzimmer befanden sich Bad und Toilette. Selbst als wir uns zu Hause längst schon alleine duschten, bestanden Oma und Teyze darauf, uns unter Aufsicht ein Bad einzulassen. Nebeneinander saßen meine Schwester und ich in der Wanne, und wer beim Knobeln zuvor gewonnen hatte, bekam von Oma – Teyze hatte «es leider im Rücken» – seine Haare zuerst gewaschen. Es sei denn, meine Schwester hatte verloren und fing beleidigt an zu heulen. Ich platzte schier angesichts dieser Ungerechtigkeit, aber meine Oma ertrug keine Tränen. Deshalb bekam auch Aylin an meinem ersten Schultag 1975 eine riesige Schultüte. Auf einem Foto, das eigentlich meinen großen Tag dokumentieren sollte, steht sie neben Oma und Teyze und mir vor der Grundschule. Ich halte es für ausgleichende Gerechtigkeit, dass zwei Jahre später, als meine Schwester in ihrer ersten Klasse saß, es mitten im Unterricht an der Tür klopfte. Vor den Augen der versammelten Klasse marschierte meine Großtante zu Aylin und überreichte ihr eine leuchtend gelbe Strickjacke: Die habe sie zu Hause vergessen und es sei doch jetzt so kalt.

Die Nachgiebigkeit bei Tränen war der einzige Erziehungsdisput, den meine Oma je mit meiner Mutter hatte: Von diesem neumodischen, pädagogisch wertvollen Einfach-mal-schreien-Lassen hielt Oma rein gar nichts. «Ich lasse meine Kinder nicht weinen», pflegte sie mit ungewohnter Bestimmtheit zu sagen, und erfüllte jeden Wunsch meiner Schwester, sobald die erste Träne floss. Wunderbar aber war die orientalische Gelassenheit, mit der zerbrochenen Gläsern und anderen Scherben begegnet wurde: «*Canın sağ olsun*» lautete die einzige Reaktion, «sei deine Seele heil».

Zum Baderitual gehörte am Ende die ausgiebige Bewunderung des braunen «Schmutzrands» am Wannenrand. Erst viele Jahre später klärte mich in Istanbul die Angestellte eines türkischen Dampfbades darüber auf, dass es sich dabei um abgeschrubbte Hautschüppchen und nicht um Dreck handele.

Mit dem Wannenbad aber war es nicht getan. Die geliebten Enkeltöchter hatten nicht nur sauber zu sein, sondern rein. Traditionell steht auf türkischen Toiletten immer ein Krug mit Wasser bereit, trockenem Papier darf ein gläubiger Moslem schon wegen der rituellen Waschungen nicht vertrauen. Und so gehörte es zu unseren Pflichten, solange wir klein waren, nach einem längeren Aufenthalt auf der Toilette Bescheid zu sagen: «Oma, Popo putzen!» Aus unerfindlichen Gründen wurde dieser Befehl immer auf Deutsch gegeben.

Doch auch meine Großtante kümmerte sich darum, dass wir besser gepflegt durchs Leben gingen, als eine unzulängliche deutsche Mutter es garantieren konnte. Sie schnitt uns mit einer riesigen Schere regelmäßig den Pony nach, der danach in einer waagrechten Linie, die jedes Lineal hätte ersetzen können, etwa einen halben Meter über den Augenbrauen verlief. Wir hassten das.

Die Strickwaren, mit denen Teyze uns ausstattete, hassten wir dagegen nicht, was mir heute völlig unverständlich ist: Widerstandslos trugen wir sonnengelbe Strickjacken mit Noppenmuster, topflappenartige dunkelblaue Riesenmützen, die den Vorteil hatten, dass wir sie uns weit über den Pony ziehen konnten, grasgrüne Strick-Latzhosen mit rotweißen graphischen Mustern am Fußende oder leuchtend orangefarbene Mäntel mit kunstvoll gekräuselten Kragen und Bündchen. Grob karierte Norwegerpullis sind dezent im Vergleich zu unserer damaligen Garderobe – meine Großtante strickte offensichtlich mit der ganzen psychedelischen Verve der siebziger Jahre.

Nur kochen konnte sie noch besser. Denn natürlich gab es in unserem Maichinger Serail auch eine Palastküche. Sie bestand aus pflegeleichten gelben Schränken und einer orangebraun gepolsterten Essecke. Jede Schranktür und fast jeder Quadratzentimeter Wand waren beklebt mit Katzenbildern aus Katzenkalendern. Meine Großtante bekam sie alljährlich zu Weihnachten von uns geschenkt, damit sie ihre siebzehn Lieblinge aus Izmir nicht allzu sehr vermisste. Nur hinten über der Spüle klebten Dutzende Pril-Blumen, und der Spülmittelverbrauch war zur großen Freude meiner Schwester und mir enorm, weil meine Großtante Obst und Gemüse vor dem Putzen ja mit Pril einzuseifen pflegte.

Für das Frühstück war noch meine Großmutter zuständig, der es keinesfalls eingefallen wäre, uns mit einem türkischen Frühstück – Schafskäse, Tomate und Oliven – abzuspeisen. Zum Tee mit Zitrone und Unmengen Zucker gab es vielmehr die türkische Variante eines kräftigenden englischen Frühstücks: eine Grapefruit mit bereits aus der Schale gelösten Schnitzen und ein getoastetes Sandwich aus deutschem Mischbrot mit türkischem *Kaşar*-Käse und türkischer Knoblauchsalami belegt, das Oma uns in Streifen schnitt, damit wir es in ein weich gekochtes Ei tunken konnten. War das Ei einmal zu labberig geraten oder zu hart, wurde es selbstverständlich für eine anderweitige Verwendung zur Seite gestellt und für uns ein neues zubereitet.

Mittags gab es unser Lieblingsessen, und unser Lieblingsessen war so ziemlich alles, was meine Großtante kochte. Lammgulasch mit Okraschoten zum Beispiel, Lammbraten mit Bechamelsoße, Lammkoteletts, Karotten-Zucchini-Puffer, Auberginen, Zucchini oder Paprika, die mit Hackfleisch oder Tomate gefüllt waren, Köfte – Frikadellen – in Tomatensoße, Pilaw mit Leber und Pinienkernen, oder Börek – Blätterteigtaschen –, gefüllt mit Schafskäse oder Hackfleisch.

Zum Nachtisch machte meine Großmutter manchmal

Milchreis oder Grießpudding, immer aber gab es nach türkischer Sitte Obst, das uns Oma selbstverständlich wusch, schälte und in mundgerechte Stücke schnitt. Jedes Mal, wenn ich einen Granatapfel sehe, denke ich mit ganz besonderer Wehmut an meine Oma, weil ich nie mehr einen gegessen habe, seit ich mir die Kerne selbst herauslösen müsste. Dank der Kochkünste meiner Großtante und dem Wert, den meine Oma einer Vielfalt an Obst beimaß, wuchsen wir zu Feinschmeckern heran, die bereits im Alter von zehn Jahren zu schätzen wussten, dass es mehr auf der Welt gab als die durchaus geliebten Miracoli oder Hähnchen mit Pommes frites. Letztere machte meine Großtante natürlich selbst, alle Türken sind ganz verrückt nach *pomfrit*.

In der Wohnung roch es immer nach Essen, es war eine warme, gemütliche Höhle, und voller Ärger sahen wir zu, wenn die Eindringlinge, die sich Mama und Papa nannten, nur zur Tür hereinspaziert kamen, um stöhnend zu den Fenstern zu stürmen und sie aufzureißen. Was hatten die denn hier zu suchen? Das war unser Reich.

Ramadan mit Hanni und Nanni

Über uns stand hier nur noch Allah. Der aber war allgegenwärtig. Weniger wegen der fünf täglichen Gebete meiner Großmutter, sondern weil es sich bei ihm um eine Macht handelte, der man vertrauen, auf deren Güte und unendliche Weisheit man sich einfach verlassen konnte. Bis heute wispere ich manchmal ganz automatisch *Bismillahirrahmanirrahim*, wenn ich vor einer schwierigen Aufgabe stehe oder etwas vorhabe, bei dem ein bisschen göttlicher Beistand nicht schlecht wäre: «Im Namen Gottes, des Barmherzigen, des Erbarmers» ist die

Formel, mit der fast alle Suren des Korans beginnen, die aber auch jeden mehr oder weniger gläubigen Türken durch den Alltag begleitet. Man murmelt sie, bevor man ein Flugzeug besteigt oder einen Kuchen in den Ofen schiebt, es ist eine Art Innehalten, das dabei hilft, die Kräfte zu sammeln und sich zu konzentrieren.

Den Koran lernte ich erst kennen, als ich schon über dreißig war und immer mehr Menschen im Namen Allahs in die Luft gejagt wurden. Aber die Übersetzung, die ich mir schließlich zulegte, war die altmodische von Friedrich Rückert aus dem 19. Jahrhundert, weil sie so poetisch klingt und mich irgendwie an den Glauben erinnert, den meine Großmutter immer predigte.

So wie mein Türkisch auf dem simplen Level stehen geblieben ist, der zur Verständigung zwischen liebevoller Oma und unbedarftem Enkelkind nötig ist, so blieb auch Gott lange Zeit der, der mir von meiner Großmutter vermittelt worden war: eine Art Weihnachtsmann im Ganzjahres-Einsatz. Für die Pracht der türkischen Südküste war er ebenso verantwortlich wie für das herrliche Grün des Schwarzwaldes, für das ihn Oma und Teyze auf manchem Sonntagsausflug zu preisen pflegten. Der berufliche Erfolg meines Vaters war ihm ebenso zu verdanken wie ein gelungener Kuchen meiner Großtante. Und Peter Alexander hatte er die goldene Kehle ebenso verliehen wie Cary Grant sein hinreißendes Äußeres. Es war ganz einfach: Die Welt im Allgemeinen und unsere in Maichingen ganz besonders waren wunderbar, weil Allah der Allmächtige wunderbar war. Der offensichtlichste Beweis für Allahs wunderbares Wirken aber waren die wunderbaren Enkeltöchter, die er Oma und Teyze geschenkt hatte, und so wurden wir von ihnen auch behandelt. Kein Wunder, dass wir Allah auch ganz wunderbar fanden.

Wenn ich betete, dann so wie meine Oma, mit ausgebreiteten Armen und den Handflächen nach oben, aber von Korantreue und rituellen Gebeten war nie die Rede. Es genüge vollkommen, lehrten Oma und Teyze uns, wenn wir Allah allabendlich nicht nur unsere lange «Bitte lieber Gott mach»-Wunschliste übermittelten, sondern uns auch für das Glück und die Gesundheit bedankten, die er unserer Familie so reichlich angedeihen ließ. Das Ritual der beiden, mit Tuch über dem Kopf und einer Art Rosenkranz in den Händen unverständliche Worte vor sich hin zu murmeln, fanden wir allerdings sehr beeindruckend, und von Zeit zu Zeit war uns auch nach professionellem Gebet zumute. Dann legten uns Oma und Teyze entzückt ein weißes Tuch über den Kopf, überließen uns ihre Gebetsketten aus rosafarbenen Perlen und meinten, wir sollten statt der arabischen Suren einfach nur «Allah, Allah, Allah» beten. Das taten wir denn auch etwa eine Woche lang inbrünstig, aber unsere elaborierte Gottgefälligkeit war ebenso saisonalen Schwankungen unterlegen wie die Lust, Playmobil oder Barbie zu spielen oder doch lieber die Carrerabahn aufzubauen. Unserem Glauben an Gott tat das keinen Abbruch, er war ein enger Vertrauter von Oma und Teyze, und so vertrauten auch wir ihm.

Außerdem betete zumindest Teyze auch gar nicht so oft, vielmehr legte sie sich fünfmal am Tag stöhnend aufs Sofa und bat ihre Schwester, für ihre zarte Gesundheit mitzubeten. Sie habe es mit dem Rücken und in den Knien, auf denen ja die ganze Hausarbeit – das Mittagessen zu kochen – laste. Mein Vater pflegte sie dann an die Last von 50 Kilo Übergewicht zu erinnern, die diese Knie außerdem durch die Gegend schleppen mussten. Da schalt sie ihn herzlos, verdorben von den gefühllosen Deutschen.

Einmal im Jahr aber fastete sogar meine Großtante – auch wenn sie in dieser Zeit nie ein Kilo abnahm. Vielleicht hätte auch ich mich mit vierzehn, fünfzehn Jahren in eine tief gläubige Moslemin verwandelt. Damals war ich hauptsächlich damit beschäftigt, die Mayo- (viele Eier), die Hollywood- (viel Ananas) oder die «Brigitte»-Diät (viel Aerobic) auszuprobieren. In diesem Alter dürfte es vielen Mädchen ziemlich verlockend erscheinen, sich von Kopf bis Fuß in sackartige Gewänder zu hüllen und einen Monat lang tagsüber nichts zu essen. Aber erstens hätte mich mein angeblich türkischer Vater mit der Burka versohlt, und zweitens hatte ich von klein auf genug Fastenmonate miterlebt, um zu wissen, dass Gewichtsabnahme so ziemlich das Letzte war, was Türkinnen am Ramadan interessierte.

Für Aylin und mich hieß Ramadan, dass es die üblichen Lammtöpfe und gefüllten Auberginen und Blätterteigtaschen, die uns beiden weiterhin mittags serviert wurden, abends noch einmal gab. Vor allem aber hieß es, dass man mitten in der Nacht zum *sahur*, dem letzten Essen vor Sonnenaufgang, aufstehen und mit Oma und Teyze Toast essen durfte. Das war das Größte: Nie wieder fühlten wir uns den Mitternachtspartys so nah, die wir in unseren «Hanni und Nanni»-Romanen so liebten und wegen denen wir eine Zeit lang unbedingt auf ein Internat gehen wollten.

Außerdem waren plötzlich Unmengen von Süßigkeiten im Haus, Pralinenschachteln, Schokoladentafeln, kandierte Geleefrüchte und kiloschwere Kartons voll sirupgetränktem Baklawa mit Pistazien, Mandeln und Walnuss. Ein paar davon nahmen wir mit, wenn wir abends die Familien der türkischen Mitarbeiter meines Vaters besuchen gingen. Dann kamen die türkischen Bekannten von Oma und Teyze an die Reihe, die Frau, deren Mann der Import-Export-Laden von Sindelfingen gehörte, die Freundin der Frau, deren Mann der Import-Export-Laden gehörte, und die Cousine der Freundin der Frau, deren Mann der Import-Export-Laden gehörte. Und schließlich kamen all diese Türkinnen zu uns zu Besuch – sogar die anatolischen Nachbarinnen von gegenüber, die sonst immer vor der Tür warten mussten, wenn sie sich etwas leihen wollten oder anboten, meiner Großtante etwas aus dem Supermarkt mitzubringen.

Wie anders sah dagegen die Religion aus, die uns in der Schule beigebracht wurde. Gott als Unterrichtsstoff. Ein halbes Jahr lang besuchte ich auf dem Gymnasium den evangelischen Religionsunterricht, aber ich kann mich kaum noch daran erinnern, nur dass wir Apostel auswendig lernten und Psalmen abschrieben.

Meiner Mutter, der Pastorentochter, kam Gott schon lange nicht mehr ins Haus. Religion, das war die Pflicht gewesen, die ihren Vater davon abhielt, so wie andere Väter am Wochenende mit seinen Kindern zu spielen. Und Gott, das war doch der Typ, der ihr mit neun die Mutter weggenommen hatte – der einem Mann die Frau klaute, der sein Leben Gott gewidmet hatte.

Sie ließ uns vom Religionsunterricht befreien, und ich verbrachte die «Leerstunden» im Aufenthaltsraum mit einer Mitschülerin, deren Eltern Baptisten waren und die immer vom «Besuch von Tante Rosa» sprach, wenn sie ihre Tage bekam. Meist nutzten wir die Zeit, um beim SDR 3 anzurufen und uns für die «Plattenpost» am Nachmittag ein Lied zu wünschen. Die Radiosendung war Kult, schon weil ihre Moderatoren nur selten in die Titel hineinredeten und die Aufnahme mit dem Kassettenrecorder verhunzten. Es war die höchste Ehre, wenn die «Plattenpost» vor dem Wunschlied den Höreranruf abspielte, weshalb ein Großteil unserer Leerstunde dafür draufging, das Skript für einen möglichst originellen Anruf zu entwerfen. Vergeblich. Aber eines Tages spielten sie tatsächlich «Kim Wilde mit ‹Kids of America› für Iris und Tanja». Mit weit geöffneten Armen bedankte ich mich abends bei Allah.

Während alles Gute von Gott kam, pflegte meine Großtante für einen Großteil des Bösen in der Welt Deutschland verantwortlich zu machen. Wegen der vielen Moslems gebe es nämlich in der Türkei keinerlei Verbrechen. Aber ihr Sohn ging plötzlich in Spielcasinos, trank Alkohol, aß Schweinefleisch und wollte einfach nicht mehr auf sie hören. Deutschland habe ihn verändert, klagte sie oft. Vergeblich wandte meine Mutter ein, sie habe den Eindruck, dass der Sohn wahrscheinlich schon mit sieben nicht mehr unbedingt auf das gehört habe, was nach Meinung anderer gut für ihn war. Und ob er denn nie von Dimitris Weinkeller erzählt habe. Oder wie er eines Morgens mit einer Alkoholvergiftung im – übrigens deutschen – Hospital von Istanbul aufgewacht sei? Meine Großtante lachte nur und nannte meine Mutter einen Spaßvogel, dann drehte sie sich um und empörte sich über die gottlosen Deutschen, die allesamt Lügner seien. Manchmal, wenn mein Vater und seine Tante verschiedener Meinung waren und sie ihm wieder einmal vorwarf, er habe sich verändert, warnte er sie: «Sei nett zu mir, wir sehen uns nur in diesem Leben, schließlich komme ich doch in die Hölle!» Da schaltete sich erschrocken meine Oma ein: «Neinnein, ich bete jeden Tag für dich, du kommst mit uns ins Paradies!»

Eines Tages aber platzte sogar meinem Vater der Kragen. Teyze hatte wieder einmal einen Kommentar gemacht, wonach seine deutsche Frau keinen guten Einfluss auf ihn habe. Und uns sei sie eine schlechte Mutter. Da warnte er seine Tante zum ersten und letzten Mal: «Noch so eine Bemerkung, und ich schicke euch beide in die Türkei zurück.» Meine Großtante weinte drei Tage und sprach weitere drei kein Wort mit ihm. Aber in Zukunft beschränkte sie ihre Kommentare auf die Zeit, da sie sich mit ihrer Schwester allein und auch uns außer Hörweite glaubte.

Ein Indiz für den verwerflichen Einfluss der Deutschen waren auch die drei Aufklärungsbücher im «Was ist was?»-Stil, die mein Vater uns gekauft hatte, die nach der festen Überzeugung meiner Großtante aber von meiner Mutter ins sündige Sindelfinger Haus geschleppt worden waren. Ich nutzte die reich bebilderten Bände in erster Linie, um mich mit Freundinnen im Bad einzuschließen, das Licht zu löschen und im Schein einer Taschenlampe kichernd die Bilder zu betrachten. Meine Großtante wurde nicht müde, uns klar zu machen, dass Gott die Kinder bringe. Wenn im Fernsehen eine gar zu intensive Kuss-Szene zu sehen war, wies sie meine Oma an, schnell umzuschalten, das sei ganz, ganz ungehörig. Bis meine Schwester eines Tages genug davon hatte und sie diese offensichtlich haarsträubend ahnungslose Frau aufklärte: «Wenn Izmir-Opa nicht mit Oma Liebe gemacht hätte, gäbe es uns gar nicht!»

Mit meiner Oma hatten wir immer den größten Spaß, wenn wir ihr neue deutsche Wörter vom Schulhof beibringen konnten: «Oma, sag mal bumsen, hihihi!» Oma wiederholte artig «bummsänn», bat dann um eine Übersetzung und versuchte verzweifelt, empört zu gucken, bevor sie in unser Gekicher einstimmte. Meine Großtante probierte es zwar noch mit Drohungen aus dem reichen pädagogischen Arsenal anatolischer Großeltern, wie etwa jener, sie werde uns den Mund mit Pfeffer ausreiben, wenn wir solch schmutzige Wörter benutzten, aber dafür erntete sie empörte Blicke von ihrer älteren Schwester, die sie – immer noch kichernd – darauf hinwies, sie selbst werde hier gleich jemanden mit Pfeffer einreiben.

Gelegentlich machte auch mein Vater die ganzen Erziehungsmaßnahmen zunichte. Wenn er zum Mittagessen vorbeikam, erkundigte er sich mit breitem Grinsen und in unserer Anwesenheit bei seiner Tante, wie sie denn mit ihrer Nutte vorankäme. «*Orospu*» war ein mehrbändiger Bestseller in der Türkei, den meine Großtante verschlang, die tragischen und sehr detaillierten Lebenserinnerungen einer Prostituierten. Dann wurde meine Großtante knallrot und wies ihn würdevoll darauf hin, dass sie das faszinierende Werk aus sozialem Interesse lese und erleichtert sei zu sehen, wie das gefallene Mädchen gerade zurück auf den rechten Weg finde.

Meiner Großtante gefiel es sehr, als auch ich zu einer Leseratte heranwuchs, und sie unterhielt sich gern mit mir über Literatur. Ganz besonders legte sie mir ihre Werkausgabe der Romane Barbara Cartlands ans Herz, aus der sie meiner Oma regelmäßig einzelne Sätze vorzulesen pflegte. Dann nickten beide verträumt mit dem Kopf und lobten die Lebensklugheit dieser Frau, die so warmherzig zu erzählen wisse und deren empfindsame Liebesgeschichten im Adelsmilieu immer mitten aus dem Leben gegriffen schienen. Als 1981 Prinz Charles Diana Spencer heiratete, nahmen auch Oma und Teyze daran ergriffen Anteil, aber für sie blieb Lady Di immer nur «die Enkelin der großen Barbara Cartland».

Ich lieh mir später die deutsche Übersetzung eines Romans aus der Sindelfinger Stadtbibliothek aus und fand «Zärtliche Verschwörung» eine durchaus gelungene Abwechslung zu «Damals war es Friedrich», Hans Peter Richters Roman über eine Jugendfreundschaft in Nazi-Deutschland, den wir gerade in der Schule lasen.

Die anatolische Familie, die gegenüber von Oma und Teyze wohnte, hielt meine Großtante für Kurden, weshalb sie das Wort «Kurden» nur sehr vorsichtig und leise aussprach. Das war allerdings nicht der Grund, warum sie den Kontakt zu den Nachbarn auf das Nötigste beschränkte.

Es gehört vielmehr zu den Lieblingsbeschäftigungen von Westtürken, ihre anatolischen Landsleute zu beschimpfen. Westtürken sind nicht unbedingt im westlichen Ausland lebende Türken. Im Gegenteil, schließlich leben im Ausland meist die Ehrenmörder und Töchtereinsperrer, weil das Ausland doof genug war, sie aufzunehmen. In den sechziger Jahren hatte mein Vater in Istanbul einen Freund, der auf einem der Ämter arbeitete, die für das Anwerbeabkommen von 1961 zwischen Deutschland und der Türkei zuständig waren. Wenn sie sich abends in den Kneipen unter der Galatabrücke trafen, rieb sich Kemal grinsend die Hände und beschrieb das Abkommen aus seiner ganz persönlichen, sehr türkischen Sicht: «Heute sind wir wieder eine Herde von 3000 Bauerntrampeln losgeworden! Ich habe keine Ahnung, was Deutschland mit denen will. Die haben immer nur auf ihrem Feld geackert, kennen noch nicht mal ihr Nachbardorf, und jetzt arbeiten sie in europäischen Fabriken! Soll mir recht sein, die sparen da 6000 Mark im Jahr, und wenn sie nächsten Sommer zurückfahren, ergießen sich in unserem Land plötzlich 18 Millionen Mark auf anatolische Dörfer. In Gegenden, wo der Monatslohn bei unter 100 Mark liegt!» Und dann hatten sie einen lustigen Abend, während dessen Kemal Anekdoten vom Besuch seiner Landsleute auf dem Amt erzählte.

Meine Eltern klagen übrigens auch gern darüber, dass es in Deutschland einfach zu viele Ausländer gebe. Wenn ich dann kritisch die Augenbrauen hebe, ergänzen sie: «Zu viele Alibabas.» Das ist der Sammelbegriff meiner Familie für die einfachen Anatolier mit Schnauzbart und Kopftuch. «Nur wer gebildet ist, kann sich assimilieren», doziert mein Vater dann. «Das kann man bedauern, aber es ist leider so.» Da seine Erkenntnis auf der Kombination einer intensiven Lektüre der Werke Atatürks mit der unangreifbaren persönlichen Erfahrung als Einwanderer beruht, ist sie der Weisheit letzter Schluss. Ich mache dann vorsichtige integrationsfördernde Einwände. Würde zum Erhalt einer lebendigen und gleichzeitig zukunftsfähigen Gesellschaft im 21. Jahrhundert ein für Ausländer verpflichtender Sprachkurs nicht reichen? Postwendend wird mein Vorschlag ins Reich der Alibabas verwiesen: «Dass du in deinem Alter immer noch diese albernen Multikulti-Ideen im Kopf hast! Du bist doch sonst so eine vernünftige Frau!»

Westtürken nenne ich die laizistischen Türken, die oft aus Großstädten wie Izmir, Istanbul oder Ankara stammen. Sie gehören meist einer gut verdienenden Mittelschicht an, und sie haben von einer Welt außerhalb ihres Heimatortes nicht nur vom Imam oder aus amerikanischen Fernsehserien gehört. Ihre Hochachtung für den Westen fängt beim Beuteltee an und setzt sich bei ihren Kindern fort, die nach Möglichkeit zum Studieren ins Ausland geschickt werden – allerdings längst nicht mehr nach Deutschland, das ihnen inzwischen zu rückständig erscheint, sondern möglichst nach Amerika. Westtürken verehren Atatürk und hassen die Islamisten, ihre tiefste Verachtung allerdings gilt im Grunde dem, «wie diese Landeier herumlaufen». Wie es beim Anblick eines Kopftuchs in einem Westtürken brodelt, kann man sich in etwa vorstellen, wenn man an einen Stier in der Arena von Sevilla denkt.

Der Flughafen ist für den Westtürken ein besonders beliebter Ort, um seinem Ärger Luft zu machen. Sonst nämlich achtet der Westtürke derart sorgfältig darauf, mit dem einfachen Anatolier möglichst wenig zu tun zu haben, als seien Kopftücher und Schnauzbärte eine ansteckende Krankheit. Aber in den Abflughallen zu Ferienbeginn ist ein engerer Kontakt nicht zu vermeiden, und moderne Flughäfen bilden mit alten Anatoliern einen gar zu aufreizenden Kontrast. Anatolische Großfamilien ziehen bekanntlich beim Schlangestehen die türkische Traube der britischen Reihe vor, weil jedes Familienmitglied jedes andere Familienmitglied und alle Familienmitglieder den Schalterangestellten im Auge behalten müssen, um sich oder ihm jederzeit etwas Dringendes mitteilen zu können. Und ganz gleich, ob ihre Mitglieder alle tief verschleiert sind oder die Söhne im rosa Poloshirt und die Töchter im bauchfreien Top herumstolzieren – sie schleppen grundsätzlich säckeweise Lebensmittel mit. Und zwar nicht nur zurück nach Deutschland, sondern auch in die Heimat. Deutsche Zollbeamte grinsen belustigt, deutsche Urlauber schütteln verwundert den Kopf – aber die zwischen ihren Landsleuten eingezwängten Westtürken können sich gar nicht mehr beruhigen.

Es ist immer eine sorgfältig frisierte Türkin mit lackierten Fußnägeln, die mit dem Lamento beginnt.

«Ist das wieder ein Chaos. Das ist doch hier kein Bazar! Jetzt sieh sich das mal einer an: Bananen! Die Oma da hat Bananen in ihrer Tasche!!» Daraufhin nickt eine andere im Gewühl eingezwängte Westtürkin ihr augenrollend zu, und schon ist die Konversation eröffnet.

«Glauben diese Zucchiniköpfe denn, in der Türkei gäbe es keine Bananen?»

«Bestimmt, wenn man sie ließe, würden diese Esel doch Hühner mit in die Kabine nehmen.»

«Die Dicke da vorn sieht selbst schon aus wie eine Legehenne.»

«Wenn die ihren hässlichen Sohn nicht mit ihrem Bruder gezeugt hat, dann will ich ihr ihre Plastiktaschen eigenhändig in die Türkei tragen.»

«Wegen dieser Landeier kommen wir nicht in die EU, wegen dieser Typen.»

«Und? Kann man es der EU verdenken? Diese Schafsherde würde ich keinen Schritt über meine Schwelle setzen lassen.»

«Allerdings. Lieber Gott, warum hast du ihnen kein Hirn gegeben, nur ein bisschen Hirn!»

Irgendwann schalten sich dann die Männer ein, die inzwischen die Reisekoffer absturzsicher auf dem Wagen gestapelt und noch einmal den Handyempfang kontrolliert haben: «So viel Hirn, wie da nötig wäre, kann Gott allein gar nicht tragen.»

«Ach, ich freue mich schon darauf, in Istanbul endlich mal wieder Schafskopfsuppe zu essen.»

«Oh ja, meine Oma hat die ja noch selbst gemacht!»

«Wirklich, wie schön! Woher stammen Sie denn?»

«Wir leben in Istanbul, aber meine Familie kommt aus Ankara.»

«Ach, wie interessant, unser Sohn praktiziert nach seinem Arztstudium in den Staaten jetzt in Ankara.»

«Wirklich? Unsere Tochter macht gerade in Dallas ihren Doktor.»

«Die Tochter meiner Schwester ist gerade nach Houston gezogen.»

«Der Mann meiner Cousine arbeitet bei der NASA» …

Und so klammern sich im anatolischen Meer aus Bananen, Paprika und Windeln die Westtürken fest aneinander und versichern sich gegenseitig ihrer Weltgewandtheit. Gewonnen hat, wer die meisten Verwandten mit im Ausland erworbenem Doktortitel im Gespräch unterbringen konnte.

Einer der Lieblingssätze meiner Oma und Großtante war: «Dieses Landvolk ruiniert unseren Ruf.» Auf ihrer persönlichen Skala der Respektspersonen dieser Erde stand ganz oben Atatürk, kurz danach kam Peter Alexander, und ganz unten tummelten sich «die Kopftuchträger».

Oma und Teyze verließen das Haus nie ohne etwas Lippenstift und einen Hauch Rouge auf den Wangen, ansonsten bevorzugten sie die weltweit beliebte Alterskluft in Beige, Braun und Eierschale mit passender Handtasche im XXL-Format. Meine Großtante erzählte gern von den zahllosen Verehrern ihrer Jugend in Izmir, während meine Großmutter im Alter immer eitler wurde. Eines Tages entdeckte mein Vater vor einer Sommerreise in die Türkei auf dem Flughafen im Pass meiner Großmutter ein seltsames Geschmiere. Dort, wo ihr Geburtsjahr stehen sollte, 1909, prangte ein hässlicher Fleck. Da erklärte sie ihm ungerührt, die Passbehörde habe bedauerlicherweise einen Fehler gemacht, sie sei doch 1919 geboren. Aber das sei nicht so schlimm, mit einem mit etwas Spucke angefeuchteten schwarzen Kuli hätte sie das nun berichtigt.

Meine Großtante und meine Oma waren zwei alte Damen, die ihrem einzigen Sohn nach Deutschland gefolgt waren und ihre Tage jetzt in einer Zwei-Zimmer-Wohnung in Maichingen verbrachten. Wenn man sie allerdings an der neunköpfigen anatolischen Nachbarsfamilie vorbeistolzieren sah, konnte man meinen, Frau Sultansmutter und ihre Schwester hätten sich inkognito unters Volk gemischt, um diesem einmal auf den Zahn zu fühlen.

Die Güleroğlus, Omas und Teyzes Nachbarn, stammten aus Konya, einer über eine Million Einwohner zählenden Großstadt, was nach Meinung meiner Großtante aber nicht viel zu sagen hatte, schließlich lag Konya 500 Kilometer östlich von Izmir und war somit Teil der anatolischen Steppe, wo die Männer direkt neben ihren Schafen schnarchten und die Frauen hinterm Haus Dungfladen zum Feuern ihrer Hütten herstellten. Dass Güleroğlus ihre älteste Tochter nach der Hauptstadt des finsteren Irak Bağdad genannt hatten, half auch nicht gerade, die Skepsis meiner Großtante zu zerstreuen. Ich dachte mir, dass die Güleroğlus sich auf einem der zahlreichen Maichinger Bauernhöfe sicher sehr heimisch gefühlt hätten, aber Herr Güleroğlu und sein ältester Sohn waren Schichtarbeiter «beim Daimler». Welche der zwei Güleroğlu-Frauen seine Frau war und welche seine Schwester, konnte ich nie ausmachen. Beide hatten sie schwarze Augen, dunkle Haut und riesige Nasen und trugen die gleiche Sorte geblümter Röcke über weiten Hosen. Und dann gab es noch Oma Güleroğlu, die man aber nur im Sommer sah, wenn sie in bunten Pluderhosen auf dem Balkon saß und stumm Teig knetete.

Bağdad hatte noch zwei Schwestern und einen kleinen Bruder. Ali saß meist in seinem Kinderwagen, wobei es sich nach Angaben meiner Großtante ganz offensichtlich um ein selbst gezimmertes Gebilde aus einem alten Dreirad und einem Hundekorb vom Sperrmüll handeln musste. Der Wagen schlingerte ein wenig beim Fahren, aber das störte uns nicht. Bağdad stellte Ali am Rande des Sandkastens neben dem Haus ab, und wir konnten ungestört spielen, solange wir ihn regelmäßig mit dem knisternden Papier der Nimm-Zwei-Bonbons versorgten, die meine Oma Aylin und mir gegeben hatte. Bei besonderen Leistungen verteilten wir sie auch an die Güleroğlu-Mädchen. Unsere Spiele beruhten alle auf demselben Grundprinzip: Meine Schwester und ich gaben Befehle, und die Mädchen führten sie aus.

Eines dieser Spiele hieß «Wir bauen eine Stadt», welches von unseren Ali-Mitgutsch-Wimmelbilderbüchern inspiriert war. Es bedeutete, den gesamten Sandkasten in eine kleine

Stadt zu verwandeln. Was wiederum bedeutete, dass meine Schwester und ich Paläste errichteten und die Güleroğlu-Mädchen hauptsächlich damit beschäftigt waren, den Sand zu sieben, Wassereimer zu schleppen, Straßen zu harken und aus den umliegenden Büschen Material für die Stadtbegrünung zu reißen. Für einen Zweig mit frischer Blüte gab es ein Nimm-Zwei-Bonbon extra. War die Stadt errichtet, schrien wir hoch zum Küchenfenster im ersten Stock: «Oma, Teyze, guckt mal!» Dann steckten die zwei ihre Köpfe heraus, meinten, das sei aber schön, ganz die Töchter eines großen Architekten, aber jetzt sollten wir bitte kurz nach oben kommen. Daraufhin klopften wir uns den Sand von der Hose und verkündeten, wir müssten jetzt hoch, es gäbe Kuchen. Eiligst verschwanden wir im Haus, während die Güleroğlu-Mädchen, so plötzlich ihrer Freizeitanimateure beraubt, schweigend am Rand des Sandkastens hockten und mit trockenen Zweigen Linien zwischen den Häusern zogen. In der Küche schimpfte meine Oma dann ein bisschen mit uns, mit Essen prahle man nicht, das sei *günah*, eine Sünde, sie werde jetzt drei Stücke für die Güleroğlu-Mädchen zur Seite stellen, die würden wir ihnen später hinunterbringen.

Manchmal machten wir uns Sorgen um unsere Freundinnen, deren Deutsch vielleicht für ein Leben in Maichingen reichte – sollten sie aber dereinst in die große weite Welt von Sindelfingen ziehen wollen, würden sie schnell an ihre Grenzen stoßen. Wir konnten uns ja nicht ewig um sie kümmern. Also nahmen wir ihre Sprachausbildung in die Hand. Diese bestand darin, ihnen aus unseren Lieblingsbüchern vorzulesen, denn wir lasen furchtbar gern vor und gingen davon aus, dass allein die Aura unserer Stimme ihnen den mannigfaltigen Wortschatz einprägen würde, den «Kasperle auf Burg Himmelhoch» oder «Halinka und das Zaubersteinchen» boten. Bağdad und ihre

Schwestern lauschten ergriffen, schließlich bekamen sie zur Belohnung Kuchen.

Der klassische Sprachunterricht schien uns dagegen pädagogisch überholt. Erst kürzlich hatten uns Oma und Teyze nach einem Sommerurlaub aus der Türkei Schulbücher mitgebracht, die uns dabei helfen sollten, türkisch schreiben zu lernen. Die Musterfamilie der Fibeln, die typische Namen trug und in ihrem typischen Alltag langweilige Dinge verrichtete, kam uns verdächtig bekannt vor. In der Goldberg-Grundschule von Sindelfingen hatten ihre Mitglieder Herr und Frau Schneider oder so ähnlich geheißen sowie Sabine und Robert. «Wenn Robert einen Roller hat, dann rollt er durch die ganze Stadt, Roller Roller rattatat», stand in unserem ersten Lesebuch. Später würde Robert nach Paris rollen, Marc oder so ähnlich heißen und der Sohn von Monsieur und Madame Leroc sein, die unsere Französischbücher bevölkerten. Und nun führten die Lerocs offensichtlich ein Doppelleben in der Türkei, wo Marc unter dem Pseudonym Ali seinen Tag damit verbrachte, zu laufen und den Ball zu holen: «Los, Ali, geh. Ali, hol den Ball. Ali holt den Ball. Ali wirft den Ball.»

Nein, mit derartigem Unterrichtsstoff würden wir die Güleroğlu-Mädchen nicht quälen, zudem erschien es uns fraglich, inwieweit sich die Geschwister in dieser vierköpfigen Standardfamilie wiederfinden würden, in der niemand ein Kopftuch trug.

Am häufigsten nutzen Aylin und ich Kuchen oder Bonbons allerdings für unser Lieblingsspiel, das Marienkäfersammeln. Oder vielmehr: das Marienkäfersammelnlassen. Die Büsche rund um den Sandkasten vor dem Haus meiner Oma wimmelten damals nämlich jeden Sommer von Marienkäfern. Teyze hatte uns zwei Eimer gebastelt mit Schnüren daran. Dabei erzählte sie von den Körben, die man in Izmir auf die Rufe der Straßenhändler hin vom Balkon ließ, auf dass die Händler einem Brot, Milch oder die zuvor hinuntergelassenen Messer geschliffen wieder hineinlegten. Nur die Wassermelonen, die habe ihnen der Hausmeistersjunge immer die Treppen hochgebracht, die seien ja doch zu schwer zum Hochziehen, dunkelgrüne Prachtexemplare seien das in Izmir, innen tiefrot und zuckersüß, nicht diese faserigen Zwergenköpfe, die man hier in Deutschland als Melonen verkaufe.

Wir ließen unsere Eimer vom Balkon herab, auf dass die Güleroğlu-Mädchen sie mit Käfern füllten. Erst wenn dem mit Gras und Playmobil-Requisiten ausgestatteten Marienkäfer-Reich in den Schuhkartons eine Bevölkerungsexplosion drohte, legten wir unseren Spielgefährtinnen die Kuchenstücke in den Eimer und stellten uns vor, wie die Güleroğlu-Mädchen glücklich und ganz vorsichtig daran knabberten, um länger etwas von der süßen Delikatesse zu haben, und wie Bağdad später am Abend dankbar für uns betete, und wie der liebe Gott lächelnd von seiner Wolke auf uns herabsah und uns im Schlaf übers Haar strich.

Überhaupt war der Balkon unser liebster Spielort: Von hier aus dirigierten wir die Güleroğlu-Mädchen und andere Nachbarskinder auf der Suche nach Außerirdischen zwischen Sandkasten, Straße und Garageneinfahrt, verrieten unserem jeweiligen Günstling beim Versteckespielen das Versteck der anderen und ließen uns die für unser Wohlbefinden auf dem Balkon benötigten Einrichtungsgegenstände wie Glitzersteine oder Gänseblümchen in den Eimer legen. Wir waren draußen und doch ganz nah dran an Klo, Limo und dem Kuchen meiner Großtante, und wir hatten einen ausgezeichneten Überblick über unser Volk. Die erhöhte Stellung entsprach sowohl dem natürlichen Gefälle zwischen Sindelfinger Großstadtkindern und Maichinger Dorfjugend wie dem zwischen Westtürken und Anatoliern, das spürten wir wohl schon in unserem zarten Alter.

Oma und Teyze unterstützten unsere Spiele auf dem Balkon sehr, nicht nur mit dem Bau der Eimer, sondern auch, indem meine Großtante uns regelmäßig mit Tee und Keksen versorgte und meine Oma nach dem Untergang eines Marienkäfer-Imperiums ganz selbstverständlich die klebrigen gelben Schlieren von dem Playmobil-Brunnen und den Playmobil-Mägden entfernte und für neue Kartons sorgte. Denn auf der Straße durften wir nur spielen, solange wir uns in Sichtweite der Wohnung befanden. «Wir sind für euch verantwortlich, und was sollen wir euren Eltern sagen, wenn ihr verschwindet?», hieß es immer, und das Argument, dass unsere Eltern uns sogar sehr häufig unbeaufsichtigt spielen ließen und somit sicher an den Gedanken gewohnt seien, uns zu verlieren, zog leider nicht. Nie durften wir in die Wohnungen unserer Maichinger Freunde, ganz gleich, ob es sich dabei um türkische oder deutsche Kinder handelte. Bei den deutschen hieß es immer: «Wie sollen wir uns den Eltern verständlich machen, wenn was ist?»; aber das störte uns ohnehin wenig, wir wussten aus Erfahrung, dass man bei deutschen Eltern nur sehr unzureichend mit Chips, Schokolade und Limonade versorgt wurde, und außerdem konnten wir uns die Kinderzimmer dort ziemlich gut vorstellen. Viel lieber hätten wir die geheimnisvolle Welt hinter der Wohnungstür der Güleroğlus betreten. Schlief da ein Schaf im Ehebett der Eltern? War es wirklich nur Teig, was die Pluderhosenoma knetete? Kniete die ganze Familie morgens, mittags und abends in weiße Laken gehüllt auf ihrem Wohnzimmerteppich und stieß seltsame Laute gen Mekka aus? Ich habe es nie erfahren, und bis heute kenne ich die Wohnungen anatolischer Großfamilien nur aus engagierten deutschen Fernsehdokumentationen, türkischen Slapstickshows oder den Kinofilmen von Sinan Cetin und Fatih Akin.

Der Kontakt meiner Oma und meiner Großtante zu den Güleroğlus beschränkte sich auf Türschwellen und den Hausflur, wo die Familie ohnehin am häufigsten anzutreffen war. Besonders im Sommer hielt sie sich gern draußen auf der Treppe auf, die zum Hauseingang führte. Wenn wir mit Oma und Teyze das Haus verließen, saßen die Mädchen auf den Stufen und häkelten, und die Frauen lehnten von Kissen gestützt am Schlafzimmerfenster, das direkt neben der Treppe lag, und schwatzten. Waren auch die schnauzbärtigen männlichen Mitglieder der Familie zugegen und standen rauchend am Treppengeländer, grüßte meine Großtante nur sehr kurz und wandte schnell den Blick ab. Als unverheiratete Dame der Izmirer Gesellschaft pflegte man zu derartigen Subjekten nur Kontakt zu haben, wenn ein Botengang in Auftrag gegeben oder Obst abgewogen werden musste. Nur weil sie sich geopfert und ihre Heimat verlassen hatte, um ihrem Sohn eine Stütze zu sein, hieß das noch lange nicht, dass man die Regeln des Anstands verletzen und sich im Ausland verbrüdern musste, dieses einfache Landvolk wurde bekanntlich gar zu schnell vertraulich, da hieß es, auf der Hut zu sein.

Waren allerdings nur die weiblichen Güleroğlus und Hundekorb-Ali zugegen, wurde gern die Gelegenheit zur Fortbildung der armen Anatolier ergriffen. Schließlich war auch der große Atatürk nach Abschaffung der arabischen Schrift 1928 höchstpersönlich mit Zeigestock und Schiefertafel durchs Land gereist, um dem Volk das soeben eingeführte lateinische Alphabet nahe zu bringen. Und so entspannen sich fünfzig Jahre später im Gedenken an Atatürk auf einer Maichinger Treppe Dialoge wie dieser:

Großtante: Nickt huldvoll.

Frau Güleroğlu, lächelt treuherzig: «Guten Tag, Teyze, wie geht es Ihnen?»

Großtante: «Guten Tag, Ayşe, es geht mir gut, Gott sei Dank. Wie geht es dir?»

Frau Güleroğlu: «Gut, dem Herrn sei gedankt. Wir arbeiten und versuchen unser Bestes.»

Großtante: «Brav, brav. Und du, mein Kind, was machst du da?»

Bağdad: «Ich häkele mir ein Kniedeckchen, Teyze.»

Großtante: «Na, jetzt sieh dir mal dieses große Mädchen an. Sitzt da und häkelt schon ein Kniedeckchen. – Was ist denn ein Kniedeckchen?»

«Das legt man sich doch über die Knie, wenn man sich hinsetzt und der Rock hochrutscht!»

«Soso. Und warum ziehst du dir nicht einfach einen längeren Rock an?»

«Tu ich doch, aber ein Stück Bein sieht man trotzdem immer.»

«Und was ist so schlimm daran?»

«Gott will wohl nicht, dass so viel Bein zu sehen ist.»

«Warum?»

«Das gehört sich wohl nicht.»

«Was ist denn so schlimm an Beinen?»

«…??? – Gott will wohl nicht, dass so viel Bein zu sehen ist.»

«Wann hat er dir denn das gesagt?»

«Gott redet doch nicht mit mir. Aber Mohammed unser Prophet hat es wohl in den Koran geschrieben.»

«Tststs, also wirklich, was erzählst du denn da? Mein Großvater, Gott hab ihn selig, war in Mekka, und mein Vater, Gott hab ihn selig, war ein *hafız*, weißt du überhaupt, was das ist, ein *hafiz*? Ein *hafiz* ist ein Mann, der den Koran in- und auswendig kann. Eine Stimme hatte mein Vater, Gott hab ihn selig, ach eine Stimme, so süß, so rein, ach mein geliebtes Väterchen … Jedenfalls, dieser Stimme habe ich viele, viele Jahre lang gelauscht, und nie war da die Rede von Kniedeckchen. Mohammed unser Prophet hatte weiß Gott Wichtigeres zu tun, als über Kniedeckchen zu schreiben. Gläubig ist man im Herzen, nicht in den Knien. Also wirklich, Mädchen, das sollte dir mal zu denken geben, dass Gott nicht mit dir redet. Ayşe, hast du ihr das beigebracht? Was erzählt ihr dem Kind denn für Unsinn!»

«Ich weiß nicht, Teyze, so ist es eben, was sollen wir machen.»

«Die Augen öffnen, wenn ihr den Koran lest.»

«So Gott will, Teyze, so Gott will. Gott segne dich.»

«Jaja, dich auch.»

Und so schritten die Damen Tüzüntürk kopfschüttelnd die Treppen dieses Maichinger Wohnhauses hinab auf die Straße, ganz dicht an ihren türkischen Nachbarn vorbei und doch so fern von ihnen. Als schwebten sie in einer Blase, die sich im Moment ihrer Abreise aus Izmir um sie geschlossen hatte, um das großstädtische Flair ihres palmengesäumten Küstenviertels zu konservieren und sie vor der beleidigenden Existenz des unzivilisierten Pöbels im bäuerlichen Deutschland zu schützen.

Sobald wir außer Hörweite waren, wurde die Lektion allerdings bei den Enkelinnen fortgesetzt: «Merkt euch: Das Problem sind nicht die Knie, das Problem ist, dass Gott ihnen keinen Verstand gegeben hat.»

«Warum hat Gott ihnen denn keinen Verstand gegeben?»

Für solche Fragen war meine Oma zuständig, die denn auch antwortete: «Weil Gott jeden Menschen anders gemacht hat, meine Lieben. Die gute Frau Güleroğlu kann dafür vielleicht besonders gut kochen.» Worauf meine Großtante meinte, was das denn jetzt heißen solle, sie selbst koche schließlich auch ganz ausgezeichnet. Und so gingen wir einkaufen.

Zu viert, ausgerüstet mit einem dunkelroten Kunstleder-Einkaufsroller auf zwei Rädern, den meine Schwester und ich abwechselnd ziehen durften und den wir regelmäßig auch meiner Mutter ans Herz legten, der sei doch so praktisch, pflegte unsere Delegation die Maichinger Hauptstraße entlang gen Edeka zu marschieren.

Denn hier ging es keinesfalls nur darum, Brot und Eier zu besorgen. Mit einer Einkaufstour verbunden war immer auch eine Einführung in die Glorie des Osmanischen Reichs und Atatürks Errungenschaften, die meine Großtante den Edeka-Verkäuferinnen angedeihen ließ. Dazu gehörte zuallererst die türkische Sprache. Es war meiner Großtante eine ständige Pein und vollkommen unverständlich, wieso die Deutschen kein Türkisch konnten. Wo die Türkei erstens ein so großes, kultiviertes, frommes und mächtiges Land war und es zweitens doch so viele Türken in Deutschland gab, die bereit waren, hier so viel Geld auszugeben. Sie zum Beispiel. Und wieso wollten die Deutschen einfach nicht einsehen, dass insbesondere in kulinarischer Hinsicht ihre Kultur der osmanischen hoffnungslos unterlegen war? Laut den Angaben meiner Großtante waren sowohl Pfirsiche als auch Äpfel, Birnen und Tomaten in der Türkei groß wie Kinderköpfe und schmeckten zuckersüß wie die Sonne. Als später jedoch türkische Gemüsehändler Freilandware anboten, beschwerte sie sich über deren unregelmäßiges Aussehen und meinte, nein, mit der Qualität dieser anatolischen Bauernware sei es ja nicht weit her, sie nehme lieber die hübschen holländischen Früchte von Edeka.

Auch dort aber mussten Obst und Gemüse selbstverständlich wie zu Hause in Izmir in die Hand genommen und geprüft werden, um über den Erwerb zu entscheiden. «Neinnein, Füraaauuuuu ..., bitte, Apfel nix gut», sagte meine Großtante etwa und griff zu einem Exemplar, das ihren Ansprüchen zu genügen schien. Mit «Fürau» meinte sie «Frau». Da in türkischen Wörtern Konsonanten in der Regel so sorgsam durch Vokale voneinander getrennt werden wie unverheiratete Paare durch Anstandsdamen, kostet die Aussprache aufeinander folgender Konsonanten türkische Zungen ungeheure Überwindung. Aus mir unerfindlichen Gründen gilt das ganz besonders für die Kombination sch plus Konsonant, deshalb pflegten meine Oma und Großtante dazwischen den türkischen Lieblingsbuchstaben ü einzufügen. So hieß es schü-wer, schü-mutzig und schülafen. Ähnlich schwierig war nur das ch, da beschränkten sie sich der Einfachheit halber auf das h und sagten «Ahtunk» oder «kaputt mahen». Und das für alle Ausländer katastrophale Wort «nichts» wurde auch bei ihnen zu einem einfachen «nix».

So gebrochen ihr Deutsch, so bestimmt war das Auftreten meiner Großtante. Und die huldvolle Nachsicht, die diese Botschafterin der kemalistischen Mittelschicht von Izmir den unerfahrenen Maichinger Dorfbewohnern angedeihen ließ, wirkte. Anfänglicher Ärger wich Verunsicherung, dann Belustigung, und schließlich überließen die Verkäuferinnen, die von Oma und Teyze stets höflich lächelnd «Füraaaauuuu ...» genannt wurden, weil sie ja anders als in der Türkei den Namen ihrer Dienerschaft nicht kannten, diesen zwei seltsamen, aber reizenden alten Damen das Revier. Bald konnten Fürau Margit und Fürau Erika, wie sie jetzt hießen, auch die wichtigsten Obst- und Gemüsenamen auf Türkisch. Dass Oma und Teyze immer Unmengen davon kauften, half wahrscheinlich bei der Annäherung. Wahrscheinlich waren es die türkischen Frauen, die dafür gesorgt haben, dass bei Obst und Gemüse heutzutage auch in Deutschland Selbstbedienung herrscht.

In kürzester Zeit pflegten meine Großmutter und meine Großtante freundschaftliche Beziehungen zum ganzen Laden. Das nette Mädchen an der Kasse hieß Sabine, ließen sie uns bei einer späteren Einkaufstour zum Beispiel wissen, war fünfzehn Jahre alt und half im Laden ihrer Eltern aus, um dort später einmal eine Ausbildung zu machen. Ihre Lieblingsfächer in der Schule waren Deutsch und Biologie. Sabine kannte auch unsere Lieblingsfächer und wusste, dass ich Hunde sehr liebte. Das hatten ihr Oma und Teyze einmal erzählt, nachdem Sabine über den Husten ihres Dackels geklagt hatte, der Wuffi hieß, was ich wiederum wusste, weil sich Oma beim Bezahlen regelmäßig mit «Wuffi gut?» nach Wuffis Befinden erkundigte.

So einfach aber lief die Verständigung natürlich nicht immer. Dann traten meine Schwester und ich auf den Plan. Was für uns anfangs eine sehr ungewohnte Erfahrung war. Wir kannten Oma und Teyze ja nur innerhalb unserer vier Maichinger Wände. Dort bewunderten sie unsere Barbies, sie liebten wie wir «Lassie» im Fernsehen, und die Märchen, die sie uns erzählten, ähnelten meist sehr den Geschichten, die meine Mutter uns immer vorgelesen hatte. Aber sobald wir unser Maichinger Serail gemeinsam mit Oma und Teyze verließen, erkannten wir, dass Oma und Teyze anders waren.

Da gab es zum Beispiel Metzgermeister Müller. In der Türkei war Fleisch kaufen immer eine einfache Angelegenheit gewesen. Man ging zum Fleischer seines Vertrauens, hinter dem leckere tote Tiere am Haken hingen, und teilte ihm mit, von genau welchem Körperteil er bitte welche Menge absäbeln sollte. Der Fleischer säbelte, erriet in der Regel das geplante Gericht und wünschte gesegnete Mahlzeit.

In Deutschland war das anders. Hier verwaltete Metzgermeister Müller Fleischportionen. Vor ihm lag jene Auswahl in jenen Größen, die er für deutsche Hausfrauen für richtig hielt. Lamm gab es selten, und Rinder schienen in Deutschland nur aus Roulade und Knochen zu bestehen, aber dafür lagen sämtliche Einzelteile eines Schweins herum.

Meine Großtante wurde nervös. Sie zeigte auf ihre Hüfte und sagte: «Rind?»

«I däd mol soge, des isch koi Rind», sagte der Metzger grinsend.

«*Söyle, butdan kapak kessin*», sagte Teyze.

«Meine Großtante hätte gern den Deckel vom Schenkel», gab ich weiter.

«Hä?», sagte der Metzger.

Jetzt war ich es, die nervös wurde. Ungehalten fragte ich meine Tante, was das denn für etwas Bescheuertes sei. Dann übersetzte ich: «Sie braucht den oberen Teil von der Keule.»

«Brauchtse? Hämma ned», blaffte der Metzger mich an, jetzt offensichtlich in seiner Berufsehre verletzt und gar nicht mehr grinsend.

Ich übersetzte.

«Rinderbraten?», fragte meine Großtante.

«Isch alle», sagte der Metzger.

«Was ist denn so ähnlich?», ergriff ich Eigeninitiative.

«Schweinebraten.»

Entsetzt schaltete sich meine Großmutter ins Gespräch: «Wir Moslem, Schü-wayn nix essen!»

Als sich da auch noch Aylin mit «du bist aber doof!» an den Metzger wandte, beschloss ich, dass es Zeit war, diesen Laden schnellstens zu verlassen.

Mir war die ganze Angelegenheit entsetzlich peinlich, ich hatte doch auch keine Ahnung von Metzgereien, ich wusste nicht, ob meine Großtante vielleicht wirklich Unmögliches verlangte. Sollte sie ihr Zeug doch selber bestellen.

Schwitzend würde ich noch mehrere kleine Tode in Sindelfinger Geschäften sterben, wo ich meine «schwierige» Großtante anblaffte und meine «ständig dazwischen quatschende» Großmutter anfuhr. Noch bei der zickigsten Verkäuferin entschuldigte ich mich und versuchte sogar, mich mit einem Augenrollen in Richtung der «nervenden Türkinnen» bei ihr anzubiedern.

Es dauerte eine Weile, bevor ich endlich begriffen hatte, was meine herrschsüchtige kleine Schwester instinktiv spürte: Im Fall von Oma und Teyze waren wir die Erwachsenen. Für die zwei war Deutschland die Fremde, in der sie Hilfe benötigten. Und wir konnten ihnen helfen. Heldenhaft würden wir sie durchs feindliche Ausland geleiten. So wie Oma und Teyze immer bedingungslos zu uns hielten, wenn es darum ging, wann man ins Bett sollte und ob es schlimm war, den Rücksitz im Auto mit Butterkeksen voll zu krümeln, so würden auch wir immer und unbedingt auf Omas und Teyzes Seite stehen. Mit ihnen waren deutsche Geschäfte ein Abenteuer, das es gemeinsam zu bestehen galt.

Vermutlich lag es an unserer verschworenen Gemeinschaft, dass ich mir nie Gedanken über das mangelnde Deutsch der beiden machte. Oma und Teyze waren die einzigen Türken, die gebrochen Deutsch sprechen durften, schließlich war das Ausland, in dem sie lebten, nicht wirklich Deutschland, es war das Serail Maichingen, und dort hatten meine Schwester und ich unsere eigene Sprache eingeführt, die die beiden perfekt beherrschten: Ein einfaches Türkisch, durchsetzt mit türkisch ausgesprochenen deutschen Wörtern, wenn es ihre Entsprechung im Türkischen nicht gab – oder wenn wir sie einfach nicht kannten. Es ähnelte jenem Kauderwelsch, das man in Bussen und U-Bahnen bei türkischen Jugendlichen hört, die sich auf Türkisch unterhalten, doch ganz selbstverständlich deutsche Wörter einfließen lassen, wenn es sich um ihren deutschen Lebensbereich handelt, die Schule etwa. Oma und Teyze mochten beim deutschen Metzger ihre Schwierigkeiten haben, aber Wörter wie «Rappelkiste», «Rutschbahn» oder «große Pause», die verwendeten sie ganz selbstverständlich.

Die reichste Stadt Deutschlands

Die Wochenenden, die wir nicht bei Oma und Teyze verbrachten, waren meinem viel beschäftigten Vater heilig. Sonntags gehörte Vati uns, und wir gehörten Vati, weil er uns unter der Woche viel zu selten sah. Denn das Einzige, womit er seit seinem ersten Deutschland-Besuch seine Schwierigkeiten hatte, war der Arbeitsbeginn morgens um sieben. Er hatte schon damals gefunden, dass man mit dem Wirtschaftswunder ruhig auch um zehn beginnen könne, und reklamiert für sich, 1965 in Deutschland die Gleitzeit eingeführt zu haben. Als erfolgreicher Angestellter eines gut gehenden Stuttgarter Architekturbüros überzeugte er damals seinen Chef davon, um 8.15 Uhr unmöglich schon kreativ sein, problemlos aber abends um acht noch am Zeichentisch stehen zu können. «Und nachdem ich einmal die Nacht durchgezeichnet hatte, weil wir fast die Abgabefrist eines Wettbewerbs verpasst hätten, durfte ich kommen, wann ich wollte. Den Wettbewerb haben wir gewonnen.» Natürlich.

Ein anderer Brauch, dessen Verbreitung in Deutschland mein Vater für sich in Anspruch nimmt, sind die Küsschen und Umarmungen zur Begrüßung. Es dauerte eine Weile, bis er die deutschen Männer davon überzeugt hatte, dass man davon nicht schwul wird, aber im Bekanntenkreis meiner Familie küsste man sich zur Begrüßung schon links und rechts auf die Wange, lange bevor es dank der Münchner Schickeria zur Epidemie wurde.

Seit er sein eigenes Büro leitete, pflegte mein Vater erst recht Gleitarbeitszeiten, kam oft um elf nach Hause und stand morgens nicht vor zehn auf, sodass wir uns nie wie eine ordentliche Familie morgens um den Frühstückstisch versammelten und gemeinsam aus dem Haus gingen, er mit einer Aktentasche zur Arbeit und wir mit dem Ranzen in die Schule. Was er sehr bedauerte. Mein Vater mochte das Bild der deutschen Idealfamilie. Also wurde am Wochenende alles nachgeholt.

Erst versammelten wir uns zu unserem heiligen Familienritual, das bei uns «Großfrühstück» hieß und später Karriere in vielen Cafés machen sollte: ein üppiger Brunch mit geräuchertem Lachs, Avocadosalat, Wurst und Käse in allen Variationen sowie mehreren Sorten Marmelade. Hatte meine Mutter bei «Feinkost Böhm» zur Erleichterung meiner Schwester nur zwei der stinkenden französischen Weichkäsesorten gekauft, die mein Vater so liebte, schüttelte er enttäuscht den Kopf: «Sind wir hier im Armenhaus, oder was?»

Inspiriert hatten meine Eltern die Frühstücksbüfetts der amerikanischen Hotels auf ihren Reisen, zu Hause eingeführt hatte sie mein Vater aus schlechtem Gewissen zur Pflege des Familienlebens. Um sich so richtig ausführlich «mit seinen Prinzessinnen» zu unterhalten. Allerdings hatten die Prinzessinnen regelmäßig aufzuspringen, um dem Pascha aus der Küche «ein sauberes Messer», «den extrascharfen Senf» oder «Teyzes Aprikosenmarmelade» zu holen.

Die Unterhaltungen waren liebevolle Verhöre, die eigentlich auf eine Schilderung der Schulerlebnisse und Freizeitaktivitäten der vergangenen Woche zielten. Allerdings blieben sie regelmäßig bei gewissen Basisinformationen stecken, die mein detailversessener Vater benötigte, um sich ein Bild vom Leben seiner Töchter zu machen. Unsere Freunde waren schließlich auch seine Freunde.

«Was macht denn meine Freundin Angelika? Von der habe ich ja schon lange nichts mehr gehört!»

«Mittwoch war ich mit Geli und Moni bei Sandra spielen, Sandra hat ein neues …»

«Wer sind nochmal Moni und Sandra?»

«Moni ist die mit dem Hasen, Sandra die mit den Pferden. Und zum Geburtstag hat sie …»

«Ah ja, Sandra ist die, die sich neulich das Bein gebrochen hat, richtig?»

«Nein, das war Tanja, auf'm Schulausflug.»

«Ist Tanja immer noch in Dieter verknallt?»

«Quatsch, Tanja findet Dieter doof, Dieter ist in Silke verknallt. Jedenfalls hat Sandra zum Geburtstag …»

«Ist Silke die kleine Dicke mit der unvorteilhaften Frisur? Bring doch nochmal das Klassenfoto vom letzten Jahr!»

«Mann, Papa, das hast du doch schon tausendmal gesehen, ist doch egal, wie die Silke aussieht. Also, Sandras neues …»

«Dieter war der, der so gut in Mathe ist, oder? Netter Junge.»

«Den kennst du doch gar nicht.»

«Doch, den haben wir doch neulich im Breuninger getroffen.»

«Das war Jens.»

«Ja, richtig, Jens, die Mutter arbeitet im Domo.»

«Thorstens Mutter arbeitet im Domo.»

«Sehr nette Frau. Wann ist denn wieder Elternabend? Ich würde ja gerne mal euren neuen Klassenlehrer kennen lernen, Herrn Gaus.»

«Grotz heißt der.»

«Krots? K-r-o-t-s?»

«G-r-o-t-z, aber ist doch egal jetzt!»

«Das ist nicht egal, zeig mir doch nochmal das Foto vom Schulausflug, ich muss die Gesichter sehen!»

«Mann, Papa, das hast du bis zum Elternabend doch sowieso wieder vergessen. Bist du fertig? Kann ich das abräumen?»

«Hast du etwa noch Hausaufgaben? Ihr bekommt aber viele Hausaufgaben. Ich muss mal mit Herrn Krotz reden, die Jugend muss Zeit zum Spielen haben.»

«Nein, Hausaufgaben sind gemacht.»

«Aber du wolltest mir doch von Sandra erzählen!»

«Hmmhmm, gleich, ich geh nur mal kurz aufs Klo ...»

Als wir sehr klein waren, war es meinem Vater nach dem Frühstück ein großes Anliegen, uns trotz der Industriestadt Sindelfingen zu so robusten Naturkindern zu erziehen, wie er es in Karşıyaka angeblich gewesen war. Wir unternahmen regelmäßige Spaziergänge im Wald, wo wir zur Begeisterung meiner Mutter möglichst tief im Dreck versinken, möglichst hohe Baumstämme erklettern und möglichst eklige Käfer mit möglichst vielen Beinen anfassen sollten. Er gab es bald auf, offensichtlich waren wir Sindelfingerinnen durch und durch, die bis heute darauf bestehen, dass gegebenenfalls er Spinnen und anderes Getier «totmacht». «Daran ist eure Mutter schuld!», klagt er dann. Schwimmen hingegen lernten wir von ihm mit großer Begeisterung, wenn auch nicht im Meer, sondern im «Hotel Berlin», das in Laufweite unserer Wohnung lag. Da mein Vater den Besitzer kannte, durften wir das hauseigene Schwimmbad benutzen, wann immer wir wollten. Wir wollten fast jede Woche und beherrschten die Disziplinen Schwimmen, Tauchen und Ohne-Nasezuhalten-vom-Beckenrand-Springen, bevor wir lesen konnten.

Außerdem setzte mein Vater mit uns seine Stuttgarter Kinotradition fort, während meine Mutter zu Hause die Ruhe genoss. Statt in Belmondo- oder Hitchcock-Filme ging es jetzt eben in die Nachmittagsvorstellung von «Bambi», «Bernard und Bianca» und später in «Otto – Der Film». Allerdings kam dann der langweilige Teil des Ausflugs: ein Schaufensterbummel entlang der Königstraße. In meiner Erinnerung war die Fußgängerzone damals anstelle von Schuhgeschäften mit gefühlten 150 Fotoläden gesäumt, und vor jedem blieb mein Vater stehen und begutachtete die neue Canon, Nikon oder Pentax. Dabei habe ich ihn mit seinen Profikameras nie so glücklich erlebt wie mit dem Fotohandy, mit dem er heute die Familie in den Wahnsinn treibt.

Aber wenn wir quengelten, erinnerte er uns an die «neun Stunden Prater». An die neun Stunden, die er mit uns bei Regen und eisigem Wind ohne zu murren im Wiener Vergnügungspark verbracht hatte, wo wir schließlich sogar kostenlos Riesenkrake und Kettenkarussell fahren durften, weil die Betreiber unsere Ausdauer nicht fassen konnten.

Wien war die erste der später von uns gern «legendär» genannten Osterreisen gewesen, da waren wir acht beziehungsweise sechs Jahre alt. Die Fahrten fanden immer in den Osterferien statt, und mein Vater unternahm sie mit uns allein. Weil er seine Töchter sonst ja so selten sah. Die Töchter hatten große Sorge vor dem ersten Mal, weil der Papa ihnen womöglich morgens unmögliche Kleidung zusammenstellen würde, schließlich konnte er doch anders als die Mama nicht wissen, was zusammenpasste. Aber auch mein Vater fragte sich, was er denn abends unternehmen sollte, wenn wir im Bett lagen. Beide Sorgen erwiesen sich als unbegründet. Kein Wiener schien uns wegen unserer Kleidung auszulachen, und mein Vater fiel direkt nach dem Abendessen völlig erledigt ins Bett, während wir vom Hotelbett aus noch fernsahen.

Die Osterreisen waren Fahrten, die ganz auf unsere Wünsche zugeschnitten waren. Das hieß: Wir fuhren mit dem Zug und nicht mit dem doofen Auto über die langweilige Autobahn. Wir übernachteten in Hotels, die wie Schlösser aussahen. Die waren so schön, dass wir natürlich unsere Monchichis mit in den Frühstücksraum nehmen und sie mit Marmeladencroissantkrümeln füttern mussten, worüber mein Vater nicht eine Miene verzog. Vielmehr sorgte er sich um die artgerechte Haltung der japanischen Stoffaffen und pflegte beim Kellner mit ernstem Gesicht eine Banane zu bestellen, wenn keine im Obstkorb lag.

Wir verbrachten die Tage damit, ins Wachsfigurenkabinett zu gehen (London), auf flachen Schiffen umherzufahren und «achtentachtig prachtige grachten» zu bewundern (Amsterdam) oder eben Rummelplätze zu besuchen. Es waren großartige Ferien, auch wenn «neun Stunden Prater» das Todschlagargument meines Vaters wurde, das seine Liebe zu uns beweisen sollte, wann immer mich sein Verhalten empörte. Und irgendwann gab es vieles, was mich empörte.

Denn Mitte der achtziger Jahre war Sindelfingen die reichste Stadt Deutschlands, mein Vater trug eine Porsche-Sonnenbrille, meine Mutter Kaschmirpullover mit Paillettenbesatz, und ich war in der Pubertät. Ich konnte den Satz «sind wir hier im Armenhaus» nicht ausstehen. Ich war empört über das «Macho-Gehabe», mit dem sich mein Vater zu Hause bedienen ließ, nur weil er als der Ernährer den ganzen Tag schwer gearbeitet habe. Ich hielt meine Mutter für verwöhnt, weil sie darauf bestand, nach einer anstrengenden Woche als Hausfrau am Wochenende zum Essen ausgeführt zu werden. Ich war da ganz anders. Ich rührte meine Kosmetik den Tieren zuliebe selbst an, versuchte meine Mutter von Vollkornmehl zu überzeugen und trank Kirschtee aus chinesischen Tonschälchen. Mein Lieblingsort war «'s Café» in der Sindelfinger Altstadt, wo man im gemütlichen Ambiente aus Holz und Kerzen den aromatisierten Schwarztee in Kannen mit Bambushenkel serviert bekam und niemals einen heißen Kakao, sondern eine «leckere Schoki» bestellte.

Aber hey, es war Sindelfingen, wir trugen nichts Selbstgestricktes, sondern hatten unsere Benetton-Pullover sorgsam über die Schultern drapiert und die Ärmel vorn verknotet, und unsere Greenpeace-Sticker klebten neben selbst gemalten «I love Falco»-Herzchen auf Aktenkoffern aus Plastik. Wenn wir uns bei einem von uns zu Hause trafen, dann, um stundenlang Monopoly zu spielen, und wer die meisten Hotels besaß, durfte bestimmen, ob als Nächstes Vanille- oder Erdbeersahnetee aufgebrüht wurde.

Jeden Dienstagabend gingen wir ins Kommunale Kino, um Filme zu sehen, die uns wichtig erschienen, auch wenn wir sie nicht immer verstanden. Aber niemals begleitete ich meine Freunde samstags ins «Le Métèque». Ich hasste Discos, und ich fand mich viel zu dick, um zu tanzen. Dass *métèque* ein französisches Schimpfwort für Ausländer ist, wusste damals in Sindelfingen aber vermutlich kein Mensch, uns eingeschlossen.

Ich sah es auch überhaupt nicht ein, warum ich meine Freunde, mit denen ich zum Teil schon im Sandkasten gespielt hatte, plötzlich als Männer betrachten sollte. Meine Clique, die seit der fünften Klasse aus Mädchen *und* Jungen bestand, war meine Familie, die mir mit geradezu türkischer Eifersucht über alles ging, und ich hatte keineswegs vor, sie gegen kitschige Zweisamkeit einzutauschen.

Mit dem richtigen Vater hätte ich eine hervorragende türkische Tochter abgegeben: Küssen fand ich nämlich eklig. Es gab durchaus Jungs in meiner Klasse, die das bedauerten – aber niemand war darüber so verzweifelt wie mein Vater. Offensichtlich entwickelte sich seine Tochter zu so einer komischen

Intellektuellen, die mit ihren Freunden das «Zeit»-Rätsel löste, strickende Politiker mit langen Haaren gut fand und auch nie mitwollte, wenn ihre Eltern sich abends mit Bekannten beim Italiener trafen. Ich fand es nicht sehr besorgniserregend, dass mir nicht viel an einem feuchtfröhlichen Abend mit einer Horde besoffener Mittvierziger lag, die mich «Schlaule» nannten und mit meiner vierzehnjährigen Schwester flirteten. Aber ich wusste damals noch nicht, dass es zu den Pflichten eines türkischen Vaters gehört, die Töchter einzusperren und zu verhüllen. Sonst hätte ich auf meine Rechte gepocht, anstatt von ihm ständig vorgeworfen zu bekommen, wieso ich denn nie abends wegginge, man könnte es mit dem Lesen ja auch übertreiben, und wieso ich denn immer diese kartoffelsackartigen weiten Pullis trüge, und immer in dunklen Farben, ich sei ja schließlich noch keine sechzig. «Kannst du dich nicht mal ein bisschen zurechtmachen wie andere Mädchen in deinem Alter?»

Eines Tages dann muss ihm ein schrecklicher Gedanke gekommen sein. «Hast du immer noch keinen Freund?», blaffte er mich mit einer Mischung aus Angst und Anklage an: «Bist du lesbisch, oder was?»

Elternabend

In mancher Hinsicht aber war mein Vater sehr türkisch. Was die intensive Anteilnahme an unserem Privatleben anging zum Beispiel, die sich nicht nur an geschlossenen Türen störte. Mein Vater würde heute noch die Minuten, die ich mit ihm und mit meiner Mutter telefoniere, am liebsten mit der Stoppuhr vergleichen. Und schon früher plagte ihn größte Eifersucht, weil wir all unsere Geheimnisse nach der Schule unserer zurückhaltenden Mutter anvertrauten, obwohl er doch so einfühlsame

Fragen stellte wie: «Dieses debile Pickelgesicht findest du gut?» oder: «Warum treibst du nicht einfach mehr Sport?»

Als Manager mit Leib und Seele konzentrierte sich mein Vater auf unsere Karriere. Für gute Schulnoten gab es Geld, die Bestrafung für schlechte Noten betraf vor allem meine arme Schwester. Sie bestand zum einen in tiefen Seufzern, die zeigen sollten, dass jede Drei oder gar Vier ihn im Innersten seiner stolzen Vaterseele getroffen hatte, zum anderen in der Frage, ob sie sich denn nicht etwas mehr anstrengen wolle, so wie ihre ältere Schwester zum Beispiel. Auch erkundigte sich mein Vater gern bei Aylin, wieso sie denn anders als ich bei jeder Kleinigkeit anfange zu heulen. Diese Vergleiche, die auch meine Oma und Großtante liebten, trugen nicht gerade zur Verbesserung unseres schwesterlichen Verhältnisses bei.

Obwohl wir diese rhetorischen Fragen beide gleich tief hassten. Rhetorische Fragen scheinen eine Art türkisches Pendant zum Gesprächsangebot antiautoritärer Eltern zu sein, ungefähr wie: «Annalena-Kathrine, die Mami hat dir doch schon einmal erklärt, dass man im Supermarkt nicht alle Joghurtbecher aufmachen darf, weil das die Mami ganz traurig macht.» Derartige Anbiederung widerspricht dem türkischen Autoritätsdenken, aber das Türkische ist anderseits eine sehr blumige Sprache, die sich wahrscheinlich zum Ausgleich der strengen Höflichkeits- und Respektsregeln der streng hierarchischen Gesellschaftsstruktur entwickelt hat. Deshalb wimmelt es nur so von rhetorischen Figuren. Um nicht Untertanen voller Minderwertigkeitskomplexe zu produzieren, verpacken höflich Herrschende ihre Befehle gern in Bitten: «Möchtest du dich nicht hierher setzen, der Stuhl ist für dich viel bequemer» heißt zum Beispiel: «Setz dich gefälligst hierhin, das da ist *mein* Platz.» Daher haben Türken auch mit der deutschen Direktheit größte Schwierigkeiten.

In dieser Hinsicht ist meine Schwester inzwischen übrigens ganz der Vater. Ich werde von beiden als «ach so coole Berlinerin» beschimpft, seit ich von zu Hause ausgezogen bin und mich wegen meines nüchternen Blickes aus der Distanz weigere, an den Operndramen teilzunehmen, die mein Vater und meine Schwester regelmäßig inszenieren, egal, ob es sich um die Schlichtung eines Familienstreits oder die Sitzverteilung im Restaurant handelt.

Entsprechend der Aufgabenverteilung meiner Eltern ging mein Vater außerdem mit großer Begeisterung zu Elternabenden. Selbst wenn er jedes Mal stöhnend zurückkam und die Spießigkeit schwäbischer Eltern beklagte. Deren größte Sorge scheine darin zu bestehen, ob es im Schullandheim auch Föhne zum Haaretrocknen gebe. Seine Aufmerksamkeit galt eher den Lehrern. Mathematiklehrer fand er prinzipiell großartig, und Lehrerinnen traute er pädagogische Fähigkeiten zu, wenn sie sich gepflegt anzuziehen wussten. Sorge bereiteten ihm allerdings Deutsch- und Gemeinschaftskundelehrer, wenn sie lange Bärte trugen und seine älteste Tochter offensichtlich mit linkem Gedankengut infiziert hatten.

Seine große Stunde aber schlug an den «Elterntagen», an welchen die Lehrer nach vorheriger Anmeldung den ganzen Tag über für Gespräche mit den Eltern zur Verfügung standen. Mein Vater besuchte sie alle. Denn natürlich war kein Pädagoge gut genug für uns, und so stellte er sie zur Rede. Wieso hatten seine einzigartigen Töchter zuletzt eine schlechtere Note als im Halbjahr zuvor bekommen? Nach welchen Prinzipien werde überhaupt benotet? Womöglich laufe mit dem Unterricht etwas falsch? Vielleicht sollten sie sich als Lehrer etwas mehr anstrengen?

Nach einem Besuch bei meiner Sportlehrerin allerdings

kam er tadelnd nach Hause. Gut, auf ihn habe sie mit ihren schätzungsweise 120 Kilo bei 1,5 Meter Größe auch keinen besonders motivierenden Eindruck gemacht. Aber sie schien ihm doch eine vernünftige Frau zu sein, als sie ihm erzählte, es spräche in meinem Fall nichts gegen eine Zwei in Sport, mein Engagement und der Ehrgeiz ließen nur zu wünschen übrig. Da müsse er ihr ja leider Recht geben.

Tatsächlich hasste ich Sport, und die Tatsache, dass wir in jedem Sommerurlaub mit einem geheimdienstreifen Psychoterror dazu gebracht wurden, einen Windsurfkurs zu belegen oder Segeln zu lernen, und dass mein Vater eines Tages beschlossen hatte, Einzelunterricht im Tennis sei genau die richtige Freizeitbeschäftigung für seine Töchter, half nicht gerade.

«Sport ist wichtig, gerade in deinem Alter!», mahnte mein Vater. In meinem Alter habe er in fünfzehn Meter Tiefe, nur mit Schnorchel und Harpune ausgerüstet, so manchen scheuen Zackenbarsch aus seiner Höhle geholt. Tatsächlich hatten seine Muskeln ziemlich lange erstaunlich erfolgreich den Wohlstandsspeck seines kompakten Körpers im Griff.

Aber mein Vater hielt sich sehr viel darauf zugute, dass er seine Kinder nie zu etwas zwingen würde. Stattdessen hielt er sich an Strategien, die er den zahlreichen Ratgeberbänden entnommen haben musste, die sein Bücherregal säumten und Titel trugen wie «101 praktische Management-Tipps», «Machiavelli für Manager» oder «Pfiffige Zitate für Manager».

Er setzte zu seiner Rede an. Sie handelte ungefähr davon, dass es natürlich mein gutes Recht sei, mich dem Sport zu verweigern. Obwohl er selbst in dieser Hinsicht eher die bescheidene Meinung antiker Philosophen, Turnvater Jahns und Atatürks teile. Und obwohl bei dem mir angeborenen Talent eigentlich ein Herz voll Liebe und ein paar Kniebeugen genügen würden, um bei der nächsten Sommerolympiade drei Goldmedaillen zu holen. Ja, sicher würde etwas mehr Enthusiasmus ihn in den glücklichsten Vater der Welt verwandeln. Aber ich brauchte mir selbstverständlich keine Sorgen um ihn alten Mann zu machen. Auch er habe schließlich die Ratschläge der Altvorderen oft genug in den Wind geschlagen. Erst jetzt könne er den Schmerz nachempfinden, den sie das gekostet haben müsse. Ja, es geschehe ihm eigentlich ganz recht, dass nun er derjenige sei, der mit ansehen müsse, wie ein junger Mensch alles vergeude, was seine aufopferungsvollen Eltern ihm in die Wiege gelegt hätten.

«Es ist nur eine Drei in Sport …», wagte ich einzuwenden. Vielleicht würde ich eines Tages trotzdem einen scheuen Zackenbarsch fangen. Ich erinnerte ihn an meinen Tauchrekord im «Hotel Berlin».

«Aber eine Drei ist die schlechteste Note in deinem Zeugnis», klagte mein Vater, «nur in Musik hast du auch eine!»

«Eben, darüber regst du dich doch auch nicht auf», sagte ich. Musik sei auch nicht so wichtig, erwiderte er. Und sollte ich sein Sangestalent geerbt haben, sei die Drei sogar eine ausgezeichnete Note.

«Ha», triumphierte ich, «also nur weil du in deiner Jugend nie mit der Gitarre am Strand geklimpert hast, muss ich auch kein Instrument lernen. Aber Surfen, Segeln und Tennis!»

«Auf diesem Niveau unterhalte ich mich nicht», sagte mein Vater. Eines Tages würde ich noch an seine Worte denken. Aber dann sei es vielleicht schon zu spät, den unweigerlichen Verfall des Körpers aufzuhalten. Obwohl das doch gerade bei Frauen so wichtig sei.

Oh ja, mein Vater war anders als andere Väter. Er ging ständig mit uns ins Kino. Er besaß Michael Jacksons allererste Platte, wie er nicht müde wurde zu verkünden, um dann «Thriller» höchst kritisch mit «Jackson 5» zu vergleichen. Er wusste, welche Revolution der Commodore 64 bedeutete – ganz im Gegensatz zu mir, die ich mich strikt weigerte, so ein «doofes Gerät» mein mit circa 800 Nik-Kershaw-Postern geschmücktes Zimmer verschandeln zu lassen. Er war es, der mich endlich zu einem Computer überredete, als ich mein Studium begann. Und er war es, der mir ständig seinen silbernen Daimler aufzwängte. Meine Freunde mussten bei ihren Eltern um jede Autofahrt betteln, aber mein Vater fand, ich solle viel üben, und zwar mit einem richtigen Auto. Dabei hätte ich viel lieber den unauffälligeren Golf meiner Mutter genommen als seinen «blöden Bonzen-Mercedes». «Reichtum ist keine Schande», sagte mein Vater. «Kapier das endlich.»

Kein Wunder, dass mein Vater in der Clique als Sehenswürdigkeit galt. Meinen Freundinnen gegenüber war er charmant und aufmerksam, und mit den Jungen führte er Gespräche von Mann zu Mann, was diese auch deshalb «total geil» fanden, weil er mitunter erst nach Hause kam, wenn wir uns gerade auf den Schulweg machten. Meine Mutter fand das allerdings überhaupt nicht geil.

Und es machte sie wahnsinnig, dass mein Vater grundsätzlich die Rechnung übernahm, wenn sie mit Freunden zusammen essen gingen. Egal, wie groß die Runde und wie hoch die Summe war. «Dieses blöde türkische Gehabe», sagte sie. Doch das waren die einzigen Gelegenheiten, zu denen jemand – meine Mutter – die Eigenheiten meines Vaters mit seiner türkischen Herkunft erklärte. Zumindest soweit ich weiß. Vielleicht bin ich aber auch nur mit einem imaginären Radiergummi erzogen worden. Heute jedenfalls würde ich nicht über die Lehrerin lachen, die eines Tages zu meiner Schwester sagte, sie brauche sich um einen Mann ja keine Sorgen zu machen, sie werde sicher verkuppelt. Und vielleicht gab es ja damals durchaus

Stimmen, die über die so teuren wie abenteuerlich gemusterten Seidenhemden meines Vaters lästerten – ich jedenfalls würde das heute tun.

Hobbys: Lesen, Fernsehen, Türkin sein

Oh, es gab durchaus Ausländerfeindlichkeit in Sindelfingen. Im Februar 1988 fand auf dem Marktplatz eine Demonstration gegen Rassismus statt: Etwa acht Skinheads waren in der Woche zuvor durch die Stadt gezogen, hatten in einem von Ausländern geführten Schnellimbiss gepöbelt und im Jugendclub mit Baseballschlägern randaliert. Ich war nicht auf der Demo. Ich habe auch nie gegen Atomkraftwerke demonstriert, obwohl ich Atomkraft ganz schlimm fand. Ich bin in meinem Leben auf keiner Demo gewesen. Das liegt wahrscheinlich an einer fatalen Kombination aus Sindelfinger Trägheit und türkischer Erziehung, die mir mit Kommentaren wie «Oh ja, sicher kann man mit Teelichtern die Welt verändern!» eine tief sitzende Skepsis gegenüber jeder Form des engagierten Zeichensetzens einpflanzte.

Aber als gute Deutsche fand ich Ausländerfeindlichkeit offensichtlich doch noch ein bisschen schlimmer als Atomkraft: In meinem Tagebuch vom Februar 88 klebt anklagend ein Zeitungsartikel über die Demonstration. So viel Engagement muss sein. Der vergilbte Bericht ist mit «Wehret den Anfängen!» überschrieben und zeigt ein Foto, auf dem mein Gemeinschaftskundelehrer ein selbst gemaltes Schild hochhält: «Alle Menschen sind Ausländer fast überall – Lehrer/innen am Goldberg-Gymnasium». Das «/innen» hat jemand nachträglich dazwischen gequetscht.

Heute weckt das Bild in mir in etwa das gleiche Entzücken

wie Retro-Shows im Fernsehen. Ist das der Zynismus einer Sindelfingerin, die mit Sprüchen wie «Geld macht nicht glücklich, aber es beruhigt» und «Lieber reich und gesund als arm und krank» aufgewachsen ist? Ich bin die Generation Golf, in meinem Sindelfingen der Achtziger war die Tatsache, halb türkisch zu sein, nicht ungewöhnlicher als, sagen wir, einen 500er Mercedes SEL zu fahren. Es hob einen etwas aus der Masse derer heraus, die einen Diesel-Mercedes besaßen. Es war, wenn überhaupt, cool.

Cooler jedenfalls als die Fremdsprache Schwäbisch, die manche meiner Schulfreunde beherrschten. Es gab kaum Ausländer an meiner Schule, und keine in meiner Klasse, wenn man von meinem türkischen Pass einmal absieht. Vor allem aber wurde in meiner Klasse und meiner Clique ausschließlich Hochdeutsch gesprochen. Und so können meine Freunde nicht belustigter über meine Unterhaltungen mit Oma und Teyze gewesen sein als ich, wenn ich sie plötzlich zu Hause mit ihren schwäbischen Eltern Worte wechseln hörte, von denen ich ungefähr zwei Drittel nicht verstand.

Ich wurde immerhin mit zwölf von meinem Klassenlehrer gefragt, ob ich als Übersetzerin an einer streng vertraulichen Elternsprechstunde teilnehmen könne: Er wollte mit den Eltern einer Kopftuch tragenden Fünftklässlerin reden, die kaum Deutsch sprachen. Es ging um mangelnde Schulleistungen der Tochter, und ich weiß noch, wie ich beim Übersetzen bestrebt war, durch einen ironischen Unterton zu demonstrieren, was ich von den Vorbehalten der Eltern gegenüber Nachhilfeunterricht bei einem Deutschen hielt. Und wie sehr ich mich über die Ruhe und das Verständnis meines Lehrers für ihre haarsträubenden Ansichten wunderte.

Türkisch war auch cool, wenn man im Kino vor ein paar lärmenden Macho-Türken saß und seiner Freundin übersetzen konnte, was die dämlichen Typen so von sich gaben. Oder wenn man die Verhandlungstaktik türkischer Großfamilien belauschen konnte. Meine Schwester und ich liebten es, Spielzeug und alte Kleidung auf dem Flohmarkt zu verkaufen, aber unsere «Landsleute», die jedes Teil angrapschten und «eine Mack, eine Mack!» brüllten, konnten wir nicht ausstehen. Anfangs hatten wir unsere Empörung über diese Geringschätzung unserer Qualitätsware auf Türkisch gezeigt, doch das entpuppte sich als schwerer Fehler, weil die dicken Mütter jetzt von uns erwarteten, schon aus Solidarität lächerliche Summen zu fordern. Aber da kannten sie die Unternehmerstöchter Alanyali schlecht.

Stattdessen bot der Unterschied meiner Familie zu den «klassischen» Türken auf Sindelfingens Straßen meinen Freunden und mir gern genutzte Gelegenheit zu gepflegter Ironie. Dann überlegten wir gemeinsam, welche Kopftuchfarbe mir wohl am besten stünde, oder ich wurde gefragt, wie viele Kamele für einen Kuss von mir wohl an meinen Vater zu zahlen wären, woraufhin ich drohte, bei der nächsten Beleidigung meiner anatolischen Ehre die Cousins mit dem Messer zu holen.

Und so war «Türkin» auch nicht mehr als ein Attribut, das ich neben den Hobbys «Lesen, Backen, Hunde und Fernsehen, v.a. ‹Dallas› und ‹Ein Colt für alle Fälle›» angab, als ich mit elf Jahren in der «Rate Mal» unter der Rubrik «Brieffreundschaften» eine Anzeige aufgab. Wenn man bedenkt, dass ich mich in einem «Rätselheft für Jungen und Mädchen» auf die Suche nach «Brieffreundinnen aus aller Welt» machte, sollte ich ganz schön dankbar dafür sein, «Türkin» zu sein. Wie sonst hätte ich wohl in den überhaupt messbaren Bereich von Coolness gelangen können.

Die Antworten kamen zwar nicht aus aller Welt, aber aus ganz Deutschland, und zwar in Form Hunderter von Briefen, was wohl am Hobby Fernsehen lag. Jedenfalls schrieben die meisten Mädchen, dass sie Lee Majors aus «Ein Colt für alle Fälle» auch ganz toll fänden, «und wen findest Du bei Dallas am besten? Ich Patrick Duffy».

Aber ich lernte auch einen reflektierteren Umgang mit Ausländern kennen. Eine Nicole aus dem Fichtelgebirge schrieb: «Meine Hobbys sind Tiere, Lesen, und Musik aller Art außer Hardrock und Jodeln. Mein Vater kommt aus der Türkei, meine Mutter ist Deutsche, da komme ich oft in Urlaub in den Süden. Hoffendlich macht Dir das nichts aus wenn ja dann schreib eben nicht. Aber ich würde mich freuen.» Jasmin aus Kassel beruhigte mich: «Bei uns in der Gegend leben auch viele Ausländer aber die, die ich kenne finde ich eigentlich ganz nett.» Und Ingrid aus Murrhardt bat vorsichtig: «Würdest Du mir auch etwas von Deinem Heimatort in der Türkei schreiben. Es würde mich sehr freuen. (Aber nur wenn Du willst.)» Rosi aus Dänischenhagen reihte mich ein in die Schar ihrer Lieblinge: «Ich bin sehr tierlieb. Ich habe 1 Hund, 1 Kater, 1 Schildkröte, 1 Wellensittich, Kaninchen, Enten. Liebe Iris wir haben auch einen jungen Türken in der Familie. Ich bin 14 Jahre.» Nina aus Nordenham las und schwamm gern und war «etwas pummelig geraten was ich aber nicht als Nachteil auffasse. Aber ich bin leider etwas neugierig, drum eine Frage: Bist du in Deutschland geboren? Bitte erzähle mir viel von Dir und Deiner Familie.» Ein Mädchen zeigte sich besorgt: «Ich bin Heike und wohne in Bruchkobel. Ich bin leider keine Türkin, welche Du vielleicht suchst, aber ich hoffe Du bist auch mit einer Deutschen zufrieden.» Romina erklärte sich solidarisch: «Ich bin eine Jugoslawin und bin in Nürnberg geboren. Was Du noch wissen solltest dass ich Dir schreibe weil Du eine Ausländerin bist wie ich, auch weil ich einen türkischen Freund habe, und außerdem finde ich Türken nett. Also Du kannst auch mit einer Antwort rechnen.»

Soweit ich weiß, habe ich keiner geantwortet, meine Brieffreundin wurde eine Sabine aus Bremen, die meine «Dallas»-Leidenschaft teilte und mit der ich mich seitenlang über die aktuellen Single-Charts austauschte. Wir mochten natürlich beide die Neue Deutsche Welle, vor allem die Spider Murphy Gang und Nena.

Aber es gab in unserer Familie durchaus auch eine türkische Attraktion für meinen Sindelfinger Freundeskreis: Oma und Teyze. Schon, weil meine Schwester und ich mehr Zeit mit ihnen verbrachten als alle unsere Freunde mit ihren Großeltern zusammen. Anfangs nahmen Oma und Teyze auch an jedem unserer Kindergeburtstage teil und wurden mit der größten Begeisterung ins Spiel integriert. Türken feiern keine Geburtstage, dafür ist das Individuum nicht wichtig genug, aber inmitten lauter tobender Kinder zu sitzen gefiel sogar meiner Großtante. Innerhalb kürzester Zeit hatte sie allen Anwesenden beigebracht, auf Türkisch von eins bis zehn zu zählen. Und meine Freunde wussten nicht, was besser war: die Oma, der man «Ahoj!»-Brausepulvertüten und einen Topf auf ihren Kopf setzen konnte und die sich bei diesem «lustigen deutschen Kinderspiel» lachend mit einem Kochlöffel verkloppen ließ? Oder die traditionelle Geburtstagstorte meiner Großtante, ein Nusskuchen, in dem etwa zwanzig Eier steckten und der mit kunstvollen Sahneschnörkeln und Schokostreuseln verziert war?

Oma und Teyze liebten meine Freunde. Alexander zum Beispiel sah mit seinen dunklen Haaren und dem frühen starken Bartwuchs so herrlich türkisch aus, dass sie ihn *Iskender* nannten, entsprechend der türkischen Version seines Namens. Sven war gar der Sohn eines *doktors* und konnte schon deshalb nichts falsch machen. Aber am größten war die Liebe der beiden zu meiner besten Freundin Angelika. Angelika hatte lange, glatte blonde Haare mit hübschen Spangen, trug stets einen ordentlichen Mittelscheitel und meist makellos pastellfarbene Kleidung. Da sie sehr schüchtern war, grüßte sie nur leise und antwortete auf alle Fragen mit möglichst wenigen Worten, was Oma und Teyze als tugendvolle Bescheidenheit auffassten. Angelika war in der Schule mindestens so gut wie ich, hatte keinen Freund und war also genau der richtige Umgang. Ich verzichtete darauf, Oma und Teyze zu erzählen, dass Angelika für circa fünfzehn Jungs an unserer Schule schwärmte und furchtbar gerne einen Freund gehabt hätte, und dass wir beide schlechtere Noten in «Betragen» hatten, seit wir nebeneinander saßen. Was ich ihnen erzählte, war, dass wir beide zu Klassensprecherinnen gewählt worden waren. Da war ihr Glück vollkommen, der nächste Schritt zu unserer von ihnen fest eingeplanten Universitätskarriere als *profesör* war damit getan. Ich glaube, sie haben fast so sehr gelitten wie ich, als Angelika nach Frankreich zog.

«Wetten, dass ...?» mit Oma und Teyze

Es waren nicht nur die Kindergeburtstage, es gab zahlreiche Gelegenheiten, zu denen sich unsere Sindelfinger mit der Maichinger Welt vermischte.

Als wir klein waren, rief zum Beispiel während der Ferien meine Mutter in Maichingen an: «Teyze du anziehen ich kommen Auto wir fahren Multicenter.» Mein Vater ärgerte sich, dass seine Frau, die mit Ausländern aus Prinzip ein langsames, einfaches, aber korrektes Deutsch sprach, ausgerechnet bei seiner Mutter und Tante die «Alibaba-Sprache» verwendete. Aber nach der Mitteilung «Teyze, ich werde heute Nachmittag in den Großmarkt fahren, wenn ihr mitwollt und euch jetzt fertig macht, dann komme ich um 14 Uhr vorbei und hole euch und die Kinder ab» herrschte im Hörer einen Moment Schweigen. Dann folgte ein «Ähhhh ...». Und dann wurden wir ans Telefon geholt: «Kinder, die Mama will euch was sagen.» Nach dem Anziehen-Auto-Multicenter-Befehl hingegen kam prompte Antwort: «Ah! *Güzel*, gut!»

Mit dem Pragmatismus der ehemaligen Kindergärtnerin hatte meine Mutter erkannt, dass die Großtante, die seit über 60 Jahren nichts anderes als Türkisch sprach – und das sehr gern und ausgiebig –, ihre Kräfte nicht an die korrekte Grammatik der deutschen Sprache würde verschwenden wollen. Der Sprache des Landes, in dem sie sich ausschließlich wegen ihres Sohnes und ihrer Enkelinnen niederzulassen geruht hatte. Wie viel wichtiger war es, dafür zu sorgen, dass der Sohn hier türkisch blieb und die Enkelinnen türkisch wurden! Sie lernte in etwa so viel Deutsch, wie ihre Schwiegertochter Türkisch gelernt hatte. Und – nun ja: Die verstand Türkisch sehr gut, sagte aber nur das Allernötigste, nachdem mein in pädagogischer Hinsicht mit dem Feingefühl eines DDR-Sporttrainers ausgestatteter Vater ihre ersten Brocken einst mit entzücktem Gelächter quittiert hatte.

Meine Großmutter hingegen entwickelte durchaus einen bescheidenen Ehrgeiz, zum einen, weil sie ja, wie sie in Deutschland nicht müde wurde zu betonen, einst Sprachen habe studieren wollen, zum anderen, weil sie es liebte, mit ihrer Schwiegertochter von Frau zu Frau zu plaudern.

So saß sie auf der Fahrt zum Multicenter gern vorn und gab das Fachwissen zum Besten, das sie den bunten Werbebroschüren im Briefkasten entnommen hatte, die sie mit Begeisterung zu studieren pflegte, auch wenn ihre Schwester die Haushaltskasse verwaltete.

«Persil gut? Billig!»

Ja, sagte meine Mutter, Persil sei ein gutes Waschmittel, allerdings nicht gerade das billigste.

«Aber sehr weiß!», antwortete meine Oma.

«Die waschen alle weiß», stöhnte meine Mutter, «nur in der Werbung tun sie so, als gäbe es Unterschiede.»

«Reklam, reklam!», seufzte meine Oma in genau dem gleichen abgeklärten Tonfall, und erklärte meiner Großtante auf der Rückbank, dass man sich keinesfalls auf Werbung verlassen dürfe, selbst wenn sie auf teurem Farbpapier gedruckt worden sei. Damit sollten nur die weniger scharfsinnigen Kunden geblendet werden, Türkinnen mit Kopftuch zum Beispiel.

So dumm erschienen mir die aber gar nicht. Jedenfalls studierte meine Großtante im Supermarkt die Preisunterschiede zwischen verschiedenen Waschmitteln, Weichspülern, Spülmitteln, Spülbürsten, Spülschwämmen, Putzlappen, Klopapiermarken, Küchentüchern, Taschentüchern, Seifen, Hautcremes und Shampoos mit derselben Akribie, die ich viele Jahre später auch bei den Anatolierinnen auf dem Kreuzberger Türkenmarkt beobachten sollte.

Für Aylin und mich begann der interessante Teil der Einkaufstour im Multicenter erst im Lebensmittelbereich. Dort schmuggelten wir zahlreiche Packungen verlockenden Inhalts an meiner Mutter vorbei in den Wagen von Oma und Teyze, die uns versicherten, ja, auch sie würden furchtbar gerne diese mit Colabrausepulver gefüllten Erdbeerkaugummis und Kekse in Pumuckl-Form probieren.

Die erste Hälfte, die durch die Drogerieabteilung führte, pflegten wir hingegen bei der Zahnpasta zu verbringen, bis wir sämtliche Blendi-Comics aller Blendax-Schachteln gelesen hatten. Sowohl meine Mutter, die derweil in Ruhe ihre Einkäufe erledigen konnte, als auch wir hielten das für ein ausgezeichnetes Arrangement. Oma und Teyze hingegen, die uns niemals unbeaufsichtigt ließen und hinter jedem Regal einen Kindermörder vermuteten, waren entsetzt. Also wurde meine Oma alle zehn Minuten losgeschickt, um nach uns zu sehen. Sie verlief sich aber jedes Mal, woraufhin meine Großtante panisch meine Mutter alarmierte, die Oma suchen gehen sollte, während Teyze so lange verängstigt bei uns blieb und jetzt in jedem vermeintlichen Kindermörder einen nebenberuflichen Tantenschänder zu sehen meinte. Nachdem wir allein für die Drogerieabteilung zwei Stunden gebraucht hatten, verstand sogar ich, warum meine Mutter nur alle drei Monate mit Oma und Teyze einkaufen gehen wollte.

Häufiger waren die Ausflüge, zu denen die gesamte sechsköpfige Familie sonntags in der Familienkutsche Platz nahm. Es war ein silberner 500 SEL, und er galt sogar in Sindelfingen als Sehenswürdigkeit. Doch als ich klein war, bevor er mir angesichts meines grünen Engagements peinlich wurde, war dieser Mercedes für mich nichts als ein praktisches Auto. Ein Wagen, auf dessen Rückbank sogar noch Platz war, wenn die dicke Teyze mit drin saß – der allerdings innen ganz eklig stank. «Das stinkt nicht, das ist gutes Leder», schimpfte mein Vater empört. «*Bismillahirrahmanirrahim*», murmelte meine Oma ihre Gott-beschütze-uns-Formel, und dann ging es in die große weite Welt hinaus.

Enten füttern zum Beispiel. Das liebten wir sehr, aber niemand freute sich darüber so wie meine Oma. Meine Oma befand sich in ständiger Entenbereitschaft. Jeder Krümel, jeder Brotkanten wurde aufbewahrt, und wenn es wieder einmal hieß: «Heute fahren wir zum See», stand sie mit drei Tüten bereit. Bei Einbruch der Dämmerung hatten wir erst die Hälfte verfüttert, mein Vater verteilte kopfschüttelnd halbe Brotlaibe an andere Spaziergänger und betrachtete besorgt die Vögel, die sich träge auf dem See treiben ließen: «Mutter, die platzen gleich!»

Aber Entenfüttern war für meine Großmutter die perfekte *sevab*, eine gute Tat, die in gleich mehrfacher Hinsicht von den Engeln auf ihrer rechten Schulter vermerkt werden würde (während die bösen Taten auf der linken gesammelt wurden): Man machte damit den Enkelchen Freude, man half Tieren, und man sorgte dafür, dass altes Brot eine sinnvolle Verwendung fand und nicht weggeschmissen wurde, was in den Augen türkischer Omas praktisch eine Todsünde darstellt.

An anderen Tagen fuhren wir in den Märchengarten von Weil der Stadt, wo uns aber vor allem der große Spielplatz und eine Mini-Autoscooter-Anlage begeisterten. Meine Oma hingegen warnte uns eindringlich vor den Gefahren von Riesenwippe und Autoscooter und warf entzückt viel Geld in die Schaukästen, in denen sich daraufhin die sieben Zwerge um Schneewittchen drehten oder Rotkäppchen an Großmutters Tür klopfte. Das fanden wir langweilig und liefen sofort zum Streichelzoo, was wiederum meine Großtante nicht fassen konnte: Ziegen gehörten außer ins anatolische Bergland höchstens noch in den Kochtopf. Und die Deutschen präsentierten sie Kindern als Spielplatzattraktion. Ihr gefiel der Ludwigsburger Märchengarten viel besser, dort gab es ein imposantes Schloss und einen reizenden Park, in dem die Märchenattraktionen in einer Umgebung ohne Nutzvieh und mit beeindruckender technischer Raffinesse dargeboten wurden.

So gab es einen Turm, von dem eine Rapunzel-Puppe auf Zuruf ihr Haar herunterließ. Allerdings hatten meine Schwester und ich irgendwann herausgefunden, dass Rapunzel ihren Zopf auch dann herunterließ, wenn man «Schwabbelkuh, mach mal den Popo zu» brüllte. Als mein Vater Oma und Teyze den Ruf übersetzte, schüttelte meine Großtante zwar den Kopf angesichts dessen, was die Kinder da wahrscheinlich wieder von ihrer Mutter aufgeschnappt hatten – aber einhellig bewunderten beide ihre intelligenten Enkeltöchter, die den Geräuschemechanismus durchschaut hatten. Die Genies gaben erst Ruhe, bis Oma mit ihnen gemeinsam rief: «Schü-wabbelkuh, Popo zu! Schü-wabbelkuh, Popo zu!»

Ganz gleich, ob es in den nahe gelegenen Märchengarten oder auf die von Oma und Teyze heiß geliebte Blumeninsel Mainau im Bodensee ging – kurz nach Fahrtbeginn verwandelte sich die Rückbank in ein rollendes Picknicklager. Voller Abscheu sah mein Vater auf die Plastiktüte, ohne die meine Oma zu solchen Gelegenheiten niemals ins Auto stieg. «Wie die Alibabas siehst du aus», schimpfte er und wies meine Mutter an, den zweien baldmöglichst eine Alternative zu besorgen.

Mein Vater hasst nichts so sehr wie Plastiktüten. Sein ganzer Stolz, es als Einwanderer zu etwas gebracht zu haben, lässt sich an dem Furor ablesen, mit dem er Plastiktüten verachtet. Es kam vor, erzählt meine Mutter, dass sie nach Einkaufsbummeln ein Taxi nahmen, welches sie zu ihrem Auto brachte, wenn der Parkplatz am anderen Ende der Fußgängerzone lag. Nicht wegen des Gewichts der Tüten. Mein Vater weigerte sich, als Tüten schleppender Türke durch Deutschland zu marschieren.

Also komplettierte bald eine hellbraune Reisetasche die Ausrüstung unserer Sonntags-Expeditionen. Mit offenem Reißverschluss stand sie meiner Oma zu Füßen, die unaufhörlich Plastikdosen und Frischhaltetüten daraus hervorzog und ihrer Schwester weiterreichte. Eingequetscht zwischen Oma und Teyze, wurden wir dann von beiden Seiten vor dem drohenden Hungertod angesichts einer mehrstündigen Fahrt durch deutsches Entwicklungsgebiet bewahrt. Es gab süßen Zitronentee aus Thermoskannen, mit Hackfleisch und Ziegenkäse gefüllte und zum Entsetzen meines Vaters schrecklich krümelnde Hefeteigtaschen, und natürlich Obst in rauen Mengen, das meine Oma, ein Küchentuch auf dem Schoß und ein kleines Messer in der Hand, sorgfältig schälte und uns in den Mund steckte. Auch mein Vater verspeiste willig seinen Anteil, nur meine Mutter musste mit Orangenschnitzen, die ihr fuchtelnde Hände von hinten über die Schulter reichten, genötigt werden: «*Vitamin*, gesund!»

Die Anwesenheit von Oma und Teyze war auch die einzige Alternative zur Endlosschleife aus Pumuckl-Kassetten, ohne die wir sonst keine längere Fahrt ruhig zu ertragen bereit waren. Stattdessen erklangen jetzt entweder barocke Bläserkonzerte oder aber die herzerweichenden Klagegesänge Zeki Mürens, einer Art türkischen Humperdinck-Liberace-Klons, den auch nach seinem Tod 1996 alle siebzig Millionen Türken verehren und der folglich meinen Vater und seine Mütter gleichermaßen ins Schwelgen brachte. Wenn meine Oma ihr Kurzgebet, in dem Gott dafür gedankt wurde, eine solche Stimme hervorgebracht zu haben, beendet hatte, stimmte sie mit ein. Und zwar mit der Singstimme, die allen Türkinnen zu Eigen ist: ein extra hoher und daher besonders dünner Foltersopran, der damenhaft klingen soll, sich aber nur wenige Verse lang durchhalten lässt, weshalb der Rest des Liedes ge-lie-leili-lei-leit wird. *Leileilei* ist türkisch und heißt lalala. Es ist das eindeutigste Zeichen der unermesslichen Liebe zu meiner Großmutter, dass Aylin und ich es bis zu zwei Minuten aushielten, bevor wir «Omaaaaaaaaa!» wimmerten und lieber wieder «die Musik mit ohne Singen» hören wollten. Es war gewissermaßen meine tirilierende türkische Großmutter, die uns an Haydn heranführte.

Zum Entsetzen meines Vaters hatte seine Mutter in Deutschland einen würdigen Ersatz für Zeki Müren gefunden: Peter Alexander. Die glockenreine Stimme, das gepflegte Äußere, das charmante Auftreten und das schelmische Lächeln – in ihren Augen war der Mann perfekt. «*Leilileililei*» sang sie glücklich mit, wann immer Peter Alexander in seinen Shows und Filmen auftrat, und das kam oft vor, wie mein Vater fassungslos feststellte. Gut, das mit Hitler war keine gute Idee gewesen, und die Wahl des «Kommunistenfreundes» Willy Brandt zum Bundeskanzler hatte er für eine große Dummheit gehalten – aber dass die Deutschen Peter Alexander verehrten, das hat mein Vater ihnen bis heute nicht verziehen. Ihn pflegte bei jedem Auftritt des «Schleimis» ein großer, geradezu körperlicher Ekel zu erfassen, was meine Schwester und ich Oma gegenüber gemein fanden, außerdem mochten wir die «Peter-Alexander-Show». Wir solidarisierten uns, und jedes Mal, wenn der Wiener Sängerknabe im Radio seine Stimme erhob, erklang ein dreistimmiges «*Leilileilileí*» in Fis-Dur von der Rückbank, bevor mein Vater umschalten konnte. Gern erkundigte sich Oma dann, was denn aus dem süßen Jungen geworden sei, der so schön seine Mutter besang. Sie hatte Heintje bei ihrem ersten Deutschland-Besuch im Fernsehen erlebt und erinnerte meinen Vater regelmäßig daran, dass auch er einmal so niedlich ausgesehen und so ein liebes Lächeln gehabt habe. Mein Vater machte Würgegeräusche.

Abends pflegte die Familie Alanyali nach ihren Ausflügen das Stuttgarter Steakhaus Maredo mit ihrem Besuch zu beehren, mit dessen Gründern mein Vater gut befreundet war. Auch deshalb konnten wir immer am besten Tisch Platz nehmen. Die große runde Tafel lag etwas abgeschieden in einer Ecke, bot aber gute Sicht auf das Restaurant und vor allem auf das Servicepersonal, das nach Eintreten meines Vaters ausschließlich zu unseren Diensten engagiert worden zu sein schien. Es kam zum Beispiel gar nicht infrage, dass wir uns unseren Salat wie alle anderen selbst am Buffet holen mussten, nein, der wurde unaufgefordert gebracht, wie üblich mit Thousand-Island-Soße, und für meinen Vater wie üblich ohne Tomaten. Anschließend besuchte uns Peter an unserem Tisch, der gut aussehende Geschäftsführer und ebenfalls ein alter Freund. Peter klopfte meinem Vater kameradschaftlich auf die Schulter, fragte: «Na, führt der Pascha wieder seinen Harem aus?», und begrüßte Oma und Teyze mit seinem strahlenden Lächeln und einem «Ahhhhh, les grandes dames!», woraufhin beide errötend kicherten und «Pättärr» ihren «gutte Sohn» nannten.

Dass Maredo unser Stammlokal war, lag nicht nur an der Tatsache, dass mein Vater riesige blutige Fleischstücke liebt, sondern auch an der Eigenart meiner Tante, nichts zu essen, über das sie nicht selbst eine möglichst große Kontrolle besaß. Den Angestellten des charmanten Pättärr, die ihr am gut einsehbaren offenen Holzkohlegrill das Steak zubereiteten, vertraute sie. Mit gegrilltem Fleisch und *pomfrit* kann man bei Türken ohnehin nie viel falsch machen. Allerdings machen die Türken es gerne falsch. Auch Oma und Teyze bestanden auf Rinderfilet, und sie bestanden darauf, es gut durchgebraten zu bekommen. Nicht einmal Pättärrs Mannen konnten da verhindern, dass ein ziemlich trockenes Stück Kuh auf ihren Tellern landete.

Begehrlich schielten sie dann auf die Spareribs mit Barbecue-Soße, an denen meine Mutter nagte, und wollten probieren.

«Hhmmm, das wollen wir auch.»

«Das ist aber Schwein», sagte meine Mutter und blickte meine Großtante herausfordernd an. Da lachte meine Oma, die alles, was sie nicht verstand oder verstehen wollte, als grandiosen Witz abzutun pflegte: «Nein, nix Schü-wayn, oder?»

«Natürlich nicht», schaltete sich mein Vater grinsend ein, «das ist ein argentinisches Schweinerind!»

«Was es nicht alles gibt», murmelte meine Großtante, leckte sich die Soße von den Lippen und bestellte sich fortan Spareribs.

Ebenso gerne ließ sie sich während des Sonntagsbrunches belügen, wenn eine Schweinewurst ihr gar zu gut schmeckte. Denn wenn ein Moslem belogen werde, komme der Lügner in die Hölle und nicht der Moslem. War ihr nach Alkohol zumute, griff sie zu einer anderen Taktik. Whiskey und Rakı waren gut gegen ihren chronischen Husten, Rotwein gut fürs Herz, und zu Weißwein ließ sie sich in geselliger Runde überreden, weil es schließlich die Höflichkeit gebot.

Zu unseren liebsten Familienritualen aber gehörte der Fernsehabend. Der Samstagabend meiner Kindheit sah ziemlich genau so aus, wie Florian Illies ihn in «Generation Golf» beschreibt: In der warmen Wanne sitzen, sich in den Kapuzenbademantel kuscheln, ein Nutellabrot geschmiert bekommen und um Viertel nach acht zusammen «Wetten, dass …?» gucken. Nur, dass bei uns auf dem Sofa noch eine türkische Oma mit ihrer dicken Schwester saß.

Am späten Nachmittag hatte mein Vater Oma und Teyze aus Maichingen abgeholt. Es hatte wie so oft Fleischfondue gegeben, weil das meiner Großtante das Gefühl vermittelte, Selbstgekochtes zu essen, und jetzt lümmelten Aylin und ich in unseren Schlafanzügen zufrieden auf dem großen Sofa an der Seite. Auf dem Couchtisch aus Glas in der Mitte standen die «Dschibbs», wie meine Oma sie nannte und denen sie kurz nach ihrer Ankunft in Deutschland verfallen war. Mein Vater hielt die Türkenehre mit einem Schälchen Nüssen aufrecht, das auf der Lehne seines Sessels stand. «Aber krümel nicht wieder alles voll», sagte meine Mutter im anderen Sessel. Meine Oma wischte verstohlen ein paar Brösel Chips von ihrer Couch auf den Teppich.

Oma und Teyze saßen wie immer auf dem hinteren Zweier-Sofa, genau gegenüber dem Fernseher. Und wie immer saßen sie sehr aufrecht und blickten sehr erwartungsvoll, als gelte es, einem ganz besonderen Anlass beizuwohnen. Aber auch uns war feierlich zumute, wenn die Eurovisionsmusik erklang. «*Lei lei lei-lei-lei lei leiiiii-lei …*», summte meine Großmutter. «Wir begrüßen ganz herzlich unsere Zuschauer aus Deutschland, Österreich und der Schweiz …», sagte Frank Elstner. «… und der Türkei!», riefen Omas und Enkelinnen im Chor. Es konnte losgehen.

«Hoffentlich gibt's nicht wieder nur Gabelstapler-Wetten»,

sagte meine Mutter. Wenn mit Baggern Sektkelche aufgetürmt oder Sattelschlepper auf Bierdeckeln balanciert werden mussten, bedeutete das für meine Oma eine kaum auszuhaltende Spannung, und mit ihrem «*Ajajajajaj!!!*» machte sie die ganze Familie nervös. Sie wollte auch nie «Derrick» mit uns sehen, weil sie danach nicht einschlafen konnte. Am liebsten sah sie ohnehin Fernsehshows, weil das Leben schon hart genug sei und sie kaum eine Kunstfertigkeit so sehr bewunderte wie synchrones Tanzen. Das ZDF-Fernsehballett hielt sie für die größten Künstler unter der Sonne, und wenn es damals schon Boygroups gegeben hätte, hätten sie in meiner Oma vermutlich ihren ältesten Fan gehabt. So aber nahm sie mit der Gruppe Dschingis Khan vorlieb.

Eine hohe Anforderung bei «Wetten, dass …?» stellte für meine Oma neben der nervlichen Anspannung die Bestimmung des Wettkönigs dar, der in den ersten Jahren nach einem komplizierten Punktesystem aus TED-Anrufen und den Einschätzungen der Wettpaten ermittelt wurde. In jeder Sendung wollte meine Oma aufs Neue wissen, wer denn Ted sei.

«Hab ich dir doch letztes Mal schon erklärt», sagte ich, «das ist der König von Deutschland, der darf bestimmen, wie's weitergeht.» Meine Oma nickte, ja sicher, jetzt erinnere sie sich.

«Der König heißt Ted Schweinepopo», sagte meine Schwester. Meine Oma stutzte.

«Mann, bist du doof», schnauzte ich, «selber!», schnauzte Aylin, da schaltete sich Oma ein und meinte, wir sollten nicht streiten, sie fände, Ted Schweinepopo sei ein sehr schöner Name für einen König. Meine Großtante seufzte, ob wir jetzt endlich Ruhe geben könnten, da versuche sich gerade ein Mann mit seiner riesigen Familie in ein winziges Auto zu quetschen.

«Das sind dreißig Leute, das ist nicht seine Familie», sagte mein Vater, «höchstens, die kommen aus Anatolien.»

«Aber Frank Elste-ner hat gerade ‹Tante› gesagt», wandte meine Großtante ein.

«Ente!», sagte mein Vater, «Ente, so nennt man das Auto.»

«Wenn das lauter Teyzes wären, würden die da nie reinpassen», stellte meine Schwester fest.

«Dann brauchten die einen Laster», grinste meine Oma boshaft, «und es wäre immer noch ein Kunststück.»

«Ich habe seit dem Frühstück nur drei Stückchen Hähnchenfondue gegessen», sagte meine Großtante beleidigt. «Ich bin nicht dick.»

«Bist du als Kind in den Zaubertrank gefallen?», wollte meine Schwester wissen.

«Was ist denn Saa-uber-trang?», fragte meine Großtante.

«Psssst, da ist der schöne Junge vom Schiff!», rief meine Oma aufgeregt. Sascha Hehn hatte auf dem Wettsofa Platz genommen.

«Ihhhhhhhhh!», machten meine Schwester und ich.

Meine Oma hatte einen furchtbaren Männergeschmack. Der Einzige, auf den wir drei uns einigen konnten, war Cary Grant, oder vielmehr «Garri Grannt». Mit der Simultanübersetzung alter Hollywood-Filme haben wir zahllose Sonntagnachmittage in Maichingen verbracht. Dort versammelten wir uns zu viert vor dem Fernseher, Oma und Teyze tranken Kaffee, und wir bekamen ein wenig davon in die Untertasse geschüttet, um Teyzes Sandkuchen hineinzutunken. Dazu saßen wir vor dem Couchtisch auf dem Boden, und meine Oma hatte uns sofort zwei Kissen untergeschoben.

Niemals darf man nach Ansicht türkischer Omas ohne Kissen irgendwo Platz nehmen, selbst wenn man auf einem circa fünf Zentimeter dicken Teppich sitzt und im Raum etwa 27 Grad herrschen. Nach Ansicht von türkischen Omas und Großtanten ist Durchzug eine insbesondere von der Jugend weit unterschätzte Gefahr, die als harmlose Erkältung beginnt und grundsätzlich als tödliche Lungenentzündung endet. Wer jemals von den Schutzmaßnahmen türkischer Omas und Großtanten gegen Unterkühlung betroffen war, weiß genau, wie sich Babys fühlen müssen, deren Mütter sie bei 23 Grad Celcius in fünf Lagen Baumwollstrampler stecken und unter meterdicken Daunendecken vergraben, weil es in der Wettervorhersage hieß: «nachmittags Aufkommen leichter Bewölkung und etwas Wind aus östlichen Richtungen». Dass mein Vater alt wird, habe ich bemerkt, als er anfing, mir dauernd Kissen hinterherzutragen.

Gut gepolstert also saßen wir vor dem Fernseher. Ganz besonders liebten wir die Filme von Garri Grannt mit Katterin Hepp-Burrn, obwohl Oma vor Sorge immer wegsehen musste, wenn die Katze in «Leoparden küsst man nicht» durch die Gegend schlich. «*Ajajajaj!*» Meine Großtante bewunderte derweil wiederholt, wie die Amerikaner es geschafft hatten, das Tier zu zähmen, bis meine Schwester und ich genervt mit dem Ende unserer Übersetzungstätigkeit drohten. Dann waren die zwei eine Zeit lang still, bis meine Oma anfing, auch ihre Deutschkenntnisse demonstrieren zu wollen.

«Ich liebe dich!», sagte Cary Grant.

«*Aaaah, Garri Grannt ‹seni seviyorum› dedi*», übersetzte uns Oma gerührt.

«Mann, Oma!», sagte meine Schwester.

«Wie kann er nur diese Verrückte lieben», mokierte sich meine Großtante.

«*Öff*, Muazzez, verdirb mir nicht den Film», sagte meine Oma, «sie hat ein gutes Herz. Das ist das Wichtigste.»

Meine Oma nannte meine Großtante immer beim Vornamen, während meine Großtante *abla*, «ältere Schwester», zu sagen pflegte. Eine Respektsbezeugung, die auch gegenüber nichtverwandten Frauen verwendet wird, wenn der Altersunterschied zu gering für *teyze* ist. Ich fand, auch meine Schwester könne mich *abla* nennen. Meine Schwester fand das nicht.

«Stimmt», gab meine Großtante zu, «ein gutes Herz ist das Wichtigste. Gott liebt jene mit gutem Herzen.» Zufrieden, ihren Enkelinnen die Moral auch dieses Films vermittelt zu haben, wandten sich Oma und Teyze wieder dem Bildschirm zu.

Das Fernsehereignis aber, ohne das meine Oma und Großtante nur halb so gut Deutsch verstanden hätten, wie sie es bald taten, war «Dallas». Denn natürlich waren wir nicht jeden Dienstagabend bei Oma und Teyze, und während es sonst durchaus vorkam, dass wir einen Film auf Video aufnahmen, um ihn gemeinsam mit Oma und Teyze zu gucken, so hätten meine Schwester und ich es nie ausgehalten, mit einer Serienfolge «Dallas» zu warten. Die beiden mussten das absonderliche Familienleben der Ölmilliardäre Ewing also ohne uns verfolgen, mehr als telefonische Erläuterungen am Mittwoch nach der Schule waren nicht drin.

In meiner Familie wurde keine Folge verpasst, und wenn ich «meine Familie» sage, dann meine ich meine gesamte Familie. Sicher, die Begeisterung für «Dallas» war groß im Deutschland der achtziger Jahre, aber sie ist nichts im Vergleich zur Manie, welche die Ewings in der Türkei auslösten. Ich denke ohnehin manchmal, dass Türken im Grunde die islamische Version der Amerikaner sind, nur eben ohne die Macht und das Geld, eine Art verarmter Zweig der Verwandtschaft. Beide sind fleißig, flexibel und glauben fest an den Weg vom Tellerwäscher zum Millionär; sie teilen die Werte Gott, Familie und Vaterland und hängen mit demselben Enthusiasmus Flaggen auf, mit dem sie im Internet surfen. Von der Begeisterung für elektronische

Geräte ganz zu schweigen, seien es Multifunktionsmixer oder Großbildschirme.

In den türkischen Großstädten liefen damals die Frauen alle wie Sue Ellen oder Pamela herum, geflochtene Haare wurden Mode und hießen nach der blonden Ewing-Schlampe «Lucy-Zöpfe», und kein Mittelklasse-Haushalt kam mehr ohne Videorecorder aus. Denn wenn ich sage: «Keine Folge wurde ausgelassen», dann meine ich keine einzige Folge. Fuhren wir in den Urlaub, wurde meine Großtante mit dem Aufnehmen der Episoden beauftragt. Ein riskantes Unterfangen, was man darin sieht, dass sie mir in einem Brief an unseren Urlaubsort zerknirscht schrieb, sie habe eine Folge verpasst, sie aber zum Glück von den neuen türkischen Nachbarn bekommen, die sich auch um die Episode jener Woche kümmern würden, in der sich unser Urlaub überschnitt. Während der längeren Sommerfrische von Oma und Teyze in der Türkei waren wiederum wir mit dem Aufnehmen dran, denn in der Türkei liege man, wie meine Großtante in einem neuerlichen Brief schrieb, mit den Folgen «leider etwas zurück».

Bei «Dallas» also mussten Oma und Teyze ohne unsere Übersetzungstätigkeit auskommen, aber irgendwann benötigten sie unsere Dienste auch nicht mehr. Eines Tages hatte der Import-Export-Laden von Sindelfingen sein Angebot um eine Videothek erweitert. Jetzt sahen wir Slapstickkomödien mit Kemal Sunal, dem Didi Hallervorden aus Istanbul, und Liebesfilme mit Türkan Şoray, der türkischen Sophia Loren. Ihre Filme hießen «Bitteres Leben», «Ein Liebesmärchen» oder «Kleine Blume» und kamen in miserabler Tonqualität und flackernden Neontönen daher. Aber die tragischen Prüfungen, die «*Sultan* Türkan», wie die Türken sie ehrerbietig nennen, als wahlweise verarmte Tochter, unglückliche Millionärin oder erstaunlich gut geschminkte Bauersfrau bestehen musste, boten eine Fülle von Lebensweisheiten, die den Enkelinnen ans Herz gelegt werden konnten: Wahre Liebe überwindet alle Schranken, Hochmut kommt vor dem Fall, Keuschheit wird mit einem gut aussehenden Millionär belohnt, Nichtraucherinnen sind ruchlosen Bardamen vorzuziehen.

Zwar musste man die Filme kaufen, aber das war nicht so schlimm, ihre Sammlung von rund 20 grellbunten Plastikhüllen genügte vollkommen, um meine Oma für den Rest ihres Lebens glücklich zu machen. Ihr Lieblingsfilm war «*Sen bir meleksin*», «Du bist ein Engel», mit Hülya Kocyiğit als singender Gouvernante, die den Frohsinn ins Haus eines strengen Witwers und seiner sechs Kinder zurückbringt. Meine Oma hat ihre Lieder so oft mitgesungen, dass «Du bist ein Engel» für mich immer die Originalversion bleiben wird – auch wenn ich vor ein paar Jahren erfuhr, dass es sich um ein Remake handelt. Mein amerikanischer Freund wollte unbedingt einen Musical-Klassiker mit mir ansehen, der seine ganze Generation geprägt habe: «The Sound of Music». Entsetzt saß ich vor dem Fernseher und sah Julie Andrews als Gouvernante der Trapp-Familie die türkischen Lieder von Hülya Kocyiğit auf Englisch singen. Und dann tauchten auch noch Nazis auf. Lächerliche Version. Viel zu überladen.

Mit den türkischen Filmen sank das Interesse von Oma und Teyze am deutschen Fernsehen rapide. Und auch mit ihrem passablen Deutsch ging es bergab. Denn meine Großtante hatte außerdem längst die «Hürriyet» abonniert, die für Deutschland gedruckte Ausgabe des türkischen Boulevardblattes mit haarsträubenden Geschichten über die Ausländerfeindlichkeit der Deutschen und ganzseitigen Jubelporträts braver Kölnerinnen, die zum moslemischen Glauben konvertiert waren. Ausführlich las sie meiner Oma daraus vor, anschließend schimpften die beiden über dieses niveaulose Bauernvolk. Und meinten die Deutschen.

Mein Vater regte sich bei jedem Besuch über «dieses widerwärtige Klopapier für hirnlose Alibabas» auf. Dann wies seine Tante auf die wichtigen Informationen über die politische Lage in der Türkei hin und jammerte, die Zeitung sei doch ihre einzige Verbindung zur Heimat. Was so nicht lange stimmte. Eine der ersten Satellitenschüsseln Maichingens wurde auf dem Balkon meiner Oma installiert, bald gab es ein 24-Stunden-Programm auf Türkisch, was meine Großtante auch deshalb begrüßte, weil es ihr Atempausen zwischen «Du bist ein Engel» und Türkan Şoray erlaubte, während ihre Schwester über «die langweiligen Nachrichten» schimpfte.

Auch eine türkische Fleischerei hatte längst in Sindelfingen eröffnet. Bei Metzger Ahmet standen immer zwei Stühle bereit, und kaum hatten Oma und Teyze Platz genommen, eilte Ahmets Frau Fatma herbei und brachte zwei Gläser Wasser. Während meine Oma sich von Fatmas drei Kindern selbst gemalte Bilder zeigen ließ, dirigierte meine Großtante von ihrem Thron aus Ahmet und seinen pickligen Neffen hinter der Theke umher und teilte ihnen mit, von genau welchem Körperteil sie bitte welche Menge absäbeln sollten.

Und so wurde das türkische Essen bei Oma und Teyze zwar noch besser, ihr Deutsch aber mit jedem Tag schlechter, den sie in Deutschland verbrachten. So viele Jahre ich das Radebrechen auch tolerierte hatte – je älter ich wurde, desto mehr störte mich diese Entwicklung. Aber wenn ich ehrlich bin – störte sie mich, weil ich es für falsch hielt, dass Oma und Teyze sich aus dem Land zurückzogen, in dem sie lebten, und es sich in einer Art Puppenhaus-Türkei gemütlich machten? Oder war ich einfach nur eifersüchtig, weil sie damit unseren Pakt gebrochen hatten, einfach aus unserem Oma-Teyze-Enkel-Land ausgezogen waren in eine Gegend, die ihnen vertrauter war als uns?

Das schwarze Schaf der Familie

Oma und Teyze waren keineswegs die einzigen türkischen Mitglieder der Großfamilie Alanyali. Eine Freundin meiner Eltern, die mit einem Italiener verheiratet war, pflegte meine Mutter zu trösten: «Sei froh, dass die Türkei so weit weg ist, ich habe jedes Wochenende halb Italien zu Besuch!» Worauf mein Vater neidvoll ausrief: «Ach wie schööööön!»

Dabei konnte er sich eigentlich nicht beklagen: Es kamen die Halbbrüder meines Vaters, die hier Deutsch lernen und studieren sollten. Zu Besuch kamen die Halbschwestern und die Mütter der Geschwister, und dann waren da noch die Türken unter seinen Angestellten, in den ersten Jahren allesamt unverheiratet, weshalb auch sie dringend Familienanschluss benötigten und außerdem die gute deutsche Küche meiner Mutter kennen lernen sollten.

Meine Schwester und ich hatten von klein auf eine Auswahl an Babysittern in Gestalt junger türkischer Ingenieure, die Aylin die Windeln wechselten und sich dabei von mir vorwerfen lassen mussten, dass «Mama den Popo aber ganz anders putzt als du», und die ebenso wie Oma und Teyze in den Genuss unseres Deutschunterrichts kamen: «Sag mal ‹Käse unter Popo›.» Keine Ahnung, was das bedeutete, aber mein Lieblingsonkel zitiert den Satz noch heute, obwohl er längst wieder in Izmir lebt und trotz seiner Eigenschaft als Generaldirektor eines international agierenden Autopumpenherstellers eher selten Verwendung dafür findet. Ungefähr 60 Prozent der Späße, die sich meine Schwester und ich mit all unseren Babysittern leisteten, drehten sich um unser Lieblingswort Popo, das uns mit türkischem Akzent ausgesprochen ganz besonders entzückte. Alle Türken in unserem Einflussbereich müssen den Eindruck gewonnen haben, es sei ein zentrales Wort der deutschen Alltagssprache.

Natürlich kamen sie auch in den Genuss der guten deutschen Küche meiner Mutter. Aber diese Küche wurde ganz türkisch eingerahmt von Nüsseknabbern vorher und Obst zum Nachtisch. Außerdem stand der Tisch voller Schüsseln und Platten – von fein abgezählten Portionen, wie ich sie bei den deutschen Eltern meiner Freunde kennen lernte, hielt mein Vater gar nichts.

Er fühlte sich bei diesen Gelagen wie ein Fisch im Rakı. Er trank und erzählte und war ganz Patriarch, und wenn ich nach dem Essen wie immer bei Besuch möglichst bald den Tisch verließ, um in meinem Zimmer meine Ruhe zu haben, holte er mich jetzt plötzlich zurück und fragte mit jovialer Strenge: «Hast du gefragt, ob du aufstehen darfst?» Ich fand die türkische Version meines Vaters ziemlich doof.

Sowohl meine Großtante als auch meine Oma schlossen die dauerhaft in Deutschland weilenden Türken im Umkreis meines Vaters schnell in ihr Herz. Egal ob blutsverwandt oder nicht, sie wurden sofort adoptiert. Und okkupiert. Alle ihre «lieben Söhne» waren gleichzeitig Botenjungen, Träger und Chauffeure und wurden im Gegenzug mit Liebe bekocht und mit guten Ratschlägen versorgt. Meine Oma pflegte ihnen zu versichern, dass ein gutes Herz und Gottes Beistand über alle Schwierigkeiten in der Fremde hinweghelfen würden, während es meiner Großtante wichtiger schien, dass sie unbedingt eine brave Türkin zur Ehefrau nahmen. Das Anliegen stand allerdings in seltsamem Widerspruch zur Hochnäsigkeit und Skepsis, mit denen sie später all ihren tatsächlich türkischen «Schwiegertöchtern» begegnete. Und im Gegensatz zu meiner Mutter benahmen die sich wie echte türkische Schwiegertöchter: Nachdem meine Großtante einmal zu oft aufgestanden war, um den Salat selbst noch einmal zu waschen, und einmal zu oft den Teller halb voll gelassen hatte, um sich später mit dem selbst mitgebrachten Konfekt den Bauch voll zu schlagen, wurde sie nicht mehr eingeladen.

Eines Tages kam sogar der Mann uns in Deutschland besuchen, der meiner Schwester und mir von Oma und Teyze jahrelang als der Teufel schlechthin präsentiert worden war. Wobei «präsentiert» eigentlich nicht das richtige Wort ist. Er war vielmehr ein Geist, der erst durch die Beschwörung seiner Abwesenheit Gestalt annahm. Er war das fein säuberlich ausgeschnittene Loch auf alten Familienbildern. Denn es war Brauch bei den Tüzüntürk-Damen, in Ungnade gefallene Familienmitglieder oder Freunde aus Fotos ebenso zu entfernen wie aus dem Leben. Es gab erstaunlich viele durchlöcherte Fotos in den Alben von Oma und Teyze.

Eines Tages aber stand das größte Loch vor der Tür. Izmir-Opa.

Aylin und ich fanden, er sah aus wie ein ganz normaler Großvater. Er hatte schlohweiße Haare und riesige Nasenlöcher, aus denen ebenso ein paar graue Haare ragten wie aus den Ohren, genau wie bei unserem Korbach-Opa. Aber er benahm sich durchaus wie ein türkischer Großvater: Er kniff uns ständig so liebevoll wie schmerzhaft in die Wangen, bis wir uns bei meiner Mutter beschwerten und mein Vater ihm das Kneifen verbot. Damit aber schien Izmir-Opa der einzigen Kommunikationsmethode beraubt worden zu sein, deren er im

Umgang mit Enkelkindern fähig war. Außer uns seine «süßen Seelchen» zu nennen, wusste er nicht viel mit uns anzufangen, sodass wir ihn ziemlich langweilig fanden und uns lieber die Schauergeschichten erzählen ließen, die Oma und Teyze auf Lager hatten. Wie Izmir-Opa meinem Vater keinen Mantel hatte kaufen wollen, obwohl bitterster Winter herrschte. Er habe gerade in ein neues Geschäft investiert und leider kein Geld, aber sein Sohn sei doch wohl ein richtiger Mann und würde bei dem bisschen Kälte nicht frieren. Und wie er sich nie um seine Kinder gekümmert und sich später auch nie nach ihnen erkundigt habe. Der erste Sohn habe seine stinkende Gerberei übernehmen müssen, die anderen seien ihm egal gewesen. Die hätten aber alle studiert, auf Bestreben und unter größten Opfern ihrer Mütter. Nur sein Nesthäkchen, ein Mädchen, das verwöhne der alte Mann jetzt nach Strich und Faden, und man sehe ja, was aus ihr werde. Nichts. Nur Männer im Kopf. Tststs.

Aufgrund der Erzählungen von Oma und Teyze hatte man sich das Schicksal der Alanyali-Sippe als eine Tragödie Dickens'schen Ausmaßes vorzustellen, der ihr eigener Sohn glanzvoll entronnen war, als Prachtexemplar eines Tüzüntürk, der nur zufällig einen anderen Nachnamen trug. Seltsamerweise pflegte mein Vater die Tüzüntürk-Männer als jämmerliche Waschlappen zu bezeichnen. Pantoffelhelden. Feiglinge. Kleinkrämer. Mit nichts konnte er seine friedliche Mutter so sehr auf die Palme bringen wie mit der Bemerkung, diese und jene Eigenschaft, die ihn zu einem richtigen Mann mache, sein Geschäftssinn, sein Stolz, seine Hartnäckigkeit, müsse er von seinem Vater geerbt haben. Dann schüttelte meine Oma energisch den Kopf, wedelte aufgeregt mit den Händen und begann, den Fluch mit ein paar hektischen Gebeten und Bannsprüchen zu vertreiben.

Aber es gab ein viel schwärzeres Schaf in der Familie als meinen Großvater. Einen entfernten Cousin, den sein überforderter Vater in letzter Verzweiflung nach Deutschland schickte, damit mein Vater einen Mann aus ihm mache. Die gesamte Verwandtschaft schüttelte den Kopf. Aber mein Vater genoss seine Rolle als Held und Mentor der Familie viel zu sehr, und es war ihm eine Ehrensache, auch diese Herausforderung anzunehmen. Er bezahlte Onkel Hizmet, wie wir ihn nannten, einen guten Deutschkurs und wollte ihn anschließend auf die Universität schicken. Er würde ihn mit strenger, aber liebevoller Hand führen und «es allen beweisen». Er würde einen richtigen Mann aus ihm machen.

Das Projekt meines Vaters misslang. Onkel Hizmet war schließlich schon ein richtiger Mann. Einer mit Goldkettchen und literweise Pomade im Haar. Zu uns war er nett, ein lustiger Kerl, und meiner Mutter küsste er vor Bewunderung ihrer Kochkünste bei jedem Besuch fast die Füße. Die deutlich ältere Deutsche, die er zum Heiraten fand, um eine Aufenthaltsberechtigung zu bekommen, die schlug er. Später heiratete er noch zweimal, zweimal eine Türkin, die er ebenfalls gern verprügelte.

Nach dem Kurs hatte das Deutsch von Onkel Hizmet gerade gereicht, um Schichtarbeiter bei Mercedes zu werden, aber wenn man ihn so auftreten sah, mit breiten Schritten und noch breiterem Grinsen, könnte man meinen, Herr Benz persönlich promeniere durch seine Stadt. An jeder Tür, vor der er Einlass begehrte, verkündete er, er sei der Neffe vom reichen Herrn Alanyali. Bis der reiche Herr Alanyali ihm mitteilte, es reiche ihm jetzt. Er gehöre nicht mehr zu seiner Familie. Mit solchem Gesindel haben anständige Türken nämlich nichts zu tun.

Ich habe nie wieder etwas von Onkel Hizmet gehört. Es hieß,

er sei mit seiner dritten Frau zurück nach Bursa gegangen, um das Geschäft seines Schwiegervaters «endlich auf Vordermann zu bringen».

Weihnachten mit Tüzüntürks

Der alljährliche Höhepunkt in der deutsch-türkischen Begegnungsstätte Alanyali aber war Weihnachten. Meine Oma, die Weihnachtsschmuck über alles liebte, war ein großer Christbaum-Fan. Wie sie überhaupt funkelnde Lichter in der Nacht faszinierten, stundenlang konnte sie auf abendlichen Autobahnfahrten von der langen Spur roter Rücklichter vor uns und den entgegenkommenden Scheinwerfern schwärmen.

Dabei hasste meine Mutter Weihnachten, aus denselben Gründen, aus denen sie der Religion abgeschworen hatte. Das Fest wurde, wie meine Eltern nicht müde werden zu betonen, uns zuliebe gefeiert. Allerdings behielten sie sich vor, das Baum-Design zu bestimmen. Mein Vater wollte keinen «bunten Türken-Baum», meine Mutter nannte das «deutschen Weihnachtskitsch», und so kamen Buntglasglöckchen zu unserem Bedauern ebenso wenig infrage wie an Goldfäden baumelnde Schokoladenringe oder selbst gebastelte Filzengel. Wir feierten jedes Jahr mit einer Nordmanntanne ganz in Silber, mit praktischen elektrischen Kerzen und etwas Lametta. Unsere selbst gemachten Strohsterne waren das einzige Zugeständnis, zu dem meine Eltern bereit waren.

Die Tage vor Weihnachten pflegten wir in Maichingen zu verbringen, wo meine Schwester und ich das Wohnzimmer in ein Schlachtfeld aus Geschenkpapier, Geschenkband und Tesafilm verwandelten. Natürlich wäre es einfacher gewesen, die Geschenke zu Hause in Sindelfingen in unseren Kinderzimmern zu lagern, aber Oma und Teyze unter großem Hallo in der Küche einzusperren war ein wichtiger Bestandteil des Weihnachtsrituals. Ebenso der Unterricht in den Weihnachtsliedern, die wir aus der Schule mitbrachten, und die Dekoration der gesamten Wohnung mit Buntglasglöckchen, an Goldfäden baumelnden Schokoladenringen und selbst gebastelten Filzengeln. Auch gegen unseren Vorschlag, zur Feier des Tages Omas grünen Gebetsteppich mit silbernen Lamettafäden zu schmücken, hatte Oma nichts einzuwenden: «O ja, das glitzert sehr hübsch, das gefällt Allah bestimmt!», sagte sie, während wir sie in der Mitte Platz nehmen ließen und das Lametta kreisförmig um sie herum auf dem Teppich drapierten.

Am späten Nachmittag des 24. holte uns mein Vater dann alle ab, und wir veranstalteten unterwegs ein Weihnachtsbaum-Wettzählen, das meine Oma stets verlor, weil sie vor lauter Entzücken über jeden geschmückten Baum das Zählen vergaß. Bis heute brechen meine Schwester, mein Vater und ich im Dezember bei jedem Christbaum, an dem wir vorbeifahren, im Gedenken an meine Oma in ein einhelliges «*Ajajajajaj, ne güzeeel*, wie schööön!» aus.

In Sindelfingen stapelten sich unter der Designertanne bereits die Pakete meiner Eltern, und bald klingelten auch die türkischen Besucher des Spektakels und brachen ordnungsgemäß in Ahhhs und Ohhs aus. War meine Tante aus Istanbul zu Besuch, so pflegte sie sich nach den Feiertagen entzückt mit tonnenweise Weihnachtsschmuck im Ausverkauf einzudecken und dekorierte damit das Esszimmer zu Hause in Istanbul bei besonderen Anlässen. Wenn wir bei ihr zu Besuch waren zum Beispiel. Dann hingen während des Abendessens ein paar riesige goldene Kugeln in der Yuccapalme am Fenster, gern wurde auch die farbenprächtig illuminierte Gondel aus Venedig, die in ihrer Vitrine stand, mit ein paar Lamettafäden behängt.

Inzwischen verkaufen auch türkische Kaufhäuser Weihnachtsschmuck, außerdem gibt es Neujahrskarten mit Aquarellbildern, die gern verschneite Dörfer mit Kirchturm zeigen, und sogar türkische Weihnachtskarten mit Fotos des Großen Bazars von Istanbul und dem Aufdruck «Happy Christmas» – als hätte man scharfsinnig erkannt, was an Weihnachten glücklich macht: Einkaufen.

Nach der allgemeinen Begrüßung und Dutzenden Fotos vom Weihnachtsbaum mit und ohne Enkel, Eltern, Tanten, Onkel, Kollegen packten wir unsere Geschenke aus. Meine Oma ging besonders sorgfältig zu Werke – das Papier sei so hübsch, das könne sie sicher weiterverwenden. Natürlich mussten alle Erwachsenen jedes Paket augenblicklich fallen lassen, wenn es ein Playmobil-Haus oder Barbie-Kleid zu bewundern gab. Türkische Tanten eignen sich prächtig, wenn es darum geht, Barbies zu rühmen. Die deutsche Freundin hingegen, die ein türkischer Mitarbeiter meines Vater in einem Jahr dabeihatte, quittierte mein neues Barbie-Outfit mit der Bemerkung: «Keine normale Frau könnte in solchen Schuhen herumlaufen!» Ich beschloss, ihr Geschenk als Letztes auszupacken. Es war ein Buch. «Ich hoffe, das hast du noch nicht, aber es ist ja das einzige Buch, das du bekommen hast», meinte sie dazu. «Bücher wünschen wir uns nie, die kauft uns der Papa das ganze Jahr über, er sagt, dafür braucht man kein Weihnachten», fauchte ich wahrheitsgemäß. «Und das hier hab ich schon längst.» Das allerdings war gelogen. War mir egal.

Hatten wir anschließend gegessen – wegen meiner Großtante gab es Fleisch vom Tischgrill –, übernahm allmählich die türkische Mehrheit das Fest. «Gibt's in diesem Haus denn keine anständige Musik!», rief meine Vater nach ein paar Gläsern Wein und wechselte Bach, den er vor dem Essen aufgelegt hatte, gegen Bauchtanz. Und wenig später drehten sich alle mit erhobenen Händen und wackelnden Hüften um den Wohnzimmertisch, weil für Türken eine Familienfeier ohne fröhliches Singen und Tanzen völlig unvorstellbar ist.

Meine Mutter war trotz ihrer Weihnachtsaversion tief beleidigt und ging die Küche aufräumen, meine Oma klatschte vom Sessel aus fröhlich im Takt und sang *leililei*. Das Gesicht meiner Großtante entspannte sich. Sie hatte wie jedes Jahr auf dem Sofa sitzend den ganzen Abend mit pikiertem Lächeln ihrer Distanz zu diesem heidnischen Ritus Ausdruck verliehen. Nicht nur, dass die Christen einen Propheten «Gottes Sohn» nannten, pfui. Erst seine Geburt feiern und ihn dann ans Kreuz nageln. Eine schöne Religion war das.

Im Club Méditerranée

Dass man als Tourist in ein südliches Land gefahren ist, merkt man daran, dass man mit großer Begeisterung Marktstände voller Obst und Gemüse fotografiert. Ich habe sehr viele Fotos von Marktständen in der Türkei. Ich bin siebzehn Jahre lang als Tourist in die Türkei gefahren. Dann kam die «Blaue Reise». Aber davor lagen siebzehn Jahre Obst und Gemüse.

Ich schäme mich nicht für meine Aufnahmen farbenprächtiger Naturkost. Ich musste meine Sommerferien in einer mit Palmen und Rhododendronbüschen getarnten geschlossenen Anstalt verbringen, in der dauergrinsende Aufziehpuppen zahlungskräftige Patienten mit Frohsinn und Kennenlernspielen terrorisieren durften. Da weckt der Anblick von Marktständen mit Obst und Gemüse die gleichen Gefühle, die ein Gefängnisinsasse beim Rauchen einer Zigarette empfinden dürfte. Es ist ein Hauch vom richtigen Leben.

Am Ende jedes Schuljahres beneidete ich meine Freunde. Ich wollte wie Alex in den Pyrenäen wandern gehen oder wie Angelika italienische Kirchen besichtigen. Ich platzte vor Neid, wenn Monika von ihrem Sommer in Sindelfingen erzählte, den sie im Ferienlager am Wald e.V. verbracht hatte, mit Grillen, Nachtwandern und Jungs-Erschrecken. Ich hasste meine Eltern. Ich wollte auch ein Kind aus einkommensschwacher Familie sein und nachts Jungs erschrecken. Zumindest im Sommer. Im Winter wollte ich weiterhin in den Skiurlaub fahren.

Aber in den langen Sommerferien verschleppten uns meine Eltern jedes Jahr in die Türkei. In den Club Méditerranée Foca bei Izmir. Jedenfalls glaube ich, dass es die Türkei war. Wegen der Putzfrauen. Hätten meine Eltern mir zu Beginn der Reise die Augen verbunden und die Binde erst am Ankunftsort wieder abgenommen – nur die türkischsprechenden Putzfrauen wären ein Hinweis darauf gewesen, dass ich mich in der Türkei befand. Alles andere gehörte zur Club-Méditerranée-Standardausstattung: Übernachtung in einem eingezäunten pseudospartanischen Bungalowdorf mit Pool, Bar und nahezu unbegrenztem Sportangebot, Vollpension inklusive Tischwein rot und weiß, tagsüber ein Animateur hinter jedem Rhododendronbusch und jeden Abend ein Unterhaltungsprogramm im pseudoantiken Theater. Club Méditerranée, oder Club Med, wie wir Insider sagen, war nichts anderes als Pauschalurlaub der Luxusklasse. Von den Kosten für drei Wochen Club Med für vier Personen hätte sich eine anatolische Großfamilie ein Jahr lang ernähren können.

Aber die anatolische Großfamilie war mir egal. Ich wollte nur nicht den ganzen Tag am Strand liegen und lesen müssen, nur weil die einzige Alternative darin bestand, Windsurfen, Segeln, Tauchen, Bogenschießen oder Tennis zu lernen. Sicher, ich hätte im Club Med auch mit den anderen Kindern spielen können, aber dazu hätte ich erstens Französisch können und außerdem hochnäsiger und verwöhnter sein müssen. Es gab einfach keine akzeptablen Spielkameraden im Club Med. Anfang der Siebziger machte zwar der Schlagersänger Michael Holm dort Urlaub und nannte mich «niedlich», aber ich mochte Chris Roberts viel lieber und sagte ihm das auch, wie meine Mutter nicht müde wird zu erzählen. Ein paar Jahre später war Gilbert Bécaud mit seiner Tochter zu Gast, aber die war erstens viel zu alt und zweitens viel zu französisch.

Club Med war damals der Vorreiter der Feriendorfkultur, ein rein französisches Unternehmen, und stolz darauf. Um den Pool saßen neben den reichen Franzosen mit sonnengegerbter Lederhaut, Goldschmuck und viel zu viel Schminke zwar auch reiche Türken mit besserer Haut, Goldschmuck und viel zu viel Schminke, aber die verreisten lieber ohne ihre Kinder, welche derweil vermutlich viel Spaß mit ihren Omas und Großtanten hatten. Eine Zeit lang machte es Spaß, die Türken zu beobachten und über ihre gepflegten Unterhaltungen zu staunen. So etwas kannte ich nur aus «Das Haus am Eaton Place», wo die britische Herrschaft sich über Poloturniere und das Kleid von Lady Bellamy unterhielt. Aber hier ging es um neue Restaurants in Istanbul und die schönsten Yacht-Anlegeplätze des Mittelmeeres, und ich verstand nur die Hälfte.

Club Med bot durchaus interessante Tages- und Wochenausflüge ins Land hinter dem Ferienzaun an, aber die kosteten extra, und als typische Pauschalurlauber lehnten meine Eltern derartige Extravaganzen ab. Wieso auch: Mein Vater war von mittags bis abends damit beschäftigt, Windsurfen, Segeln, Tauchen, Bogenschießen oder Tennis zu lernen, und meiner Mutter genügte es vollauf, am Strand zu braten; ihr warf sogar ein Buch noch zu viel Schatten auf das Ferienglück. Ich hingegen wanderte in panischer Angst vor Hautkrebs mit dem Schatten des strohgedeckten Sonnenschirms um den Pfosten am Strand und litt. Meine Sommerferien waren ein endloser Kreis um einen Pfosten am Strand. Der Kreis war Teil des Dante'schen Infernos. Abends saß man an kreisrunden Achtertischen und lernte fröhliche Urlauber kennen. Jeder Hauptgang wurde mit einer blutroten Grilltomate dekoriert. Danach ging man ins kreisrunde Amphitheater und sah einfachen Anatoliern beim Volkstanz zu.

Hölle, dein Name ist Feriendorf. Hätte es mir im Prinzip

nicht viel ausgemacht, den Tag lesend zu verbringen, ich läge heute unter einem Rhododendronbusch begraben.

Doch es gab Lichtblicke. Manchmal ging es hinaus in die Freiheit. Denn der Hauptgrund, weshalb wir fast jedes Jahr in den Club Med Foca und nur gelegentlich in den Club Med Kemer an der Südküste fuhren, war, dass Foca so nah bei Izmir lag. Mein Vater wollte seine Verwandten sehen. Aber nicht drei Wochen am Stück. Von meiner Mutter ganz zu schweigen. Der Club Med Foca war die ideale Verbindung zwischen Strand- und Familienurlaub. Die streng bewachte Einfahrt ins Feriendorf hielt die Verwandtschaft in sicherem Abstand – es sei denn, mein Vater hatte den Pförtner bestochen. Meine jüngste Tante, nur zehn Jahre älter als ich, übernachtete dann oft auf einer Luftmatratze im Zimmer mit meiner Schwester und mir, was mir ungeheuer abenteuerlich erschien. Meine Tante war ja auch eine ganz Wilde, die sich Blumen ins Haar steckte und uns abends wie sich selbst schminkte, und nachts kicherten wir in unseren Betten. Ich kam mir vor wie bei «Hanni und Nanni».

So verbrachten Freunde, Onkel und Tanten aus Izmir ihr Wochenende bei uns, besahen sich die große weite Welt hinter den Mauern und lobten die französische Küche. Ein Urteil, das ich mir angesichts der Grilltomate und der Kochkünste meiner Großtante nur mit verliebter Blindheit erklären kann. Frankreich galt seit dem Osmanischen Reich eben als der Gipfel der Kultiviertheit, und natürlich war die Sprache der Diplomaten in der Türkei noch viele Jahrzehnte die erste Fremdsprache der Oberschicht und aller, die gerne dazugehören wollten. Auch in Teilen meiner Verwandtschaft provozierte der Vorrang, den mein Vater dem Englischen gab, einige Verwunderung.

Das imaginäre Schild «Wir müssen leider draußen bleiben» am Eingangstor des Clubdorfes galt natürlich in erster Linie für eine andere Sorte Türken. Allerdings fanden die Eingeborenen des Fischerdorfs Foca einen Weg, die Sicherheitsvorkehrungen zu umgehen. Jeden Nachmittag trafen sie sich auf dem Boot eines Kollegen. Ich weiß nicht, ob der Fischer Eintritt dafür nahm. Jedenfalls schipperte jeden Nachmittag ein schwer beladenes Fischerboot den Strand entlang. Schwer beladen mit einer Horde stummer schnauzbärtiger Männer, die sich wie ein Sängerchor auf mehreren Ebenen des Bootes aufgereiht hatten und glotzten. Das Boot neigte sich bedenklich auf die dem Strand zugewandte Seite. Jeden Nachmittag gegen halb vier, wenn die Sonne günstig stand, tauchte es am linken Ende des Strandes auf und fuhr in einer schnurgeraden Linie nach rechts aus dem Blickfeld wieder heraus. Der Anblick dieser Männer, die mit einer Mischung aus Gier und stummem Vorwurf auf die barbusigen Urlauberinnen am Strand starrten, hat mich auf ewig davon kuriert, mich oben ohne bräunen zu wollen.

Unsere türkischen Gäste regten sich gemeinsam mit meinen Eltern furchtbar über «die Alibabas» auf. Von einem unsensiblen Verhalten der Touristinnen war nie die Rede. Dabei habe ich keine meiner Tanten oder Cousinen jemals oben ohne am Strand gesehen.

Onkel Hamdi und der dicke Junge

Viel besser als die Besuche der Verwandtschaft im Feriendorf aber waren unsere Besuche in Izmir. Meine Mutter fing drei Tage vor jeder Fahrt an zu stöhnen. Ich hingegen hatte drei Tage wenigstens etwas, worauf ich mich freuen konnte. Schließlich war es nach Oma und Teyze mein erster Kontakt mit richtigen Türken.

Richtige Türken, so lernte ich während der Besuche bei diversen Stiefomas, Tanten, Großonkeln und weiteren Familienmitgliedern komplizierteren Verwandtschaftsgrades, richtige Türken lebten in Wohnungen, die mir endlich die Überlebensfähigkeit der Import-Exportläden in Deutschland erklärten. Jedenfalls saß ich in Izmir oft in Wohnzimmern, deren Einrichtungsaccessoires ich sonst nur aus den Schaufenstern dieser Läden kannte. Dazu muss man allerdings wissen, dass den Türken ihr Wohnzimmer, das meist ins Esszimmer übergeht, tatsächlich als Schaufenster dient: Hier werden die Gäste empfangen, und hier zeigt man, was man hat.

Die richtigen Türken meiner Familie hatten neben der obligatorischen Polstergarnitur für mindestens zwölf Personen monströse Fernseher, die über massigen Videorecordern gut sichtbar auf rollbaren TV-Tischen standen. Sie hatten eine intarsienverzierte Anrichte mit Geschirr für mindestens vierundzwanzig Personen. Die Anrichte hatte einen verspiegelten Aufsatz, in dem sich eine Kollektion von rosenverzierten Porzellanvasen und Schüsseln mit Plastikblumenbouquets verdoppeln konnte. Es gab Vitrinenschränke voller Kristallgläser für mindestens sechsunddreißig Personen. Und erstaunlich oft stand eine Art schwarzgoldener Mini-Globus auf einem der circa zehn gläsernen Beistelltischchen. Bei Betätigung eines kleinen Hebels entpuppte er sich als Zigarettenspender, aus dem sich die Zigaretten fächerartig emporhoben, während sich gleichzeitig eine goldene Schale öffnete, die als Aschenbecher diente.

Umgekehrt war für die Verwandtschaft der Besuch aus Deutschland natürlich auch ein Ereignis. Das fing schon an der Tür an. Es kamen immer alle, alle, alle zur Tür. Und alle, alle, alle umarmten einen, von allen gab es ein Küsschen rechts und ein Küsschen links auf die Wange, und immer sagte irgendwann jemand: «Jetzt lasst die Armen doch erst mal hereinkommen!» Bis wir im Wohnzimmer waren – und zwar ohne die Schuhe auszuziehen, von dieser «anatolischen Unsitte» hielt man in meiner Familie nicht viel –, hatten Omas, Onkel und Tanten wieder vergessen, wen sie nun schon begrüßt hatten, und die Küsserei ging von vorn los.

Dann musste die nächste Hürde auf dem Weg zu einem entspannten Nachmittag genommen werden. Das Platziertwerden. Der unangefochtene Meister darin war Onkel Hamdi. Wenn Onkel Hamdi mit dem Verteilen seiner Ehrengäste auf die Ehrenplätze fertig war, waren alle Anwesenden mit den Nerven am Ende.

Onkel Hamdi war ein sehr, sehr alter Onkel, ein schmächtiger kleiner Mann mit hohen Geheimratsecken voller Pigmentflecken und Lidern, die tief über seinen kleinen Augen hingen. Seine Zähne wiesen auf jahrzehntelanges Rauchen dunkelster arabischer Zigarillos hin, aber niemand in der Familie trug einen so akkurat geschnittenen Schnauzer wie er. Onkel Hamdi ging seit dreißig Jahren zum selben Barbier, die beiden waren längst befreundet und spielten nach dem wöchentlichen Barttrimmen immer eine Runde *Tavla*, Backgammon. Noch beeindruckender als das graue Bärtchen waren Onkel Hamdis Schuhe. Zwanzig Minuten täglich reservierte er für die Pflege der insgesamt sieben Paar, die er seit ebenfalls dreißig Jahren zu besitzen schien und die aussahen, als habe er sie letzte Woche gekauft. Nach dem Mittagstee legte sich Onkel Hamdi auf der kleinen Schuhbank im Flur eine Bürste, braune oder schwarze Schuhcreme, ein Tuch zum Putzen und eines zum Polieren zurecht. Dann breitete er die gestrige Ausgabe von einer der zwei Zeitungen, die er täglich las, vor dem Bänkchen aus, setzte sich mit einem *Bismillahirrahmanirrahim* hin und fing an, das Paar des Tages zu pflegen. «Einen Gentleman erkennt man an seinen Schuhen!», sagte er jedem, der im Flur vorbeikam. «Gentleman ist englisch und heißt so viel wie wohlerzogener Mann! Bei den Damen sind es die Hände, beim Herrn die Schuhe.»

Onkel Hamdi hatte viel Zeit, seit er seine Stelle als pharmazeutischer Vertreter verlassen hatte und in Rente gegangen war. Sehr viel Zeit. Aber auch sehr viel zu tun. Jeden zweiten Tag nahm er morgens nach einem Frühstück aus Schafskäse, Oliven und Honig seinen Hut und seine Aktentasche und verließ das Haus, um «im Büro nach dem Rechten zu sehen». Ein paar Mal haben meine Schwester und ich ihn dabei begleitet, weil er danach mit uns ein Eis essen gehen wollte. Er nahm immer dieselbe Fähre, stieg immer in denselben Bus um und nahm dann immer denselben Weg in sein Büro. Es war ein dunkles Zimmer mit einem Schreibtisch und einem Aktenschrank daneben und lag in einem halb leer stehenden Gebäude, dessen Büros man wie Gepäckfächer mieten konnte. Dort saß Onkel Hamdi an seinem Schreibtisch, sortierte die Post, die nur noch aus Werbewurfsendungen bestand, und schob ein paar Papiere von links nach rechts. Dann zeigte er uns ein paar leere Schachteln der Medikamente, die er einst vertreten hatte, und erläuterte uns ihre bahnbrechende Wirkung. Dann verließen wir das Büro und gingen ein Eis essen.

Ohne uns pflegte er anschließend «ein paar ehemalige Geschäftsfreunde» zu besuchen, bei denen es sich seinen Lobpreisungen zufolge allesamt um direkte Nachkommen Atatürks oder wenigstens um Heilige zu handeln schien. In der Familie allerdings hieß es, es seien Schnorrer, die sich von Dummkopf Hamdi zum Essen einladen ließen und denen er Geld lieh, das er nie wieder sah.

Da es seinem Leben so offensichtlich an Aufregung mangelte, fügte Onkel Hamdi ihm gleichsam selbst einige Bedeutung bei. Nicht nur, dass er überall beinahe schon gewesen war, fast alles gelesen und das meiste von Anfang an gewusst hatte. Keine seiner Unternehmungen verlief unkommentiert oder gar unkompliziert, ganz gleich, ob es ums Schuheputzen oder Gästeplatzieren ging. Jede Tat wurde zu einer Zeremonie, die umso mehr die Freuden menschlichen Miteinanders pries, je mehr seine Mitmenschen Onkel Hamdi flohen.

Er machte es einem aber auch nicht leicht. Waren wir in Onkel Hamdis Haus zu Gast, verlief die Verteilung der Besucher auf die Polsterlandschaft ungefähr folgendermaßen:

«Bitte, setz dich doch dahin, und du dorthin, nein, nicht dort, da zieht es ein bisschen. Oder willst du lieber meinen Sessel?»

«Nein nein, Onkel Hamdi, hier ist perfekt.»

«Nein, komm, das ist ein ganz bequemer Platz hier.»

«Nein, Onkel Hamdi, bitte bleib doch sitzen, ich hab doch genau denselben Sessel.»

«Aber von hier ist die Sicht besser.»

«Auf was denn, den Blumentopf?»

«Nein, auf alles.»

«Onkel Hamdi, wir sitzen im Kreis, ich kann alle sehr gut erkennen.»

«Ist es da auch nicht zu kalt?»

«Onkel Hamdi, wir haben August, draußen sind 28 Grad im Schatten.»

«Aber hier drin ist es kühl.»

«Danke, mir ist gar nicht kalt.»

«Zieht es auch nicht? Komm, setz dich hierhin, man weiß nie, Zugluft ist gefährlich.»

«In Ordnung, Onkel Hamdi, aber setzt du dich dann auch?»

«Sicher, ich muss mir nur noch schnell ein Kissen gegen den Zug holen.»

«Aber Onkel Hamdi, warte, dann komm doch wieder hierher, bitte …»

«Nein, nein, das ist dein Platz, ich setze mich heute mal hierher, haach, was für ein schöner Platz. Willst du vielleicht lieber hierhin? Komm, wir tauschen.»

«Onkel Hamdi, jetzt bleib doch mal sitzen, dieser Sessel ist perfekt.»

«Schon gut, schon gut, soll niemand sagen, ich zwinge meine Gäste zu ihrem Glück. Mein Haus ist euer Haus, fühlt euch wie zu Hause. Das Sofa ist übrigens ganz neu, komm, probier mal, vielleicht sitzt du hier bequemer …»

Derlei Aufwand wurde allerdings nur betrieben, wenn man sich zu ungezwungenem Beisammensein im kleinen Familienkreis befand. Handelte es sich um Abendessen mit Besuch, herrschten in der Türkei ganz andere Sitten. Zu meinem und meiner Schwester Entsetzen vor allem die Unsitte Kindertisch. Seit immer mehr meiner deutschen Freundinnen Nachwuchs haben und auch meine Schwester der Ansicht ist, nichts sorge mehr für eine anregende Unterhaltung bei Tisch als ein sabbernder Säugling, kann ich diese altmodische Einrichtung gar nicht genug preisen. Damals aber war ich zutiefst beleidigt, wenn für alle unter vierzehn ein Extratisch in sicherer Entfernung zur Tafel der Erwachsenen aufgebaut wurde. Ich war von meinen Eltern gewohnt, als ihresgleichen behandelt zu werden.

Vergessen waren die endlosen Stunden bei Abendessen mit Gästen, während deren ich nur darauf wartete, vor Langeweile zu sterben. Nun schienen mir die gemeinsamen Gesprächsthemen unermesslich und die Rangunterschiede, die in der Türkei zwischen Zwölf- und Fünfzigjährigen gemacht wurden, absurd.

Das waren ja Erziehungsmethoden wie im Mittelalter. Ich saß am Kindertisch, fühlte mich wie ein verstoßenes Waisenkind bei Charles Dickens und wartete auf die Zeit, da ich reich und berühmt sein und es allen zeigen würde.

Einmal aber gab es ein Abendessen, da galt ich sogar mit sechzehn Jahren schon als zu alt. Ein Freund meines Vaters schlug nach vielen Jahren vor, sich doch wieder einmal zu treffen, ganz ungezwungen, seine Frau sei gerade Verwandte besuchen, aber er werde seinen Sohn mitbringen, der sei ein Prachtexemplar, und er wolle natürlich unbedingt uns Töchter kennen lernen. Wir gingen zusammen essen, meine Mutter war nicht dabei, dafür aber Onkel Hamdi. Der Sohn war tatsächlich ein Prachtexemplar, sechzehn Jahre alt und mindestens achtzig Kilo schwer, seinen Namen habe ich längst vergessen, bei uns hieß er nach diesem Abend nur noch *Şişko*, der Dicke. Şişko bewies uns seine Männlichkeit, indem er zwölf Biere trank – Onkel Hamdi hat sie gezählt – und jedes mit der Bemerkung kommentierte, ahhh, so ein richtiges Bier, das sei schon was Gutes. Jedes Mal, wenn meine Schwester oder ich zur Toilette mussten, sprang Şişko vom Stuhl auf und machte Anstalten, uns gemäß den Gepflogenheiten türkischer Ehrenmänner des vorigen Jahrhunderts zum Waschraum zu begleiten.

Spätestens seit diesem Abend hatte Onkel Hamdi bei uns einen dicken Stein im Brett. Durch seine ausführlichen Erläuterungen zum Nährwert der angebotenen Speisen bewahrte er uns vor einer Unterhaltung mit Şişko. Daraufhin wandte sich dieser den Vätern zu und signalisierte mit lauten «Hohohos» oder einem ständigen «Echt?» seine intensive Beteiligung an dem Männergespräch. Und jedes Mal, wenn Şişko sich erheben wollte, drückte Onkel Hamdi ihn zurück auf seinen dicken Hintern und ging selbst mit uns zur Toilette, obwohl wir noch nie in Begleitung zum Klo marschiert waren. Vor der Tür standen wir dann und kicherten, wobei Onkel Hamdi zwischendurch den Kopf schüttelte und meinte, es sei eine Schande, wie manche Väter ihre Söhne zu ihrem Ebenbild erzögen, und in diesem Fall sehe er besonders schwarz.

Onkel Hamdis Urteil wurde untermauert, als Şişko senior gegen Ende des Abends meinem Vater mit glasigen Augen und jovialem Lachen vorschlug, das Wiedersehen mit einer glücklichen Verbindung zwischen den Familien zu feiern. Ich sei ja schon zu alt, aber für meine vierzehnjährige Schwester wäre sein Sohn doch der perfekte Ehemann. Er prostete seinem alten Freund von Mann zu Mann zu, und mein Vater lachte zurück und sagte, na, wollen wir mal sehen, er solle lieber mal anfangen, Kamele zu sammeln, in vier Jahren sei seine Tochter mit der Schule fertig. Das Thema war innerhalb weniger Augenblicke erledigt, ein Scherz das Ganze, antwortete mein Vater auf unsere schockierten Gesichter. Natürlich, aber ich würde schwören, wäre mein Vater auf das Angebot eingegangen, meine Schwester wäre heute Frau Şişko.

Hatte Onkel Hamdi uns im Wohnzimmer alle auf Sofas und Sessel verteilt, kam der Tee. Anfangs wurden noch Tulpengläser verteilt. Inzwischen weiß ich, dass Westtürken ihren Tee nur aus Tulpengläschen trinken, wenn Verwandtschaft aus Deutschland oder Touristen in der Nähe sind. Eine Tante wirft neuerdings sogar einfach Teebeutel in die türkische Doppelkanne, in der doch eigentlich oben ein starker Sud aus losen Teeblättern ziehen und mit heißem Wasser aus der unteren Kanne verdünnt werden muss.

Ich finde, es bedeutet ein enormes Stück Lebensqualität, sich die Zeit für Tee in winzigen Portionen zu nehmen. Wir Südländer genießen eben das Leben, anders als die Deutschen.

Manchmal habe ich allerdings den Eindruck, je türkischer ich werde, desto mitteleuropäischer wird meine Verwandtschaft. Wahrscheinlich haben die Türken in Sachen Europa so viel zu tun, dass sie ihre Zeit nicht mit folkloristischen Spielereien vertrödeln wollen. Jedenfalls bin ich meist die Einzige, die ihren Tee aus einem Gläschen trinkt, während der Rest es mit Onkel Hamdi hält, der mir eines Tages erklärte: «Wir trinken so viel Tee, da sind diese kleinen Dinger einfach zu umständlich.» Danach holte er regelmäßig zu einem ausführlichen Vortrag über den gesundheitlichen Nutzen einer guten Tasse Tee aus und bot mir im Minutentakt an, mein Gläschen nachzufüllen. Ich war versucht, mir auch eine große Tasse zu holen, eine sehr große. Oder am besten gleich die ganze Kanne auf den Schoß zu nehmen.

Für meine Schwester und mich gab es während unserer Besuche bei der Verwandtschaft zum Ärger meiner Mutter außerdem immer eine Pepsi. In der Türkei hielt (und hält) Pepsi das Cola-Monopol, es schien im Sommer das Nationalgetränk aller Altersklassen zu sein, was mich insofern nicht wunderte, als auch Oma und Teyze auf jedem Ausflug in Deutschland eine Cola bestellten. Uns hingegen hatte unsere Mutter sie viele Jahre lang außer in den Ferien verboten, damals herrschte unter deutschen Müttern noch die Überzeugung, dass Cola unsere Magenwände zersetzen würde. Dem Zuckergehalt wurde offensichtlich keine größere Bedeutung beigemessen, denn das gleich süße Fanta galt durchaus als geeignete Kindernahrung.

In der Türkei aber haben wissenschaftliche Erkenntnisse, die amerikanische Produkte infrage stellen, erst seit dem Irak-Krieg überhaupt eine Chance, beachtet zu werden, weshalb uns von klein auf ganz selbstverständlich eine Cola serviert wurde. Allerdings kamen niemals Eiswürfel ins Glas. Eiswürfel sind nach Überzeugung türkischer Omas und Tanten das klirrende Äquivalent zu mörderischer Zugluft.

Zum Tee gab es natürlich immer Börek und Baklava und weitere Hauptmahlzeiten, die in der Türkei als kleiner Imbiss gelten, da konnte mein Vater im Voraus noch so oft versichern, wir kämen nicht zum Essen, nur keine Umstände bitte. Im Gegenteil, dann wurde davon ausgegangen, dass wir zum Essen bei anderen Verwandten erwartet wurden, und man sorgte erst recht dafür, dass wir in den Genuss des hier natürlich viel größeren Kochtalents kamen und am besten viel zu satt waren, um woanders noch viel zu uns zu nehmen.

Onkel Hamdi war während des Herumreichens der Tellerchen ganz in seinem Element: «Nimm dir noch ein bisschen, mein Mädchen, ihr wachst noch, ihr braucht viel Kohlehydrate! Komm, Aylin, nimm mein Börek, das ist noch ganz warm! Hier, die Hackfleischbällchen haben dir doch das letzte Mal so gut geschmeckt. Nein? Hülya, ich habe dir doch gesagt, die Hackfleischbällchen sind zu scharf! Von den Keksen müsst ihr probieren, die hat Tante Hülya selbst gemacht. Gut, nicht? Hülya, vergiss nicht, den Mädchen nachher ein paar Kilo von deinen Keksen einzupacken! Doch doch, keine Widerrede, die halten sich! Hier, nimm meinen Keks, ich hab einen besonders leckeren erwischt, der ist ganz zart! Da ist Honig drin, Honig ist sehr gesund! Hülya, füll ihnen doch auch eine Flasche von dem Honig ab. Den hole ich jeden Monat selbst vom Imker, ganz frisch! Noch Tee, Iris? Wusstest du, dass man früher Blinden kleine Säckchen mit Tee auf die Lider legte, weil Tee gut ist für die Augen? Ich war mal am Schwarzen Meer, da kommt unser Rize-Tee her, warte, ich zeige dir die Packung …»

«Onkel Hamdi, bleib doch sitzen!»

Während des Tees wurden außerdem die Geschenke ausgepackt. Wir sind nie in die DDR gefahren, aber als ich später von den Care-Paketen hörte, die man seinen Verwandten im Osten mitbrachte, wusste ich genau, was gemeint war. Vor jeder Türkei-Reise überreichte mein Vater meiner Mutter eine lange Einkaufsliste, die er nach ausführlichen Telefonaten mit der Verwandtschaft erstellt hatte. Meine Großtante schrieb mir 1983 aus ihrer Sommerfrische in Izmir eine Postkarte, auf der sie neben Bemerkungen über das «viel zu heiße» Wetter stolz berichtete, wie sie «den Staubsauger und den Toaster ohne Gebühren am Zoll vorbeigebracht» habe und dass sich alle über die Geräte sehr gefreut hätten. Auf der Postkarte war übrigens der neue Autobahnzubringer der Stadt abgebildet. In Izmir war es immer sehr schwer, Ansichtskarten mit Moscheen zu finden, zu den häufigsten Motiven gehörten Schnellstraßen und Atatürk-Statuen. Im Grunde sahen auch die Postkarten aus wie jene vom sozialistischen Fortschritt in der DDR.

Und zwischen modernem Straßenbau und Fortschritt im Alltag schien auch in der Türkei eine Lücke zu klaffen. In unserem Gepäck jedenfalls lagen AEG-Haartrockner, Braun-Rasierer, Grundig-Radios, Grundig-Kassettenrecorder, Krups-Handmixer, Krups-Stabmixer, Krups-Sandwichgrills, Moulinex-Küchenmaschinen, Philips-Videorecorder, Rowenta-Bügeleisen, Siemens-Eierkocher, Siemens-Wasserkocher, Wüsthof-Nagelscheren, Zick-Zick-Zyllis-Zerkleinerer und Zwilling-Küchenmesser. Zum Beispiel.

Dafür, dass die Verwandtschaft offenbar am Ende der Welt lebte, kannte sie sich mit Markennamen erstaunlich gut aus. Denn mit etwas anderem brauchte man ihr gar nicht zu kommen. Noch die runzeligste Oma beherrschte perfekt ein sehr säuerliches Lächeln, mit dem sie sich für das Produkt eines unbekannten Herstellers bedankte. Um dann eine dieser praktischen rhetorischen Fragen zu stellen: «Ach, Krups stellt wohl keine Mixer mehr her?» Und schon versank man im Boden angesichts der Tatsache, dass es mit Deutschland offensichtlich bergab ging.

Umgekehrt riefen aber die richtigen Produkte einen Freudentaumel bei den Verwandten hervor, als hätten sie nie-mals! damit gerechnet, tatsächlich einen Braun-Rasierer in den Händen zu halten, als hätten sie nicht meinem Vater am Telefon versichert, ach, nein, eigentlich habe man alles, nein, das Wichtigste sei, dass wir gesund ankämen, dass die Familie zusammen sei, darauf komme es doch an ... Höchstens ... Nun, na ja, ein Rasierer, sicher, den könne man immer gebrauchen, man habe zufällig gehört, dass Braun sehr gute Rasierer herstelle, die auch lange hielten, der «Braun Micron Plus 2000», «M-i-c-r-o-n-P-l-u-s-2000», Braun Micron, Micron mit c, Plus 2000, der solle seinen Zweck ja ganz ausgezeichnet erfüllen, sollte der also zufällig zur Hand sein, sicher, warum nicht, wenn im Gepäck noch ein Plätzchen frei wäre und es keine Umstände mache.

Nein, machte es natürlich nicht. Bekanntlich wuchsen in Deutschland Elektrogeräte von den Bäumen, pflegte meine Mutter zu sagen, und die Uhren, die lagen einfach so auf der Straße herum. Weshalb mein Vater jedes Mal ohne Uhr aus der Türkei zurückkehrte. Auch ohne Reisewecker. Und mit drei Parker-Kugelschreibern weniger. Von den Druckbleistiften ganz zu schweigen. Und die Polaroidkamera, die konnte sein Neffe doch viel besser gebrauchen. «Euer Vater ist nämlich der Weihnachtsmann!», erklärte uns meine Mutter mit finsterem Blick, als wir fragten, wieso der Papa nicht mehr diese Zauberkamera habe, mit der man die Bilder gleich sehen konnte.

Außerdem schmuggelten wir kiloweise Schokolade ins Land, was ich wiederum sehr gut verstehen kann, ich selbst verreise niemals ohne deutsche oder Schweizer Schokolade in egal welches Ausland. Ist vielleicht genetisch bedingt, meine Oma kam im Alter auf zwei Tafeln Ritter Sport Marzipan pro Tag. Und sogar mein Vater, der Schokolade nie mochte, besteht neuerdings nach dem Abendessen zum Cognac auf einem Stückchen «Kaffee Sahne» und nimmt sich zur Sommerfrische in die Türkei extradunkle Herrenschokolade mit.

Damals waren unsere bei der Verwandtschaft beliebtesten Schokolade-Mitbringsel die Sorten Vollmilch und Vollmilch Nuss, möglichst mit ganzen Nüssen. Und für besondere Anlässe, bei denen unsere Verwandtschaft vor Besuchern angeben wollte, hatten wir aufwendig verpackte Pralinen im Angebot. Ihre edel glänzenden Schachteln wurden jahrzehntelang als Schmuckkästchen oder für Büromaterial weiterverwendet. Meiner Istanbuler Tante schließlich brachten wir die kleinen Schnaps-Fläschchen mit, die immer an der Supermarktkasse stehen. Natürlich nicht zum Trinken, ihre beachtliche Sammlung hatte einen Ehrenplatz in der Wohnzimmervitrine, direkt über den Kristallgläsern. Meine Tante liebte es, wie die winzigen Fläschchen mit ihren bunten Etiketten im Schein der Innenbeleuchtung funkelten. Passte auch wirklich gut zu der lamettageschmückten Venedig-Gondel.

Cousine Melek in Istanbul wünschte sich neben der obligatorischen Schokolade immer nur englischen Tee in Teebeuteln. Teebeutel. In die Türkei. Ausgerechnet für Melek. Meleks sogar für Türken ungewöhnliche Leidenschaft für Tee war bekannt in der Familie. Und sie brühte ihn immer in der Doppelkanne auf, und sie trank ihn immer aus Tulpengläschen, und zwar literweise, bis spät in die Nacht.

Stundenlang saßen wir in Istanbul gemeinsam auf dem Balkon, blickten über die Häuser und schwiegen, während die silbernen Löffelchen leise in unseren Gläsern klirrten. Natürlich unterhielten wir uns auch, ich mochte ihre ausgeglichene, stille Art und ihren trockenen Humor, der oft nur in der Küche ans Licht kam, wo ich ihr beim Kochen zusah, oder wenn sie früher mit mir und meiner Schwester auf Märkte und Rummelplätze ging. Sie fürchtete sich in der türkischen Geisterbahn-Version genauso wie wir, wenn wir im Stockfinsteren in Wolldecken versanken oder plötzlich in Schüsseln mit eiskaltem Wasser griffen. Aber mit niemandem in meiner türkischen Verwandtschaft konnte man so gut schweigen wie mit Melek. Nun ja, mit niemandem in meiner türkischen Verwandtschaft kann man überhaupt schweigen.

Melek war zwanzig Jahre älter als ich und meine Lieblingscousine. Dabei war sie gar nicht meine leibliche Cousine, wie ich eines Tages erfuhr. Sie war Aschenputtel. Wurde allerdings besser behandelt. Sie war das kleine Mädchen einer ärmlichen Großfamilie aus einem Dorf bei Konya. Meine Tante hatte sie ins Haus geholt und für ihre Schulbildung gesorgt. Im Gegenzug half Melek – ganz anders als die zwei leiblichen Kinder – bei der Hausarbeit. Und jeden Sommer verbrachte sie bei ihrer eigenen Familie auf dem Dorf. Sie war eine Mischung aus adoptierter Tochter und Au Pair. Als die Kinder längst aus dem Haus waren und meine Tante starb, pflegte sie meinen Onkel bis zu dessen Tod, dann zog sie an die Küste.

Eigentlich hätte Melek eines Tages verheiratet werden und das Haus verlassen sollen. Manchmal wurden ihr junge Männer vorgestellt, die waren ihr zu unreif. Manchmal gefielen ihr ältere Männer. Die entpuppten sich als verheiratet. Ein Schwede, den seine Firma nach Istanbul geschickt hatte, wurde ihre große Liebe. Er war ein hoch gewachsener Mann mit strohblonden Haaren und Lachfältchen um die Augen, und sie hatten sich auf einer Fähre über den Bosporus kennen gelernt. Er fragte sie, ob sie mit ihm nach Schweden kommen würde. Melek sagte ja. Dafür hätte er sie heiraten müssen. Ein paar Wochen vor der Abreise sagte er, er wolle nichts überstürzen. Sie sah ihn nie wieder.

Ich glaube, deshalb wünschte sich Melek Teebeutel aus England. Sie trank gerne den «Rize»-Tee von der Schwarzmeerküste, den man in gelben Drei-Kilo-Packungen kaufte und der so stark war, wie Melek es liebte. Sie trank ihn jeden Tag, von morgens bis abends. Aber manchmal, wenn der Himmel bewölkt und sie allein in der Wohnung war, oder wenn alle schon schliefen, dann machte sie sich einen Earl Grey. In der aufgeräumten Küche kochte sie das Wasser auf, bis es sprudelte. Sie nahm einen Teebeutel und ließ ihn drei Minuten in einer richtigen Tasse ziehen. Wenn es Nacht war oder kühl, legte sie sich ihre hellblaue Strickjacke über die Schulter, dann stellte sie die Tasse auf eine Untertasse und ging auf den Balkon. Eine Stunde saß sie dort, blickte über die Häuser und trank ihren Tee aus England.

In den letzten Jahrzehnten ist die inoffizielle Adoption von Mädchen wie Melek, die anatolische Familien entlastete und Großstädtern billige Haushaltshilfen verschaffte, ausgestorben. Sehr zum Bedauern meines Vaters. Als meine Schwester und ich nicht nur älter wurden, sondern zudem seine Unfehlbarkeit gelegentlich anzuzweifeln wagten, stürzte er während eines Türkeiurlaubs in eine Sinnkrise. Sie hielt etwa drei Tage lang an und ließ ihn verkünden, er werde nach Ostanatolien fahren und sich den Sohn einer armen Großfamilie ins Haus holen. Der werde später auf eine *business school* geschickt und würde außerdem mit Begeisterung surfen lernen. «Oder ich kaufe mir eine Van-Katze.»

Van-Katzen kommen auch aus Anatolien, es sind wunderschöne Tiere mit dichtem Fell, ähnlich Persern. Bis vor kurzem noch hatte mein Vater Haustiere gehasst, ganz besonders langhaarige.

«Klar, Sohn oder Katze. Schau doch einfach, was gerade im Angebot ist», schlug ich vor.

«Keiner liebt mich», sagte mein Vater. «Ich bin einsam.»

«Wenn du mir noch ein Kind ins Haus schleppst, ganz sicher», meinte meine Mutter. «*Ein* verwöhnter Türke reicht.»

Die Blaue Reise

Im Sommer 1986 geschah ein Wunder. «Wir mieten ein Boot und einen Kapitän», sagte mein Vater, «und fahren die türkische Küste entlang.»

Ich konnte mein Glück kaum fassen. Wir würden die Blaue Reise machen. Davon schwärmten die Istanbuler und Izmirer Freunde meines Vaters uns seit Jahren vor. Das sei ja sehr schön hier, sagten sie plötzlich, wenn sie uns im Club Med besuchten. Aber ob wir denn schon einmal Bodrum gesehen hätten? Hatten wir nicht, denn in Bodrum gab es keinen Club Med.

Bodrum liegt am Meer, ein Hafenstädtchen mit gleißend weiß gekalkten Häusern, deren blaue Fensterläden sich zu pinkfarbenen Bougainvilleasträuchern und engen Gassen öffnen. Eine Burg aus dem 15. Jahrhundert thront über einem der größten Yachthäfen der Türkei. Natürlich gab es auch damals schon die obligatorischen T-Shirt- und Lederwarenstände entlang der Promeniermeilen, doch vor allem gab es Kunsthandwerksläden, Ateliers und Antiquitätengeschäfte. Bodrum besaß einen Ruf als Künstlerstädtchen, doch das war nicht der einzige Grund, der es zum beliebtesten Ferienort der türkischen Großstadt-Schickeria gemacht hatte. Bodrum war das Sylt, das Ibiza, das Saint-Tropez der Türkei. Mit Einbruch der Dunkelheit verwandelte – und verwandelt – sich die Idylle in die berühmteste Partyhölle des Landes, ein Mekka der Tanzwütigen und Vergnügungssüchtigen, mit unzähligen Bars und Discotheken, darunter eine, das «Halikarnas», über das die Magazine über die Landesgrenzen hinweg berichteten.

Ich war natürlich nie im «Halikarnas». Da konnte ich ja gleich im Club Med Urlaub machen. Ich war auf der Blauen Reise.

In Bodrum werden nach alter Tradition Gulets gebaut. Gulets sind prächtige Zweimaster aus Holz, in deren dicken Bäuchen früher Schwammtaucher und Händler ihre Waren transportierten. Heute werden damit vor allem Touristengruppen von einem Kapitän, einem Matrosen und einem Koch die Buchten der Ägäis entlanggeschippert. Man kann diese so genannte Blaue Reise in jedem europäischen Reisebüro buchen, und in der Hochsaison liegen die Schiffe mit Italienern, mit Deutschen, mit Engländern oder Franzosen in den nicht mehr ganz so malerischen Buchten wie Sardinen in einer Büchse.

Damals war die Blaue Reise ein Geheimtipp unter Türken. Und als ein Sandkastenfreund, inzwischen Innenarchitekt, nach Bodrum zog, beschloss auch mein Vater, sich den Ort einmal anzusehen. Der Kompromiss mit meiner Mutter, die Schiffstouren hasste, lautete: drei Wochen Urlaub in einer türkischen Ferienanlage, doch eine davon würden mein Vater, meine Schwester und ich auf dem Meer verbringen.

An das Bodrum von damals erinnere ich mich kaum. Nur an die Postkarte, von der ich kurz nach der Ankunft begeistert gleich mehrere Exemplare besorgte, um sie allen Freunden zu schicken. Es war ein Hochformat, eine malerische Gasse war darauf zu sehen, ein weißes Haus mit blauen Fensterläden, vor denen ein pinkfarbener Blumenstrauch blühte: Diesen Anblick kannte ich bisher nur von den Fotos griechischer Inseln, die ich nach den Sommerferien bei Freunden oft neidvoll betrachtete. Jetzt schrieb ich stolz auf jede einzelne Karte: «Hier sieht es aus wie in Griechenland, nur noch viel schöner!»

Und dann erinnere ich mich an das weinende Mädchen.

Eine junge Künstlerin, die vor ihrem Atelier merkwürdige Skulpturen aus Leder verkaufte, Köpfe alter Männer mit zerknautschtem Gesicht und komischen Hüten. Einen Kopf hatte sie nur zur Dekoration auf das Fensterbrett gestellt, er stand nicht zum Verkauf. Doch meinem Vater gefiel er am besten, er beschwatzte sie und handelte so lange, bis sie ihm ihren Liebling überließ. «Er wird es gut bei mir haben!», sagte mein Vater, da lächelte sie unter Tränen.

Das ist alles, was ich aus Bodrum noch weiß. An unsere Blaue Reise aber erinnere ich mich ganz genau.

Wir fuhren auf keinem Gulet mit vielen anderen. Mein Vater fragte seinen Freund, den Künstler, und mietete uns ein eigenes Boot. Leyla hieß unser Traumschiff, es war ein Fischerboot, das Kapitän Mahmut vor ein paar Jahren umgebaut hatte, um damit Urlauber aufs Meer zu fahren. Sie brachten mehr Geld als die Fische aus dem Meer. Leyla hatte einen hellblauen Rumpf, dessen Farbe abblätterte, aber die dunklen Holzplanken an Deck leuchteten blank gescheuert in einem satten, tiefen Braun. Ein paar Taurollen lagen ordentlich aufgerollt herum, an einer Wand des Cockpits hing wie ein Bild ein Stück altes Fischernetz mit ein paar Seesternen darin, und zwischen zwei Masten im Heck hatte Mahmut eine aus einem Fischernetz selbst gemachte Hängematte befestigt.

Unser Abenteuer begann, als Mahmuts Koch und Matrose nicht auftauchte. Es war früher Morgen, wir waren bereit. Wir warteten eine Stunde, zwei Stunden, dann sagte Mahmut: «Dieser Trottel, los, *abi*, dann fahren wir ohne ihn. *Kismet.*» Mahmut würde meinen Vater die ganze Zeit über so respekt- wie liebevoll *abi* nennen, «großer Bruder». «Du schaffst das allein?», fragte mein Vater. Kann Mahmut auch kochen?, fragten wir uns. «Sicher!», sagte Mahmut und zeigte freundlich lächelnd seine zwei schiefen gelben Hasenzähne.

Wir hatten keine Ahnung, wie alt Mahmut war. Er trug ausschließlich lange, abgetragene Hosen und meistens einen dünnen, langärmeligen Pullover, ganz selten ein T-Shirt. Das schlechte Gebiss hätte das eines Achtzigjährigen sein können, die wettergegerbte Haut war die eines erfahrenen Fischers, Mitte fünfzig vielleicht. Seine Augenbrauen waren dicht, dick und tiefschwarz wie sein Haar, so sah der Neffe von Teyzes türkischem Metzger auch aus. Aber der guckte immer, als würde er sich am liebsten an einen freien Haken zwischen zwei Rindfleischbrocken hängen. Mahmuts Augen dagegen hatten ein Blau wie die Oberfläche des Meeres im Sonnenlicht, und wenn er lachte, dann meinte man, gleich würden da fliegende Fische herausspringen, dann sah er aus wie Anfang zwanzig. Mahmut war in Bodrum geboren, er hatte keine Familie, «Leyla ist meine Frau», sagte Mahmut, «und ihr seid jetzt meine Familie».

Leyla und Mahmut schienen ein ganz altes Ehepaar zu sein. Sie arbeiteten im selben Tempo, langsam, stetig und sehr gelassen. «Na, dann fahren wir mal», sagte Mahmut, murmelte «*bismillahirrahmanirrahim*», lichtete den Anker und startete den Motor. «Birrrrrrrmhhhhhhrrrmmm», machte Leyla. Mein Vater saß neben dem Steuer und fachsimpelte mit Mahmut über Bootsmotoren. Meine Schwester und ich saßen vorne am Bug, schauten durch die Holzstäbe der Reling und ließen unsere Beine baumeln. Eine Stunde lang taten wir nichts anderes, als aufs Meer zu starren und fliegende Fische zu zählen, so wie wir früher auf der Autobahn nach VW-Käfern und Enten Ausschau gehalten hatten.

Nach einer Stunde ankerten wir in der türkisfarbenen Bucht. Wir würden die Buchten nach der Farbe ihres Wassers benennen, aber schon nach wenigen Tagen hatten wir das Gefühl, dass uns die Bezeichnungen ausgingen. Das Meer glitzerte in so vielen Variationen, als wollte Omas und Teyzes Gott uns in

Farbenlehre unterrichten. Mal war es dunkelblau oder graublau, mal hellgrün oder kobaltgrün, und manchmal schien es einfach nur durchsichtig zu sein, sodass man jedes Korn des ockerfarbenen Sandes erkennen konnte.

«Gibt es in Deutschland kein Meer?», fragte Mahmut, als er unser Staunen sah. «Doch, ganz im Norden», erklärten wir ihm, «aber da waren wir noch nie.» Tatsächlich würde ich erst zwei Jahre später zum ersten Mal an die Nordsee fahren. «Deutschland ist riesig, was?», stellte Mahmut ehrfürchtig fest. «Halb so groß wie die Türkei», winkte mein Vater ab. «Aber wir wohnen am anderen Ende, in der Nähe der Berge.» – «Ach, und am Meer gibt's keine Berge?», fragte Mahmut und wies in Richtung der letzten Ausläufer des Taurusgebirges, das sich die halbe Mittelmeerküste der Türkei entlangzieht. «Nein, da ist alles flach, so flach, dass es die Kühe umwehen würde, wenn die deutschen Kühe nicht so fett wären», sagte mein Vater. Mahmut lachte kurz, dann meinte er nachdenklich: «In Deutschland ist sogar die Landschaft geordnet. Unten die Berge, oben das Meer. Einmal habe ich die Blaue Reise mit der Familie eines Professors aus Ankara gemacht. Dem haben die Farben hier auch so gefallen. Er hat mir erzählt, dass es im Osmanischen Reich viel mehr Namen für Farben gab als heute. Da gab es dann zum Beispiel ein extra Wort für ein ganz bestimmtes, dunkles Orange. Und ganz viele Namen für Blau. Seitdem erfinde ich Namen. Das da zum Beispiel ist Perlenblau, weil es die gleiche Farbe hat wie meine blaue Glasperle gegen den Bösen Blick.»

Wir beschlossen, uns das perlenblaue Wasser aus der Nähe anzusehen. Während wir von der Reling sprangen, kletterte Mahmut nach unten in die winzige Kombüse und kochte das Mittagessen. Im Heck des Bootes gab es eine Eckbank mit einem Tisch, auf dem Mahmut eine Wachstuchdecke mit riesigen Sonnenblumen ausbreitete. Es gab ein Omelett, in dem sich neben viel Butter der halbe Markt Bodrums zu verstecken schien, Paprika, Petersilie, Schafskäse, Tomaten, Zwiebeln und Knoblauch. Nach dem ersten Bissen machten wir uns um unsere Verpflegung keine Sorgen mehr. «Das ist doch nur *Menemen*», sagte Mahmut bescheiden, nachdem wir ihm zum dritten Mal versichert hatten, dass dies das beste Omelett unseres Lebens sei.

Menemen sei außerdem eine Kleinstadt im Norden von Izmir, erzählte mein Vater, und 1930 berühmt geworden wegen eines Aufstands moslemischer Fanatiker gegen Atatürks Reformen. Aufgestachelt durch einen selbst ernannten Propheten, töteten sie einen Offizier, köpften ihn und trugen sein Haupt auf einer Stange durch die Straßen. Seine Kameraden rächten ihn und schlugen den Aufstand blutig nieder.

Meine Schwester und ich fanden die Geschichte toll. Mahmut schaute skeptisch auf die Paprika- und Tomatenstückchen in seinem Omelett.

Nach dem Essen hieß uns mein Vater Mahmut beim Abräumen helfen, doch der lehnte ab, das käme gar nicht infrage, allein ginge es viel schneller, wir sollten uns doch aufs Sultanslager legen. Das Sultanslager waren zwei große kunstlederbezogene Matratzen, die erhöht auf dem Vorderdeck lagen. Darüber hatte Mahmut gegen die Sonne ein blauweiß gestreiftes Segeltuch gespannt. Wir breiteten unsere Handtücher aus und legten Sonnencreme, eine Flasche Wasser, unsere Bücher und Walkmen bereit. Meine Schwester war nach zehn Minuten eingeschlafen, mein Vater schnarchte schon seit fünf Minuten in der Hängematte. Ich las. Leyla schien sich knarrend zu räkeln. Wellen schwappten gegen das Boot. Vom Ufer konnte man die Grillen hören.

Am Nachmittag warf Mahmut den Motor wieder an, und wir machten uns auf zu der Bucht, in der wir übernachten würden. Auch hier sprangen wir ins Wasser, es hatte eindeutig die Farbe von unreifen Zitronen, dann schwammen wir an den Strand und erkundeten das Ufer. Wir kletterten einen dornigen Hang hinauf, wo winzige Echsen blitzschnell ins Gebüsch flohen, und folgten Trampelpfaden, die offensichtlich von Ziegen stammten. Überall lagen Häufchen aus getrockneten schwarzen Kugeln herum. Es duftete nach Kiefern und Kräutern. Plötzlich standen wir vor ein paar kaputten, umgestürzten Säulen und Resten eines winzigen Amphitheaters. Mitten im Gebüsch, unter Kiefern, halb überwuchert von Unkraut und Wurzeln, aber mit einem schönen Blick übers Meer. Wir stellten uns auf die Steine und winkten zum Boot. Wir hatten eine antike Ausgrabungsstätte entdeckt! Gut, sie war nicht so groß wie Ephesus, das wir eines Sommers besichtigt hatten, aber außer den Ziegen kannte sie offensichtlich noch keiner. Wir beschlossen, dass sie einst das Privattheater im Garten eines reichen griechischen Bürgers gewesen sein musste. Aufgeregt schwammen wir zurück zum Boot und erzählten von unserer Entdeckung.

Mahmut und mein Vater saßen Tee trinkend im Heck und grinsten. «Und die Zigarettenstummel, waren die auch antik?», fragte Mahmut. «Zigaretten waren da keine», antworteten wir beleidigt. «Nur Ziegen.» – «Komisch, letzte Woche war da noch alles voll mit Sonnenblumenkernen und Zigarettenstummeln», meinte Mahmut. «Jede Gruppe, mit der ich hierher fahre, entdeckt tagsüber den Platz und will abends da oben einen Wein trinken.» Wir waren sehr enttäuscht. «In der Türkei liegen überall alte Steine herum», erklärte mein Vater. «Es gibt so viel davon, dass die Archäologen sich gar nicht um jeden Platz kümmern können.» – «Die Ziegen meines Onkels in Fethiye übernachten manchmal in einem alten Sarkophag», sagte Mahmut. Wir beschlossen, am nächsten Tag Sarkophage zu suchen. Vielleicht würden wir ein paar Knochen finden.

Beim Abendessen – Mahmut hatte *köfte*, Frikadellen, in Tomatensoße gekocht, danach gab es Wassermelone mit Schafskäse – erzählte mein Vater uns vom Grab des Königs Mausolos in Bodrum, einem der sieben Weltwunder, und dass Thales, dessen Satz über das rechtwinklige Dreieck wir aus dem Mathematikunterricht kannten, in Milet gelebt hatte, das auf der anderen Seite der Bucht liege. Mahmut fragte, ob Mathe uns Spaß machte.

«Eigentlich schon», antwortete ich.

«Ich bin nur bis zur fünften Klasse in die Schule gegangen», sagte Mahmut.

«Du hast's gut», seufzte ich. Ich hatte gerade die elfte Klasse abgeschlossen, das einzige Jahr, in dem ich die Schule hasste – wenn auch nicht so sehr, um sie zu verlassen.

«Ich wär lieber in die Schule gegangen», schüttelte Mahmut den Kopf. «Ich musste meinem Vater auf dem Boot helfen, meine Brüder waren alle beim Militär. Jede Nacht sind wir aufs Meer gefahren. Ich musste immer den verdorbenen Fisch als Köder ins Meer werfen, manchmal auch rudern. Tagsüber haben wir unsere Fische auf dem Markt verkauft. Und nachmittags gab's fast immer irgendetwas am Boot zu tun.»

Schweigend schnippten wir Wassermelonenkerne über die Reling.

«War aber auch aufregend», lachte Mahmut. «Manchmal haben wir uns mitten in der Nacht mit den Fischern von Kos auf dem Meer getroffen und ihnen unseren Fang verkauft. Die zahlten viel besser und konnten die Fische trotzdem noch mit Gewinn verkaufen!» Die griechische Insel liegt nur ein paar Kilometer von Bodrum entfernt, aber von Oma und Teyze wussten wir, dass die Griechen die schlimmsten Feinde der Türken waren.

«Durftet ihr das denn?», fragten wir Mahmut.

«Wenn man Hunger hat, darf man fast alles!», antwortete er. «Gott hat uns jedenfalls nicht dafür bestraft. Die Fischer waren alle miteinander befreundet, mit ein paar von den Griechen trank mein Vater draußen manchmal noch Ouzo, das fand ich gut, dann konnte ich mich eine halbe Stunde aufs Ohr legen.»

Plötzlich waren auch wir todmüde. In Leylas Rumpf gab es zwei Kabinen, aber die stanken, als lagerte dort noch der Fisch aus Mahmuts früherem Leben. Doch das war uns völlig egal, wir hatten ohnehin längst einen anderen Schlafplatz gewählt. Mit Kissen und Wolldecken kletterten wir zurück an Deck und verwandelten das Sultanslager in unser Bett. Meine Schwester legte sich an den äußersten Rand der Matratze, damit sie am Sonnensegel vorbei in den Himmel sehen konnte. «Boahh, so viele Sterne hab ich noch nie gesehen!», rief sie. Ich sah gar nichts. Nichts als einen schwarzen Himmel. Ohne meine Kontaktlinsen bin ich blind, und meine Brille hatte ich unter Deck vergessen. Außerdem ist es nicht dasselbe, mit einer Brille auf der Nase Sterne zu betrachten und sie vor dem Einschlafen absetzen und bruchsicher verstauen zu müssen. Und wozu schläft man denn draußen, wenn nicht, um die Sterne zu sehen? Nie wieder habe ich meine Kurzsichtigkeit so sehr gehasst wie in diesen Nächten an Bord. Doch dann hörte ich das Plätschern der Wellen gegen den Bug und die Grillen am Ufer. Auch nicht schlecht. Im Heck klackerte es leise. Mein Vater und Mahmut spielten *Tavla*, das türkische Backgammon. Morgen muss ich endlich *Tavla* lernen, dachte ich noch, dann war ich eingeschlafen.

Die nächsten Tage unterschieden sich kaum vom ersten. Wir schipperten von Bucht zu Bucht, manchmal, wenn der Wind günstig stand, mit rauschenden Segeln. Leyla war jetzt unser Zuhause. Bereitwillig ließ Mahmut uns ans Steuer oder sah kopfschüttelnd zu, wenn wir begeistert die Planken schrubbten.

Über der Reling hingen unsere Handtücher und Badeanzüge zum Trocknen. Den Essplatz hatten wir mit Muscheln und pastellfarbenen Seeigel-Skeletten geschmückt, die wir mit meinem Vater schnorchelnd zwischen den Felsen sammelten. An manchen Abenden brieten wir selbst gefangene Goldbrassen, und einmal machten wir ein Feuer am Strand und grillten. «Höchste Zeit, dass ihr euren Fisch selbst filetieren lernt», meinte mein Vater. Bislang hatten wir Filets gegessen oder die Kellner im Restaurant die Arbeit erledigen lassen. Mahmut lachte sich kaputt, während wir unseren Fisch in Frikassee verwandelten. «Mit diesen blöden Messern kann das doch kein Mensch!», schimpften wir.

«So bekommt ihr nie einen Mann!», sagte Mahmut.

«Ich will auch keinen Mann, ich will arbeiten.»

«Deine Töchter sind aber ganz schön deutsch, *abi*», sagte Mahmut.

«Unsere Tanten arbeiten auch alle!», wies meine Schwester ihn zurecht.

«Stimmt, in Istanbul machen das viele Frauen. Die gehen ja auch abends alleine weg», sinnierte Mahmut träumerisch. «Vielleicht sollte ich mal nach Istanbul fahren.»

«Warst du noch nie in Istanbul?»

«Ich war noch nie irgendwo anders als in Bodrum. Außer auf dem Meer natürlich.»

Wir schwiegen betreten und zupften die Gräten aus unserem Fischmus.

Das Mittagessen gab es fast jeden Tag möglichst weit draußen auf See: Nur dort ließen uns die Wespen in Ruhe. «So schlimm war es noch nie!», sagte Mahmut. Wenn wir wegen des Windes nicht draußen treiben konnten, holte er ein rohes Stück Fleisch aus der Kombüse, ging nach vorn und legte es auf die äußerste

Spitze der Reling. Kaum hatten die ersten Wespen es entdeckt, konnten wir in Ruhe essen. Fasziniert, aber aus sicherer Entfernung betrachteten wir das vibrierende, laut summende schwarze Knäuel. «In Deutschland essen die am liebsten Marmeladenbrot!», ließen wir Mahmut wissen. Er staunte. «Nein, außer von blutigem Fleisch lassen die sich hier von nichts ködern.» – «Sind eben echte Killerwespen», sagte mein Vater, «nicht so verweichlichte Stadtbrummen.» Mahmut grinste: «Wie die deutschen Männer, was, *abi*!?» – «Genau!», rief mein Vater und rieb sich über den dichten Stoppelbart, der inzwischen sein halbes Gesicht bedeckte. «Uuuuuäääääähhhhh …», stöhnten Aylin und ich im Chor.

Nachmittags tranken wir Tee und aßen Kekse, und ich las, während Mahmut Walkman hörte. Ob er sich das Gerät mal ansehen dürfe, hatte er am zweiten Tag gefragt, das kenne er nur aus dem Fernsehen. Ich erklärte ihm das Radio und die Tasten des Kassettenteils und fragte ihn, ob er lieber Nik Kershaw oder Eurythmics hören wolle, andere Kassetten hatte ich leider nicht mitgenommen. Er lauschte konzentriert beiden Kostproben und meinte dann, Nik Kershaw gefalle ihm besser. Ich attestierte ihm einen exzellenten Musikgeschmack, aber am liebsten suchte Mahmut dann doch nach Radiosendern mit türkischer Volksmusik.

In fast jeder Bucht entdeckten wir neue Säulen und Aussichtsplätze, aber inzwischen fielen uns die Zigarettenstummel und Sonnenblumenkerne sofort auf. Manchmal lagen auch Wein-, Bier- oder Rakıflaschen herum, und wenn mein Vater mit uns gekommen war, sammelte er sie ein und schimpfte auf die reichen Türken, die keine Achtung vor der Schönheit ihrer Heimat hätten.

Zweimal übernachteten wir im Hafen eines Küstenstädtchens, wo wir unsere Vorräte auffüllen mussten. Voller Verachtung registrierte ich die Musik und Fernsehgeräusche von den Yachten neben uns. Wenn wir uns Buchten näherten, von denen uns schon von weitem Bauchtanzmusik entgegenschallte und wir an Deck riesiger Gulets fröhliche Urlauber beim Bauchtanz sahen, drehten wir ab und liefen im Dämmerlicht die nächste Bucht an.

So vergingen die Tage. Wir badeten in frühlingshimmelhellem, vergissmeinnichtblauem und maigrünem Meer. Wir hatten *Tavla* gelernt und lösten fachmännisch das zarte Backenfleisch aus unseren Fischen. Wir hatten lebendes Seeigelfleisch geschlürft und schwammen furchtlos über zackige Felsen in abgelegene Becken, wenn wir dringende Geschäfte zu erledigen hatten. Denn nach zwei Tagen auf See war die Toilette verstopft – niemand hatte uns gesagt, dass wir das Papier in den Eimer daneben hätten werfen sollen. Nach drei Tagen war außerdem der Wassertank kaputtgegangen, da putzten wir uns die Zähne mit Mineralwasser und betrachteten das Meer als Badewanne. Unsere Haut sah aus wie die Mahmuts und unser Haar schlimmer als der Besen, mit dem wir täglich das Deck fegten. Unsere Badeanzüge hielten wir jetzt immer feucht, sonst wurden sie hart wie Bretter, und die T-Shirts, in denen wir schliefen, rochen nach nasser Ziege.

Doch als wir nach zehn Tagen wieder in den Hafen von Bodrum einliefen, saß ich ganz hinten im Boot an der Reling. Meine Beine baumelten hoch über der Schiffsschraube, und durch die Holzstäbe hindurch sah ich aufs offene Meer hinaus.

Erst viele Jahre später erfuhr ich, woher die Blaue Reise ihren Namen hat. 1925 veröffentlichte der Istanbuler Schriftsteller Cevat Şakir Kabaağaçlı einen Artikel, in dem er viel Verständnis für Armeedeserteure zeigte. Wütend verbannten die Militärs ihn ins Bodrumer Exil. Doch was als Strafe für den Großstadt-Intellektuellen gedacht war, entpuppte sich als Offenbarung.

Kabaağaçlı verliebte sich unsterblich in die Stadt und ihre Landschaft und genoss seine Verbannung sehr. Zwar holte man ihn daraufhin zurück nach Istanbul, wo er den Rest seiner Strafe abzusitzen hatte, doch wieder in Freiheit, kehrte Kabaağaçlı zurück. 1957 ließ er sich in Bodrum nieder und nannte sich fortan «Fischer von Halikarnassos», nach dem alten Namen der Stadt. Als solcher fuhr er mit den Schwammtauchern Bodrums aufs Meer und erforschte nicht nur intensiv die lokale Flora und Fauna. In Halikarnassos war Herodot geboren, der Vater der Geschichtsschreibung, Kabaağaçlı hatte in London Geschichte studiert, und nun beschäftigte er sich mit der Vergangenheit seiner neuen Heimat. Aber nicht allein. Er lud seine alten Freunde aus Istanbul ein, Künstler, Gelehrte und Schriftsteller, und begeistert, so dicht dran zu sein am einfachen Volk, fuhren sie mit den Fischern die Küste entlang, rezitierten altgriechische Epen und suchten zwischen den antiken Trümmern im Gebüsch nach ihren eigenen Wurzeln. Kabaağaçlı schrieb ein Buch über diese natur- und nationalromantischen Fahrten, und er nannte es, nach der Farbe des Meeres, *Mavi Yolculuk*. Die Blaue Reise war seine Grand Tour.

Und ich glaube, meine auch.

In Berlin

Zum ersten Mal beneidete ich meine Freunde nach den Sommerferien nicht um ihre Reisen. Zum ersten Mal winkte ich nicht schulterzuckend ab, wenn wir Urlaubsfotos verglichen und sie beeindruckt die Fotos vom Surfunterricht, von Galabuffets und Strandshoweinlagen im Club Med betrachteten und wissen wollten, was ich eigentlich hätte, das sähe aufregend aus, sie seien noch nie weiter als bis nach Italien gekommen. Diesmal zeigte ich stolz die Fotos von Leyla, von der Hängematte, unserem Schlaflager, von kiefernadelfarbenen Buchten mit apfelgrünem Wasser und verkündete, ich hätte endlich die wahre Türkei gesehen. Wenn das Telefon klingelte, meldete ich mich wie mein Vater mit «*Alanyalı*», das heißt, ich sprach den Namen türkisch aus, mit einem kehligen ı am Ende. Und bei Oma und Teyze las ich die «Hürriyet» und verfolgte wohlwollend die wirtschaftlichen Erfolge der Türkei.

Doch auf jedes «*Alanyalı!*» antworteten meine Freunde mit einem irritierten «Hä?». Und für zehn Zeilen in der «Hürriyet» benötigte ich eine halbe Stunde und ein Wörterbuch. Nach drei Wochen war meine Türkei-Euphorie verflogen. Was blieb, war allerdings eine kleine blaue Perle gegen den Bösen Blick, die ich bei einem blinden Bettler auf dem Markt von Bodrum gekauft hatte. Sie lag unten in meiner Schultasche, schließlich stand das Abitur bevor.

Inzwischen wusste ich auch, was ich nach dem Abitur werden wollte. Eine Weile war es Innenarchitektin gewesen. Denn natürlich wünschte sich mein Vater, dass ich sein Büro übernähme, aber Statik, Geometrie und Baukonstruktion waren nichts für mich. Innenarchitektur schien ein guter Kompromiss. Doch ziemlich bald wurde mir klar, dass auch Gestaltungslehre, Materialkunde und Technischer Ausbau mich nicht wirklich lockten. Ein von der Schule organisierter Besuch beim Berufsinformationszentrum Böblingen endete mit dem Vorschlag eines Beraters, bei meinem mathematischen Talent und den guten Noten böte sich doch eine zukunftssichere Ausbildung zur Bankkauffrau an. Da setzte ich mich mit meinem Vater zusammen, und wir überlegten. Nun ja, er überlegte. «Du hast hervorragende analytische Fähigkeiten.» Ich nickte. «Du bist sehr organisiert.» Ich nickte. «Du bist gut in Sprachen.» Ich nickte. «Du reist gern.» Ich nickte. «Wie wäre es mit Hotelmanagement?» Klang plausibel.

Dank seiner Beziehungen fing ich gleich nach dem Abitur eine Lehre zur Hotelfachfrau im Stuttgarter Hotel «Intercontinental» an. Ich hatte nämlich beschlossen, den Beruf von der Pike auf zu lernen. Ich hielt es etwa drei Monate aus. Vielleicht war es doch besser, über eine internationale Hotel Management School einzusteigen. Doch die Bewerbungsfrist war vorüber, ich hatte ein Jahr zu überbrücken. Ohne Schule schien mir mein Alltag leer und sinnlos. Also besuchte ich Volkshochschulkurse. Einen in Schreibmaschine, das kann man immer gebrauchen. Einen in Russisch – das war der Markt der Zukunft. Und einen beim stellvertretenden Chefredakteur der «Sindelfinger Zeitung». Weil ich in ein Mitglied unserer Schulzeitung verliebt und neben Mathematik immer Deutsch mein Lieblingsfach gewesen war.

Ich tippe bis heute mit zwei Fingern. Außer *spasiba* und *pa-*

schalsda kann ich kein Russisch. Aber ich fing an, für die «Sindelfinger Zeitung» zu schreiben. Über Faschingsfeste, goldene Hochzeiten und sämtliche Bühnenhighlights in Stadthalle bis Theaterkeller. Und irgendwann merkte ich: Ich konnte vielleicht analysieren, organisieren und rechnen. Aber ich wollte viel lieber mit Buchstaben umgehen. Ich wollte Journalistin werden. Schwerpunkt Kultur. «Hhhm», sagte mein Vater. Ein Beruf, der keine Naturwissenschaften erforderte, keine Managementqualifikationen? Keine Aussicht auf einen eigenen Betrieb, auf Millionengewinne? «Hhhm», sagte er noch einmal.

Doch die Monate vergingen, und mein Name tauchte immer öfter in der Zeitung auf. Mein Vater wurde von Freunden und Geschäftspartnern in Sindelfingen auf seine Tochter angesprochen. Da gewöhnte er sich an den Gedanken. Vielleicht war das ja doch ein richtiger Beruf. Vielleicht würde ich ja doch nicht am Hungertuch nagen. Und als ich ihm verkündete, ich wollte Germanistik und Theaterwissenschaft studieren, wurde er kurz blass, hatte aber überhaupt keine Einwände.

Für September 1989 bekam ich einen Studienplatz für Germanistik, Linguistik sowie Film- und Theaterwissenschaften an der Freien Universität Berlin. Dass ich in Berlin landete, war vor allem Zufall. Es gab nicht viele Universitäten in Deutschland, an denen man Theaterwissenschaft studieren konnte, es gab überall einen Numerus clausus, und ich bewarb mich in allen Städten. Als aber Zusagen aus München und Berlin kamen, musste ich keine Sekunde überlegen. In München hatte ich einen Freund beim Zivildienst besucht. Das war keine Stadt, das war eine Filmkulisse.

Aber 1986, im Jahr der Bodrum-Fahrt, war ich außerdem in Berlin gewesen. Die ganze Clique, Moni, Geli, Sandra und Alex, wir alle waren mit dem Stadtjugendring Sindelfingen in die geteilte Stadt gefahren. Stadtjugendring hieß, dass wir jeder ein Glas Marmelade fürs gemeinsame Frühstück mitbrachten. Dass wir im Gästehaus einer alternativen Arbeits-, Lebens- und Wohngemeinschaft mit Bio-Bäckerei, Kinderzirkus und Streichelzoo wohnten. Wir lauschten kritischen Vorträgen zur anstehenden 750-Jahr-Feier der Stadt, machten kritische Spaziergänge an toten Bahngleisen entlang und wurden in den real existierenden Sozialismus eingeführt. Wir sahen heruntergekommene Hinterhöfe, Off-Theater und echte Penner. Der Stadtjugendring war das Gegenteil von Club Med und Berlin das Gegenteil von Sindelfingen.

Meine Oma war sehr stolz, dass «ihr großes Mädchen» jetzt studieren ging. Nur dass es ausgerechnet Berlin sein musste, beunruhigte sie. «Berlin ist doch kommunistisch, oder?» – «Nein, Oma, nur die DDR drum herum, die ist kommunistisch.» – «Ogottogottogott, eingeschlossen von den Russen. Wir werden für dich beten.»

Es gab nichts, vor dem sich meine Oma und meine Großtante so fürchteten wie vor dem Kommunismus, aber mit Beten und Flüstern konnte man ihm Einhalt gebieten. Das wussten Oma und Teyze von ihrer einzigen mit dem Auto zurückgelegten Reise aus der Türkei nach Deutschland. Mein Vater saß am Steuer, sie saßen lieber zusammen hinten. Kaum war die Grenze zu Bulgarien passiert, rutschten sie furchtsam in die Mitte des Rücksitzes – «die Wände haben Ohren!» – und senkten ihre Stimme zu einem kaum hörbaren Flüstern, das in regelmäßigen Abständen in leises Beten überging. Erst in Jugoslawien konnte man wieder aufatmen und Atatürks Weitsicht preisen, sich trotz der Nachbarschaft zu den Russen letztlich dem Westen angeschlossen zu haben: «‹Kommunismus ist Blödsinn›, hat Atatürk, Gott hab ihn selig, schon 1922 gesagt.

1922, stell dir das mal vor, *abla*», informierte meine Großtante ihre Schwester. «Komm, lass uns für ihn beten.» Die Bemerkung meines Vaters, sie hätten Atatürk doch schon in Griechenland für seinen Sieg über das Volk gepriesen, wie es denn wäre, wenn sie mal für den Fahrer beten würden, beantworteten sie mit einem Gebet, in dem Gott erst dafür gedankt wurde, dass er ihrem Land ein politisches Genie und ihnen einen Sohn mit Führerschein geschenkt hatte. So verging ein Großteil der Fahrt mit Beten, denn in Österreich musste Gott für die Schönheit der Berge gedankt werden und in Deutschland Gott für die sichere Ankunft. «Und dir natürlich auch, mein Sohn!», fügten sie schnell hinzu.

Ich persönlich hatte bislang keine schlechten Erfahrungen mit dem Kommunismus gemacht. Im Gegenteil, auf der Berlin-Fahrt von 1986 schien mir bei einem Besuch in Ost-Berlin mein damals noch türkischer Pass zum ersten Mal einen Vorteil zu verschaffen. Jedenfalls unterschied sich meine Erfahrung mit den DDR-Grenzern deutlich von den sonst kursierenden Horrorgeschichten. Als der Grenzbeamte meinen Pass kontrollierte, landete er als Erstes auf der Seite mit einem Babyfoto von mir. Wegen der vielen Türkeireisen hatten meine Eltern für mich schon kurz nach der Geburt einen eigenen Reisepass beantragt, und so prangte auf der ersten Seite die Nahaufnahme eines etwa 5 Monate alten und vermutlich 15 Kilo schweren Monsterbabys mit skeptischem Blick. Der Passbeamte grinste und meinte, die Ähnlichkeit sei verblüffend, blätterte gut gelaunt weiter zum aktuellen Foto und wünschte mir «viel Spaß in der Hauptstadt».

Ich würde jetzt gerne behaupten, dass ich in diesem Moment mit sicherem politischen Instinkt den nahenden Fall der Mauer gespürt hätte. Stattdessen muss ich ein Geständnis machen. Der Fall der Mauer war mir relativ egal. Ich weiß noch genau, wie ich am Abend des 9. November 1989 eine Kommilitonin anrief, weil wir ein gemeinsames Referat zu halten hatten, und sie mir ganz aufgeregt erzählte, sie träfe sich gleich mit Freunden, um zum Grenzübergang Bornholmer Straße zu gehen, ob ich Lust hätte mitzukommen. «Nö», sagte ich, «wir sehen uns dann in der Uni», und fragte mich, was man mitten in der Nacht am Grenzübergang Bornholmer Straße sollte. Und wo der Grenzübergang Bornholmer Straße überhaupt war.

Zwar hatte ich bis zum nächsten Abend die Dramatik der Lage auch begriffen und zog mit Freunden die ganze Nacht durch Berlin und fand das alles sehr interessant. Und natürlich verfolgte ich fortan die Nachrichten und besuchte die romantisch heruntergekommenen Kneipen im Osten der Stadt und hob die Zeitungen von damals alle auf. Aber im Sindelfingen der achtziger Jahre hatte das geteilte Deutschland nicht gerade zu den Topthemen gehört; die Grenze, die uns beschäftigte, war die unsichtbare zu Böblingen und die ewige Rivalität zum Nachbarort. Mein Geschichtsunterricht hatte zu achtzig Prozent aus Nationalsozialismus bestanden, und meine Familie unterhielt keinen Kontakt zu DDR-Verwandten, ich wusste gar nicht, ob überhaupt welche existierten. Die DDR war, wie die ausgeschnittenen Personen auf Omas und Teyzes Fotos, kaum mehr als ein Loch auf der Landkarte. Allerdings fing ich bald an, die Ossis ähnlich peinlich berührt zu betrachten wie meine türkische Verwandtschaft ihre anatolischen Landsleute: Himmel, waren die schlecht angezogen, und Herrgott nochmal, besaßen die denn überhaupt keine Würde, so wie diese Leute die Supermarktregale von Aldi und Plus leer räumten?

Aber letztendlich war das neue Deutschland lange nicht so aufregend wie mein neues Leben. Ich war jetzt Studentin. Ich war in Berlin. Umgeben von Menschen, die mich nicht von klein auf kannten. Ich konnte mich neu erfinden.

Eine Türkin zum Anfassen

Das habe ich natürlich nicht getan. Ich bin neu erfunden worden. Von den Menschen, die mich nicht von klein auf kannten. Ich glaube, in Berlin bin ich zur Türkin geworden.

«Wo kommt denn der Nachname her?» Damit fing es immer an. «Ach, ist ja interessant.» Damit ging es weiter. «Dafür sprichst du aber gut deutsch!» Ich habe fast ein Jahr gebraucht, um zu erkennen, dass das gar nicht als Witz gemeint war. Sondern dass ich umgeben war von Menschen, für die ich etwas ziemlich Exotisches darstellte, weil sie Türken nur von der Straßenecke als Gemüsehändler oder Goldkettchenmachos kannten. Und jetzt hatten sie mich. Eine Türkin zum Anfassen. Und für soziologisch wertvolle Diskussionen zum Thema Multikulturalismus.

Da gab es diese Mitbewohnerin eines Freundes, die Politikwissenschaften und Sozialpädagogik studierte. 1985 hatte Carola Günter Wallraffs «Ganz unten» gelesen und war offensichtlich noch immer tief beeindruckt von den Reportagen, für die sich Wallraff als Türke Ali unter anderem von McDonald's und Thyssen hatte versklaven lassen. «Würdest du sagen, dass sich die Zustände verbessert haben?», fragte Carola eines Abends, als wir bei Gemüsenudelauflauf und billigem Rotwein am Küchentisch saßen. «Hä?», antwortete ich. Mein Sprüchlein, dass mein Vater nicht bei Mercedes arbeite, obwohl ich aus Sindelfingen stammte, hatte ich doch schon bei unserem letzten Treffen aufgesagt. Und außerdem hatte ich ihr schon, während die Nudeln noch kochten, gestanden, «Ganz unten» leider nicht gelesen zu haben. Aber «Der Aufmacher», Wallraffs Undercover-Bericht als Reporter bei der «Bild». Schließlich wollte ich Journalistin werden. Doch jetzt ging es nicht darum, was ich werden wollte. Jetzt ging es darum, was ich war. Türkin. Und als solche hatte ich zu Carolas Weltbild authentisches Flair beizusteuern. «Dass gerade in Deutschland Minderheiten derart diskriminiert werden, finde ich beklemmend», sagte Carola. Da stimmte ich ihr zu. Aber ich persönlich sei leider noch nie diskriminiert worden. Carola schien enttäuscht.

«In der Oberstufe haben bei uns viele in den Ferien immer bei Daimler geschichtet und ein Heidengeld verdient», erzählte ich unschuldig.

«Also, ich weiß nicht, ob ich das könnte», sagte Carola.

«Ich auch nicht», stimmte ich ihr zu, erleichtert, endlich eine Gemeinsamkeit gefunden zu haben. «Nachts zu arbeiten und tagsüber zu schlafen muss total hart sein.»

«Ich meine», sagte Carola, «mir bei einem Großkapitalisten, der seine Arbeiter behandelt wie den letzten Dreck, mir das Geld für den Interrail-Urlaub zu verdienen.»

Ein entfernter Cousin von mir habe auch bei Daimler gearbeitet, wandte ich ketzerisch ein, der sei von Mercedes sehr gut behandelt worden, hätte aber seine Frau verprügelt. Carola war begeistert. Sie überlege, eine Hausarbeit zum Thema der Frauenrolle in Migrantenfamilien zu schreiben. Ob ich ihr dafür mehr von dem Cousin erzählen könne? «Nee», sagte ich. «Mit dem haben wir nichts mehr zu tun.» – «Und gibt es vielleicht andere Männer in deiner Familie?» – «Ja, aber keinen, der Frauen verprügelt.» Carola schaute skeptisch.

Es würde noch einige Carolas geben in meinem Studentenleben, aber ich hatte bald Übung darin, von Anfang an deutlich zu machen, dass ich leider keine Ahnung vom einfachen türkischen Volk hatte. Und tatsächlich veränderte sich das Interesse an meiner Nationalität, bis ich schließlich meine Funktion erkannt hatte: Ich war die «ganz andere Türkin». Die sensationell untypische Türkin, die weder aus einer Groß- noch aus einer Arbeiterfamilie kam und noch nie in ihrem Leben als Kanakin oder Türkensau beschimpft worden war.

Aber Türkin blieb ich. Schon, weil ich kein Schwäbisch konnte. Zum Glück. Schließlich hasste ich diesen grässlichen Dialekt. Viel schlimmer, als zu prügelnden Türken gesteckt zu werden, war, in einen Topf mit all den studentischen Exil-Schwaben geworfen zu werden. Unter ihnen gab es besonders viele Carolas, besonders viele Enthusiasmierte, die die Fesseln der süddeutschen Provinz abgestreift hatten und nun jeden Tag an einer anderen Demo teilnahmen und die Butter den ganzen Tag draußen auf dem WG-Tisch stehen ließen. Ich hasse weiche Butter. Und so war es mir persönlich sehr viel wichtiger, meine süddeutsche Satzmelodie abzuschleifen, als mich um Ausländerdiskriminierung zu sorgen. Im ersten Semester hatte ich Freunde aus dem Ruhrgebiet gefunden, deren Singsang mir so gut gefiel, dass meine Schwester eines Tages, als ich Weihnachten zu Hause verbrachte, ganz konsterniert wissen wollte, wieso ich denn plötzlich so komisch spräche. Ich war zufrieden. Aber das schönste Kompliment, das man mir machen konnte, war: «Wo kommst du her? – Ach, das hört man überhaupt nicht!»

Der für mich aufregendste Stadtteil Berlins blieb trotz des Mauerfalls lange Jahre Kreuzberg. «Klein-Istanbul» werde die Gegend auch genannt, sagte Carola. In Istanbul sieht's aber anders aus!, dachte ich. Da gab es keine Kopftücher, sondern toupiertes Haar. Nicht so viele Gemüsegeschäfte, sondern Boutiquen. Und keine Import-Export-Shops. Aber gesagt habe ich nichts. Ich war viel zu fasziniert. Schließlich lief ich durch Straßen voller türkischer Schriftzüge. Voller türkischer Männer, türkischer Frauen und türkischer Kinder. Es gab Dönerbuden mit Sonderangeboten und abweisende Männercafés. Es war bunt, ein bisschen dreckig und sehr laut. Ich stand tatsächlich in der Türkei, und jedes Mal, wenn ich Kreuzberg besuchte, geriet ich in Ferienlaune, weil ich mit der Türkei immer Urlaub verband. Ganz im Gegensatz zu meinen Kommilitonen, die mit der Türkei Menschenrechtsverletzungen, Militärdiktatur und die Unterdrückung der kurdischen Minderheit verbanden. Deshalb konnten sie sich auch «nicht vorstellen, derzeit in die Türkei zu reisen». Mir allerdings wurden aufgrund meiner Herkunft großzügig Fahrten in die Heimat zugestanden.

So wie ich in Kreuzberg natürlich als Einheimische fungierte. Und wirklich: Die Gegend mochte sich noch so sehr von meinen Türkei-Erfahrungen unterscheiden, vertrauter als meinen deutschen Freunden war sie mir durchaus. Und so fühlte ich mich hier zu Hause, schon weil sie den anderen so exotisch schien. Als aber meine Eltern mich eines Tages in Berlin besuchten, kaufte mein Vater zwar begeistert siruptriefendes Spritzgebäck in einer türkischen Konditorei – «das gibt's in Sindelfingen nicht!» –, doch damit war sein anthropologisches Interesse befriedigt, er schimpfte auf den Dreck und die Punks und wollte zurück an den Kurfürstendamm.

Ging ich mit Freunden an eine Dönerbude, musste natürlich immer ich bestellen, und immer auf Türkisch, weil wir dann extra viel Fleisch bekamen. Dass wir nur deshalb extra viel Fleisch bekamen, weil ich den Mann im Imbiss ausdrücklich darum bat, verriet ich nicht. «Ich muss vor meinen deutschen Freunden ein bisschen angeben», sagte ich auf Türkisch, nachdem geklärt war, warum ich Türkisch konnte, wo mein Vater herkam, wo er jetzt lebte und was er beruflich tat.

Mein Landsmann reichte die Döner über die Theke und verkündete auf Deutsch: «Extra gutt für gutte Freunde! Wollen Tee?» Die gutten Freunde waren hingerissen von der türkischen Gastfreundschaft, und der Imbissverkäufer und ich grinsten uns in dem gutten Gefühl an, wieder etwas für die Völkerverständigung getan zu haben. Wenn ich mir allein einen Döner holte, bestellte ich immer auf Deutsch, weil mir zum einen mein Akzent peinlich war, und zum anderen, weil ich keine Lust hatte, vor jedem Imbissverkäufer meinen Familienstammbaum auszubreiten.

Die schwäbische Jungfrau

Mein Reiz als Türkin zum Anfassen hatte allerdings auch seine Grenzen, wie ich bald erfahren musste. Im zweiten Semester lernte ich Phillip kennen. Er studierte Theaterwissenschaften wie ich, allerdings im Hauptfach, und weil ihn keine Schauspielschule angenommen hatte. Eigentlich hasste ich Typen wie ihn, all die verhinderten Regisseure und Schauspielerinnen, die nicht begreifen wollten, dass es sich hier um die Wissenschaft vom Theater handelte und nicht um einen Selbsterfahrungskurs. Schlimmer noch als Germanistikstudenten hielten sie mit ihrer Egozentrik jedes Seminar auf. Sie hatten grundsätzlich «zwar den Text nicht gelesen», um den es jeweils ging, aber trotzdem eine Meinung zur antiken Tragödie, zu Brecht oder Max Frisch, die auf ihren unschätzbaren Erfahrungen als Medea oder Baal oder Statist in der Schultheater-AG beruhte.

Phillip war natürlich anders. Er hatte dunkle Locken, ein Lächeln wie Richard Gere, spielte Gitarre und hatte deshalb allen Grund, am liebsten über sich zu reden. Seine Erläuterungen gingen meist von dem vierwöchigen Sprachkurs aus, den er einst in der Toskana absolviert und der ihm einen tiefen Einblick in die italienische Lebensart verschafft hatte. In mir sah er eine verwandte südländische Seele, und ich hing angemessen hingerissen an seinen Lippen. Wir wurden gute Freunde, was ich schon deshalb als diskriminierend empfand, weil ich unter seinen zahlreichen Groupies die Einzige zu sein schien, die er auf freundschaftlicher Distanz hielt.

Bislang hatte ich mir über meine Keuschheit nicht viele Gedanken gemacht. Die Freunde, die bereit waren, sich von mir wie Schoßhunde halten zu lassen, entsprachen meinen Bedürfnissen vollkommen. Phillip aber hätte sich das nie gefallen lassen. Phillip war ein richtiger Mann. Mit der Entschlossenheit einer schwäbischen Jungfrau warf ich mich ihm an den Hals. Und Phillip wusste es ganz eindeutig zu schätzen, dass ich Küssen inzwischen gar nicht mehr eklig fand. Aber nach jedem Kuss wurde er nervös und gab sich betont kameradschaftlich. Mit der Blödheit einer schwäbischen Jungfrau interpretierte ich das als Bemühen, mir die Angst vor dem nächsten Schritt zu nehmen, und fand es ganz furchtbar süß von ihm. Ich bemühte mich sehr, ihm zu zeigen, dass seine Sorgen unbegründet waren, und endlich war er bereit, bei mir zu übernachten.

Am nächsten Morgen wartete ich darauf, dass er mich besorgt fragen würde, wie es mir ginge und ob es mir gefallen hätte. Ganz so, wie man das als schwäbische Jungfrau aus dem Kino kannte. «Und?», fragte Phillip. «Jetzt muss ich dich wohl heiraten, haha.»

Ich war ein bisschen enttäuscht, ging aber auf das Spiel ein. «Nein, du hast nicht genug Kamele.»

«Na, da hab ich ja nochmal Glück gehabt.»

Das nun fand ich äußerst uncharmant. «Ich kann ja meinen Vater mal fragen, ob er eine Ausnahme macht», sagte ich neckisch, um ihm die Chance zur Wiedergutmachung zu geben.

Phillip starrte mich entgeistert an. «Du erzählst deinem Vater doch nichts, oder?»

Jetzt wurde es mir allmählich zu blöd. «Nein, so toll war es nämlich nicht.»

Aber die einzige Reaktion auf diese doch tödliche Beleidigung war: «Ich will dich doch nur nicht in Schwierigkeiten bringen.»

Da begriff ich endlich. Phillip hatte tatsächlich Angst, dass meine fünf Brüder auftauchen und ihn zwingen würden, aus mir eine ehrbare Frau zu machen. Erleichtert lachte ich ihn aus und beruhigte ihn. «In Sizilien ist es ja so», sagte Phillip, «dass da die männlichen Familienmitglieder Blutrache üben, wenn sie die Ehre befleckt sehen.» Ich entblödete mich nicht, ihm daraufhin mitzuteilen, dass ich wirklich gerne einmal mit ihm nach Italien reisen würde.

Natürlich war Phillip weit davon entfernt, mit mir irgendwohin zu fahren. Aber ich war so verliebt, dass ich seine Weigerung, in mir die Frau fürs Leben zu sehen, mit seiner Unsicherheit erklärte und bei jeder Gelegenheit erwähnte, wie ungeheuer fortschrittlich meine türkischen Verwandten seien. So konnte ich es auch als gutes Zeichen ansehen, als er mich in die Riege seiner Liebhaberinnen einreihte.

Irgendwann aber gewann ich meinen Stolz wieder und erkannte, dass Phillips Horizont ungefähr von einem Nudelende zum anderen reichte und er ansonsten ein ganz normaler, gemeiner Frauenheld war. Und ich lernte aus der Episode: Wenn ich zukünftig Männer traf, die mir gefielen, stellte ich sicher, in den begierig aufgenommenen Informationen zu meiner halbtürkischen Herkunft möglichst früh die Anekdote von der Sorge meines Vaters um meine sexuelle Orientierung unterzubringen.

Doch irgendwann waren Lach- und Sachgeschichten über türkische Väter und Großmütter meinen neuen Freunden in Berlin nicht mehr genug. Sie wollten die Türkei schmecken. Alle durften Lauchgratins und Spaghetti auf den Tisch knallen, nur ich sollte plötzlich osmanische Küche servieren. Zugegeben: Daran war ich selbst mit schuld, schließlich hatte ich in der Dönerbude regelmäßig kundgetan, dass Dönerkebab einem in der Türkei nicht mit einem Kilo Grünzeug als Sättigungsbeilage in die Hand gedrückt würde. Vielmehr bekomme man erstklassiges Hammelfleisch auf einem Teller serviert, über in Olivenöl gerösteten Brotstücken und mit Joghurt- oder Tomatensoße begossen. Dazu pflegte ich von den Kochkünsten meiner Großtante zu schwärmen und über die kulinarische Ignoranz der Deutschen die Nase zu rümpfen, die Döner für das türkische Nationalgericht hielten. Also hieß es eines Tages: «Kannst du nicht mal für uns kochen?»

Dass musste ich wohl. Nur wie? Das Problem war nämlich, dass meine Großtante schon sehr alt und ein bisschen senil war, als ich endlich begonnen hatte, mich für ihr Erbe zu interessieren. Und nun hatte ich nicht nur sehr wenige, sondern auch etwas seltsame Rezepte, mit Mengenangaben wie «mehr Zwiebel als Tomate 5» oder «Lamm braten eine Flasche Öl».

Ich beschloss, mir ein türkisches Kochbuch zu besorgen: 64 Seiten «Türkisch kochen» von Erika Casparek-Türkkan. Sie hatte laut Klappentext von ihrer rheinischen Großmutter kochen gelernt und wurde nun von ihrem Istanbuler Ehemann beraten. Das schien mir eine Vertrauen erweckende Kombination zu sein. Mit Hilfe von Frau Casparek-Türkkan stellte ich ein Menü zusammen, das weniger türkischen Sitten als meinen Fähigkeiten entsprach. Trotzdem stand ich sechs Stunden in der Küche, um für fünf Personen zu kochen. Sechs Stunden, in denen ich ungefähr acht Nervenzusammenbrüche erlitt, zehn abgetrennte Finger und eine abgebrannte Küche gerade noch vermeiden konnte. Sechs Stunden, in denen ich neben meinen vier Freunden noch sämtliche verfressenen Sultane, meine senile Großtante und ganz besonders mein eigenes türkisch-deutsches Schicksal verfluchte. Warum konnte ich nicht halbe Italienerin sein, mit einem Familienrezept für Spaghetti mit Tomatensoße? Und was war gegen Dönerkebab einzuwenden? Wenn diese so genannten Freunde ach so neugierig waren, warum probierten sie nicht einfach einmal ganz waghalsig die Eintöpfe, die in jeder Dönerbude in der Vitrine stehen und die in der Türkei keineswegs nur Dekorationszwecken dienen?

Aber schließlich war das Werk vollbracht. Erst gab es *çoban salatası*, «Hirtensalat» aus sehr viel sehr klein geschnittener Tomate, viel Gurke, etwas Zwiebel und etwas Petersilie (die klassische Reihenfolge ist eher sehr viel Petersilie, viel Tomate, viel Zwiebel und etwas Gurke). Außerdem *cacık*, eine Joghurtkaltschale, die meine Gäste begeistert als «das Tsatziki vom Griechen!» wieder erkannten, woraufhin ich ihnen mitteilte, dass ich niemals mit ihnen in die Türkei fahren würde. Dann *mücver*, Zucchini-Karotten-Puffer, die bei allen außer mir großen Anklang fanden. Denn nur ich wusste, wie dieses fettgebratene Gemüse schmecken kann, wenn es wie bei meiner Großtante in literweise Sonnenblumenöl baden darf, anstatt von mir vorsichtig in etwas Fett gewendet zu werden. Das Hauptgericht waren geschmortes Lamm und «Hochzeits-*pilav*», wobei sich meine Freunde doch wieder als Türkei-tauglich erwiesen, als keiner die Hühnerleber, Pinienkerne und Korinthen im Reis verschmähte. Der Nachtisch bestand aus Obstsalat und *şekerpare*, Mürbeteigkeksen, die ich dem deutschen Geschmack entsprechend in einem Sirup mit doppelt so viel Zitronensaft wie üblich getränkt hatte. «Ist ja gar nicht so süß!», riefen alle erstaunt.

Meine Freunde waren von der Küche meiner «Heimat» tief beeindruckt. Natürlich erzählte ich ihnen nicht, dass für neun Mark achtzig die türkische Küche auch zu ihrer Heimat werden könnte. Ich hatte das Buch längst versteckt und stattdessen die Blätter mit den Rezepten meiner Großtante, von ein paar dekorativen Tomatenspritzern verziert, malerisch herumliegen lassen. «Ich hab euch doch gesagt», winkte ich bescheiden ab, «dass meine Großtante eine phantastische Köchin war.»

Nach der Küche war die Dichtkunst an der Reihe. Schließlich studierte ich Germanistik und war somit automatisch Fachfrau auch für türkische Literatur. Angesichts des kultivierten Interesses, das mir entgegenschlug, sah ich mich schließlich gezwungen, mir diese langweilige Immigrantenliteratur anzusehen. Sie erschien grundsätzlich in Kölner Hinterhofverlagen oder als zweisprachiges dtv-Taschenbuch, wurde gern vom Vorwort des lokalen Ausländerbeauftragten eingeleitet und handelte vom Leben in Fremde und Einsamkeit. Nach drei Kurzgeschichten befand ich, dass türkische Immigrantenschriftsteller in Sachen Fremde und Einsamkeitsmotiv noch einiges von den deutschen Romantikern lernen könnten, und wandte mich wieder meinen Helden Thomas Mann und John Irving zu. Aber dann bekam Emine Sevgi Özdamar 1991 den Bachmann-Preis, und ich entdeckte weitere Autoren, die bei «richtigen» Verlagen «richtige» Romane publizierten.

Allerdings ging es darin immer noch vor allem um Fremde und Einsamkeit. Als ich Lesungen dieser Autoren besuchte, begriff ich auch, warum sie sich fremd und einsam fühlten. Es handelte sich um Türken, die seit zehn, zwanzig Jahren in Deutschland lebten, und ihr Deutsch entsprach in etwa meinem Türkisch. Mit dem Unterschied, dass ich mich für mein begrenztes Oma-Enkel-Vokabular inzwischen schämte, während sie mit ihren Sprachkenntnissen unbekümmert durch Podiumsdiskussionen stolperten oder Preise für einen «ganz neuen, nur scheinbar naiven Blick auf Deutschland» einheimsten.

Inzwischen brachte ich auch sehr viel mehr Verständnis für das Staunen auf, das meine Deutschkenntnisse in Berlin hervorgerufen hatten. Nicht nur, weil manche türkischen Schneiderinnen nach zwanzig Jahren Kreuzberg kaum mehr Deutsch konnten als meine Oma nach drei Jahren Maichingen. Und mich mitleidig fragten, wie ich denn so mit den kalten Deutschen auskäme. Ob ich meine Familie nicht furchtbar vermissen würde. Sondern auch, weil ich türkische Studenten kennen lernte, deren Deutsch noch schlechter war als das der Imbissverkäufer.

In der Mensa nahmen eines Tages zwei junge Türken neben mir Platz. Sie sahen nett aus. Erst unterhielten sie sich über ihre BWL-Vorlesungen, was ich nur deshalb verstand, weil sie von ihrem «Be-Wä-Ell-*profesör*» sprachen, und hatten danach viel Spaß beim Lästern über die Studenten um uns herum. Schließlich konnte ich mein Grinsen nicht länger verbergen, und der eine sagte zum andern, «du, ich glaube, die versteht uns». So kamen wir ins Gespräch, und ich erfuhr, dass sie aus Istanbul und Ankara stammten, sich vor drei Jahren in Berlin kennen gelernt und gerade mit dem Hauptstudium begonnen hatten. Als wir gemeinsam einen Kaffee trinken gingen, trafen wir auf Kommilitonen von mir. Bald waren wir bei den üblichen Frotzeleien zwischen Literatur- und Wirtschaftswissenschaftlern, aber während deutsche BWLer in solchen Fällen zerknirscht mit ihrem kulturellen Banausentum kokettierten und ausführlich bedauerten, nicht öfter ins Theater zu gehen und mehr Bücher zu lesen, machten sich die Türken über uns lustig. Was man denn für einen Beruf ergreife, wenn man Filmegucken oder Bücherlesen gelernt habe? «Man wird Dolmetscherin für türkische Wirtschaftsbosse», antwortete ich angesichts des kümmerlichen Deutschs, das Hakkan und Orhan sprachen, weshalb sie schnell ins Türkische übergewechselt waren und ich übersetzen musste. Hakkan und Orhan lachten nur und erklärten, Zahlen seien international, und durchs Studium komme man ganz gut, indem man Formeln auswendig lerne. «Wir wollen ja gar nicht in Deutschland bleiben», sagte Hakkan, «ich will auf jeden Fall zurück nach Istanbul. Dort liegt der Markt der Zukunft.» Orhan ergänzte: «Mich ärgern diese türkischen Snobs, die in Deutschland oder Amerika bleiben. Man hat doch eine Verpflichtung gegenüber seinem Land.» Meine deutschen Kommilitonen waren beeindruckt. Ich fand, es könne doch trotzdem nicht schaden, die Sprache des Landes zu lernen, in dem man lebe. Sie hätten genug türkische Freunde, sagten Hakkan und Orhan, die Deutschen seien so kalt, und Deutschland sei ja nun nicht gerade brennend interessiert an Ausländern. «Es sei denn, die Ausländer brennen», sagte Orhan. Ich rollte mit den Augen und übersetzte. Der Anschlag auf ein von Türken bewohntes Wohnhaus in Solingen war nicht lange her. Meine deutschen Kommilitonen nickten betreten.

Da platzte mir der Kragen. Natürlich entsetzte mich der Anstieg der Ausländerfeindlichkeit seit der Wiedervereinigung. «Aber ich kann dieses Gejammer nicht mehr hören», fauchte ich. «Die meisten Türken leben hier jahrelang, verlieren trotzdem kein gutes Wort über Deutschland und begründen ihre Ignoranz mit diesem Soziologendeutsch, das alle erstaunlich gut beherrschen. Ach, diese emotionale Kälte der Deutschen! Und die fatalen Integrationsversäumnisse der Politik! Wahrscheinlich ist das schlechte Wetter auch mit schuld?» Meine deutschen Kommilitonen schauten noch betretener. «Du klingst ja wie ein deutscher Stammtisch!», sagte einer. «Wieso», sagte ich, «ich bin doch auch Türkin, schon vergessen?»

Studieren in Istanbul

Im Flugzeug von Berlin nach Istanbul saß ich einmal neben einer dicken Türkin. Ich muss in diesen Flugzeugen grundsätzlich neben dicken Türkinnen sitzen, oder neben ihren schnauzbärtigen Männern, die, kaum sind sie angeschnallt, in einen tiefen Schlaf fallen. Türken können immer und überall schlafen, das ist offensichtlich eine genetisch bedingte Eigenschaft, die noch aus den Zeiten stammen muss, da die Fähigkeit, auch unterwegs im Sattel seines Steppenponys ein Nickerchen machen zu können, einen immensen Vorteil bedeutete. Ihre Ellbogen bequem auf den Lehnen links und rechts platziert, pflegen diese Männer schnarchend immer tiefer in den Sitz zu sinken, bis ihr Arm sich vertrauensvoll an dem der Nachbarin schubbert. Ich lehne es allerdings entschieden ab, mit einem anatolischen Wüstling zu kuscheln, der mir hier auf die Pelle rückt und zu Hause bestimmt seine Frau unterdrückt und die Töchter alle einsperrt. Ich finde, das Bodenpersonal internationaler Flughäfen könnte sich ruhig an der Ticketvergabe in türkischen Überlandbussen ein Beispiel nehmen: Dort werden allein reisende Frauen nie neben Männern platziert.

Diesmal aber war es ordnungsgemäß eine dicke Türkin, die neben mir saß. Sie trug ein Kopftuch und war ungefähr sechzig Jahre alt. Irgendetwas stimmte nicht mit ihrem Sitz, aber der deutschen Stewardess konnte sie sich kaum verständlich machen. Ich sprang übersetzend ein. Meine Nachbarin war begeistert, und wir kamen ins Plaudern. Sie lebte seit fünfunddreißig Jahren in Berlin und führte mit ihrem Mann eine Bäckerei in Kreuzberg. Sie wollte wissen, woher ich so gut Türkisch könne. «Ich bin in Deutschland geboren und aufgewachsen, aber mein Vater ist Türke», spulte ich mein Sprüchlein ab. Da schaute sie mich plötzlich vorwurfsvoll an: «Dann sollte dein Türkisch aber besser sein! Du bist doch Türkin!» Ich lächelte verlegen und murmelte etwas von meiner Oma, die mir Türkisch beigebracht habe, weshalb es jetzt eben ein rudimentäres Oma-Enkel-Türkisch sei. Später ärgerte ich mich. Die Deutsche in mir hatte nämlich gedacht: «Immer noch besser als deine drei Brocken Deutsch, du anatolische Schreckschraube – du willst seit fünfunddreißig Jahren in Berlin leben?» Aber als Türkin spricht man so nicht mit Älteren.

Doch sie hatte einen wunden Punkt getroffen. Sicher, mein Türkisch war gut genug, um sich über den Akzent meiner Berliner Freunde oder deutscher Urlauber in der Türkei amüsieren zu können. Selbst wenn ich das r nicht rollen konnte, was mich zur Verzweiflung trieb. Früher waren wir manchmal mit befreundeten deutschen Familien in den Club Med gefahren, und da hätte man meinen können, ich sei in Izmir aufgewachsen. Da war ich Fachfrau auf dem Gebiet der türkischen Volkskultur, was in diesem Fall nichts anderes hieß, als dass ich mich dem türkischen Volk verständlich machen konnte. Ich kümmerte mich darum, dass unsere deutschen Freunde ihre Cola vom Kellner mit Eis, aber ohne Zitrone bekamen. Ich übersetzte beim Einkauf im Ledergeschäft. Ich kannte mich natürlich auch mit den orientalischen Sitten aus und wusste knallhart einen Rabatt auszuhandeln, wenn wir fünf Postkarten auf einmal kauften. Auch auf dem Kreuzberger Türkenmarkt konnte ich den Verwendungszweck so manchen Nahrungsmittels erklären, und außer mir merkte es ja keiner, wenn ein Dönerverkäufer mich dafür lobte, dass ich für eine Deutsche aber ein ausgezeichnetes Türkisch spräche.

Ja, mein Türkisch war miserabel. Mein Vokabular umfasste einen Grundwortschatz für den Maichinger Alltag, von der Grammatik hatte ich keine Ahnung, und schreiben konnte ich auch nicht. Aber ich war inzwischen Türkin genug, um das ändern zu wollen.

Eines Tages rief ich meine Tante in Istanbul an und fragte sie, ob sie mich während der Semesterferien für einen Monat beherbergen würde. Ich beabsichtigte, einen türkischen Sprachkurs zu besuchen. «Ach wie schön, meine Süße!», kreischte sie. «Natürlich wohnst du bei uns!» Der Mann einer meiner Cousinen wunderte sich: «Du sprichst doch Türkisch, warum willst du denn Geld für eine Schule hinauswerfen?» Ich fühlte mich geschmeichelt. Die Kosten übernahm allerdings mein Vater, mit stolzgeschwellter Brust angesichts des Interesses seiner Nachfahrin für die Wurzeln ihrer Ahnen.

Ein paar Monate später bezog ich das Gästezimmer meiner Tante in Kadıköy auf der asiatischen Seite Istanbuls. Jeden Morgen nahm ich ein Sammeltaxi zur Fähranlegestelle, fuhr über den Bosporus nach Europa, stieg in den Bus und betrat schließlich in einer Nebenstraße unterhalb des Taksim-Platzes die Schule. Wie eine richtige Istanbuler Studentin. Ich fühlte mich ungeheuer türkisch, besonders, als ich anfing, mir vor der Überfahrt noch die «Cumhuriyet» zu kaufen, die einzige Nicht-Boulevardzeitung der Türkei. Ich verstand kein Wort. «Bist du bescheuert!», lachte der Mann meiner Cousine Mine mich aus: «Kauf dir die ‹Milliyet›, die ist nicht so schlimm wie die ‹Hürriyet›, hat aber auch lauter Bilder und kurze Texte.» Meine Tante tröstete mich: «Nicht einmal die Hälfte der Türken versteht die ‹Cumhuriyet›, meine Süße!» Trotzdem meldete ich mich zerknirscht für das zweitniedrigste der fünf Unterrichtsniveaus an, welche die Schule anbot.

«‹*Giddin*›» heißt ‹du bist gegangen›, ‹*gidmedin*› heißt ‹du bist nicht gegangen›», sagte die Lehrerin. Das wusste ich schon von meiner Oma. Nicht aber, dass dieses Prinzip Agglutination durch Affixe genannt wird, was ungefähr bedeutet, dass das Verb einfach die gesamte Grammatik als einen langen Schwanz hinter sich herschleppt. Trotzdem schickte mich die Lehrerin am nächsten Tag in Level 3. «*Gidmedin* heißt ‹du bist nicht gegangen›», sagte die neue Lehrerin, «‹*gidmedin mi*› heißt ‹bist du nicht gegangen?›.» Auch das kam mir bekannt vor, und so wurde ich am nächsten Tag auf Level 4 hochgestuft. Dort unterrichtete ein Lehrer, der mir sehr gut gefiel, aber ihm gefiel leider mein Türkisch, weshalb er nach zwei Tagen meinte, das hätte doch keinen Sinn, ich solle Stufe 5 besuchen. Ich erklärte ihm mein Problem, dass ich mich zwar gut unterhalten könne, solange der Gesprächsstoff den Horizont meiner Oma nicht übersteige, dass ich aber schon zum Zeitungslesen viel zu dumm sei und dringend seiner Hilfe bedürfe.

Hatte doch selbst der Mann meiner Cousine mir am Vorabend mit sorgenvoller Stimme mitgeteilt, dass vier Wochen Istanbul kaum ausreichen würden. Offensichtlich war auch ihm inzwischen aufgefallen, dass ich inzwischen zwar älter als zwölf war, mein Türkisch aber immer noch nach «Mein schönstes Ferienerlebnis» klang. Wenn ich nicht unglücklich von einem kläglichen «äh, also, wie sagt man» zum nächsten holperte.

Allerdings hatte ich den bisherigen Unterrichtsstunden tatsächlich mühelos folgen können, Wege zum Weltfrieden hatten wir nicht gerade diskutiert. Das Unterrichtsmaterial schien für Ausländer gemacht worden zu sein, die erst eine Wohnung suchten, dann kurz einkaufen und zum Arzt gingen und anschließend die Türkei bereisten, welche ein faszinierendes Land voller freundlicher Menschen sei.

Das fanden auch die meisten Kursteilnehmerinnen. Die Studentenschaft bestand zu 95 Prozent aus Frauen, die mich größtenteils an die Mitarbeiterinnen des Berliner Bioladens erinnerten, wo ich manchmal Äpfel holte. Abends pflegen solche Frauen auf Multikulti-Konzerte zu gehen und entweder Chilenen oder Türken kennen zu lernen. Sie lesen aufmerksam die Reportagen über binationale Ehen in der «Brigitte» und nehmen ihre Beziehung sehr ernst, weshalb sie früher oder später auch die Sprache ihres Partners lernen wollen. Weil sie schon mehrmals mit ihm in seinem Heimatland waren und seine Familie so reizend und gastfreundlich, eben «so südländisch!» ist.

Also stand ich in den Pausen auf dem Gehsteig vor dem Schulgebäude, während die Pias, Sabines und Tinas ihre Erfahrungen im Umgang mit türkischen Verwandten austauschten. «Am Anfang war es schon ein bisschen schwierig», sagte Pia. Alle nickten bedeutungsvoll. «Das sind eben ganz andere Werte», sagte Sabine, «wenn die Familie so ein ungeheuer starkes Netzwerk bildet.» – «Für meinen Freund war das ja anfangs auch ganz schön kompliziert, so zwischen meinen Ansprüchen und seiner Erziehung zu stehen», sagte Tina. Alle nickten mitfühlend. Dann sahen sie mich an. «Ich habe keinen türkischen Freund», sagte ich kleinlaut. «Aber mein Vater ist Türke.» Alle schauten noch mitfühlender. «Der Schwester von meinem Freund hat der Vater verboten, jemals einen Deutschen anzuschleppen», sagte Pia. «Glaubst du, dein Vater wäre mit einem Deutschen einverstanden?», wollte Sabine wissen. «Der wäre froh, wenn ich überhaupt mal einen Freund hätte», sagte ich.

Unten im Haus gab es einen kleinen Kiosk, wo der Hausmeister heißen Apfeltee verkaufte, um mit den aufgeschlossenen Europäerinnen zu flirten. Aber nachdem geklärt war, dass mein Vater wie er aus Izmir stammte und einst für denselben Fußballverein gejubelt hatte, war unser Verhältnis geklärt: Ich bekam meinen Apfeltee zum halben Preis, und wir lästerten über die deutschen Studentinnen, wenn sie außer Hörweite waren.

Der Lehrer von Level 4 ließ sich von meinen Einwänden nicht überzeugen. Ich würde mich nach spätestens einer Woche zu Tode langweilen, auf Stufe 5 arbeite man dagegen mit Zeitungstexten, das sei genau das Richtige, um meinen Wortschatz zu erweitern.

So landete ich bei Nurcan. Nurcan heißt «fröhlich», und der Name passte zu ihr. Nurcan kam aus gutem Istanbuler Hause und studierte eigentlich Grundschulpädagogik. Die Logik schien mir nicht völlig abwegig, aber dass sie in den Semesterferien hier ausgerechnet das höchste Klassenniveau unterrichten durfte, hing vermutlich auch mit ihren großen schwarzen Augen und der dunklen Lockenmähne zusammen, die offensichtlich den Schulleiter becirct haben mussten. Nurcans Unterricht bestand darin, mit uns türkischsprachige Videos amerikanischer Filme anzusehen oder mit uns in synchronisierte amerikanische Kinofilme zu gehen. Danach besuchten wir ein Café und redeten über die Schwierigkeiten zwischen Männern und Frauen, die die Filme aufgezeigt hätten. Manchmal erzählte Nurcan uns auch, wie sie das Wochenende verbracht hatte, und wenn uns ein Wort zu kompliziert erschien, sollten wir uns melden. Da Nurcan viel Zeit in Kinos und Cafés verbrachte und außerdem gerne einkaufen und tanzen ging, gab es wenig Nachfragen. Einmal kam sie mit Tüten in den Unterricht und brachte uns anhand ihrer Einkäufe Begriffe aus der Modewelt bei.

Als Hausaufgabe sollten wir oft die Lehren zu Papier bringen, die man aus «Pizza Pizza» mit Julia Roberts oder «Freundinnen» mit Bette Midler ziehen könne. Ich schrieb einen Aufsatz über das Erwachsenwerden in einem Pizza-Imbiss, den Nurcan ganz wunderbar fand und den ich vorlesen sollte. Deshalb wollte sie dann auch sofort hören, was ich über «Freundinnen» zu sagen hätte. Ich las meine Filmkritik vor, die hauptsächlich in einer Beschreibung der Schleimspur bestand, die sich durch den Film wand und ungefähr von Istanbul bis hinter den Mond reichen dürfte, wo das sentimentale Machwerk gut aufgehoben sei. «Ich glaube, du hast den Film nicht verstanden», sagte Nurcan beleidigt. Und überhaupt, was «hinter dem Mond» denn heißen solle. Das sage man im Türkischen nicht. Sie liebe «Freundinnen» sehr, und nur weil man so oft weinen müsse, sei das noch kein schlechter Film. Ob das ein deutsches Problem sei? Sie wandte sich an ihre drei Lieblingsschülerinnen, und dann versicherten sie sich gegenseitig seufzend, dass so eine Freundschaft wie jene zwischen Bette Midler und Barbara Hershey unter Männern niemals möglich wäre.

Ich muss Nurcan zugute halten, dass sie jeden Tag 15 Minuten der Grammatik reservierte. Dank zahlreicher Aufsätze erkannte ich außerdem, dass ich beim Schreiben weniger Fehler machte als gedacht. Ich machte brav meine Hausaufgaben und nahm aufmerksam an den Kaffeekränzchen mit Nurcan teil. Aber ich wusste jetzt: Schulunterricht würde mir nicht helfen. Ich müsste einfach nur Vokabeln pauken. Das konnte ich auch noch in Berlin tun. Jetzt sah ich mir Istanbul an, schließlich war ich als Kind zuletzt hier gewesen.

Ich besichtigte das Topkapı-Serail, den Dolmabahçe-Palast, die Hagia Sofia, den Großen Bazar und die Blaue Moschee. Ich schlenderte durch die Straßen und erholte mich in lärmenden Teegärten. Ich kaufte mir gegrillten Fisch im Brot von den kleinen Booten an den Anlegestellen der Bosporusfähren und besuchte Konditoreien wie die anderen Türkinnen, die allerdings so viel adretter, weiblicher, erwachsener aussahen als ich, und erst recht als Pia, Sabine und Tina. Manchmal ging Cousine Mine mit mir zu dem neuen Italiener, bei dem man mittags Schlange stehen musste, und danach zum Schaufensterbummel in Gegenden mit Boutiquen, deren Designer ich noch nicht einmal aus der «Brigitte» kannte. Abends führten mich meine Verwandten in Bars mit Türsteher aus, in denen ich mir ein wenig provinziell vorkam, lieber saß ich mit Cousine Melek auf dem Balkon und trank Tee oder ließ mich von Onkel Hamdi, der nur dort seine Zigarillos rauchen durfte, in den Wahnsinn treiben.

Nach einem Monat fuhr ich nach Berlin zurück. Im Gepäck hatte ich einen türkischen Roman, Nippes vom Großen Bazar, türkische Gewürze und ein paar Rezepte von Cousine Melek. Die Zeitspanne, während deren ich regelmäßig die «Milliyet» las und mich am Telefon mit «*Alanyalı*» meldete, hielt diesmal vier Wochen vor. Ich hatte in Istanbul die großartigste Stadt der Welt entdeckt und sprach von ihr, als sei ich dort aufgewachsen. Aber insgeheim fragte ich mich, ob ich jetzt wohl die wahre Türkei kennen gelernt hätte.

Die wahre Türkei

Amasya ist eine malerische Stadt in Zentralanatolien, etwa zwei Stunden Busfahrt von Samsun am Schwarzen Meer entfernt, sie liegt am Rand der Pontischen Berge. Der Yeşilırmak, der Grüne Fluss, der seinen Namen zu Recht trägt, fließt mitten durch die Altstadt hindurch. Sein Ufer säumen alte osmanische Holzvillen und bedeutende Moscheen. Bevor sich das höfische Leben der osmanischen Sultane immer stärker auf Konstantinopel konzentrierte, wurde Amasya das Bagdad des Westens genannt. Das ist fünfhundert Jahre her.

Durch den Teil der Altstadt, der nicht am Fluss liegt, sondern im Schatten eines Felsens, wo in fensterlosen Rahmen Paprika an Schnüren zum Trocknen hängt, der abblätternde Putz mit Graffiti voll gesprüht ist und überall Holzgerüste die baufälligen Häuser stützen, fuhren laut hupend drei Pick-ups. Auf die offenen Ladeflächen hatte sich eine Tanzkapelle verteilt; die Männer schlugen die Pauke, rasselten das Tamburin und machten mit ihren Klarinetten einen Heidenlärm in den Straßen. Neugierig war ich ihnen gefolgt, zu einem einstöckigen Haus mit offener Tür und einer Gruppe schnatternder Frauen, die in die Hände klatschten und mich sofort hereinwinkten.

Da stand ich vor der Braut. Sie sah aus wie die Puppen aus Import-Export-Geschäften, wie die Puppen, die es früher bei den Lotterien auf Rummelplätzen zu gewinnen gab. Ein Zuckerwatteball aus weißem Tüll und Taft, mit einer roten Satinschleife um die Taille, goldenen Armreifen bis zu den Ellbogen und einem kunstvoll gezogenen Zickzackscheitel, der vor einem silbernen Diadem im straff hochgesteckten Haar endete. Alle Frauen aus Familie und Nachbarschaft, zahnlose Omas, Mädchen mit und ohne Kopftuch und zappelnde Kinder umringten sie stolz, dann schoben sie mich weiter in das Aussteuerzimmer nebenan.

Es war ein kleiner Raum, wahrscheinlich das Mädchenzimmer der Braut. Die vier Wände entlang war mit Hilfe von Nägeln eine Wäscheleine gespannt. Daran hing, wie ein riesiger Wandteppich, an Kleiderbügeln die Garderobe der zukünftigen Ehefrau. Ein grauer Rock mit Kostümjacke, ein lila Sommerkleid mit Handtasche, sogar ein hellblaues Spitzennegligé mit passendem Morgenmantel. Man hätte die Ensembles nur herunterzunehmen brauchen und könnte sie der Braut überstreifen wie einer Anziehpuppe. Das Bett bedeckte ein Teppich aus Häkeldeckchen. Auf dem kleinen Schreibtisch lagen akkurat gefaltete und von Spitzendeckchen geschützte Stapel Handtücher und Wäsche. Überall standen Familienfotos, dazwischen ein kleiner Radiowecker mit integriertem und noch leerem Bilderrahmen, eine Plastikpuppe und, gegen die Schreibtischlampe gelehnt, ein brauner, mit roten Plastikröschen geschmückter Fächer. Über ein Sofa waren riesige bestickte Betttücher drapiert. Neben dem Sofa standen aufgerollte Teppiche.

Das Prunkstück aber hing von der Decke, und wenn man aufschaute, wurde einem schwindlig. Sternförmig hatten die Frauen Wäscheleinen von der Lampe in der Mitte des Raumes zu den Wänden gespannt, dicht an dicht. Und über die Leinen hatten sie ihr Brautgeschenk geworfen. Kopftücher in zartem Rosa, kräftigem Pink und dunklem Lila, beige und gelbe Kopftücher, hellgraue, blaue und schwarze Kopftücher. Kopftücher, verziert mit Ranken und Blüten, Kopftücher, eingefasst mit Troddeln und Spitzenbordüren. Ein Baldachin aus Kopftüchern.

Die Schwester der Braut griff in die Handarbeitspracht und reichte mir ein dunkelgrünes Exemplar, das mit kleinen weißen Blüten bestickt war. Zwei sehr alte zahnlose Frauen halfen mir kichernd, es richtig umzulegen, dann wurde ich entlassen: «So ist's besser!»

Vor der Tür wartete Alex. «Steht dir!», sagte er und machte sofort ein Foto. Die Frauen klatschten. Alex war mein Verlobter. Zumindest auf dieser Reise, meiner Reise durch die wahre Türkei.

Alex, mein Schulfreund, der, den Oma und Teyze immer Iskender statt Alexander nannten, weil er so türkisch aussah, lebte inzwischen auch in Berlin. Er studierte Islamwissenschaft. Wenn Oma und Teyze das noch erlebt hätten! Er konnte inzwischen Arabisch und hatte ein Jahr in Damaskus gelebt. Gerade fing der Unterricht in seiner zweiten Fremdsprache an, Türkisch. «*Merhaba*», sagte er zur Begrüßung, fragte «*nasılsın?*», wenn wir uns trafen, und antwortete «*iyim*», wenn ich zurückfragte, wie es ihm gehe. Er schleppte mich regelmäßig in Kreuzberger Kinos, in denen nachts türkische Filme wie «Yol» liefen, Yilmaz Güneys Sozialdrama über fünf Gefängnisinsassen auf Hafturlaub im kurdischen Südosten der Türkei. Alex hatte den Südosten gesehen, er erzählte von Antakya, Iskenderun und Adana. Ich kannte Istanbul, Izmir und *Adana köftesi*, Frikadellen à la Adana.

«Da würde ich auch gerne mal hin», sagte ich. Im Südosten sei er ja nun schon gewesen, meinte Alex, aber er würde gerne durchs restliche Land reisen. Vor allem mit jemandem, der die Sprache spreche. Im folgenden Sommer fuhren wir los.

Wir flogen nach Istanbul und übernachteten bei Onkel

Hamdi. «Setz dich hierher, Alexander, mein Junge», sagte Onkel Hamdi, «nimm noch einen Tee, sitzt du bequem? Möchtest du lieber meinen Platz? Noch ein Stück *börek*? Sind die nicht gut? Ich werde euch ein paar davon einpacken lassen, und vielleicht ein paar Kekse? Magst du noch Kekse, Alexander? Willst du meinen?»

Ich ging mit Alex zu meinem Lieblingsplatz, den ich während meines Sprachkurses in Istanbul entdeckt hatte, die Promenade von Ortaköy. Cafés und Kunstmarkt-Stände säumten das Ufer und hatten den Stadtteil direkt am Bosporus zu einem Szeneviertel der Studenten gemacht, ein paar Touristen waren auch schon zu sehen. Wir setzten uns in einen der Teegärten und spielten wie alle anderen *Tavla*. Es war helllichter Nachmittag.

Plötzlich war eine Unruhe zu spüren. Ein paar hoch gewachsene Männer, getarnt in Freizeitkluft, aber mit koffergroßen Walkie-Talkies in ihren Händen, beschleunigten auf der Promenade ihre Schritte. Die Gruppe traf sich unter einem Baum. Drei von ihnen hatten Passanten am Arm gepackt, junge Männer, und nahmen jetzt Personalien auf. Ich fragte einen der tuschelnden Kellner. «Dahinten ist vorhin ein Mann angeschossen worden», erzählte er. «Jetzt sammeln sie Verdächtige.» Wir betrachteten die Festgehaltenen. Einziges gemeinsames Merkmal waren Shorts. Und ein Penner war dabei, in langen Hosen. Auf einmal stürmten zwei aufgelöste junge Frauen quer über den Platz, eine davon offensichtlich die Freundin eines der Verdächtigen, der, wie sich herausstellte, plötzlich verschwunden war, als sie von der Toilette zurückkam. «Ihr Schweine!», brüllte sie und weinte. «So könnt ihr doch nicht mit einem umspringen! Das ist hier doch keine Krimiserie! Sind wir nicht endlich ein Rechtsstaat!» Nach ein paar Minuten ließen die Sicherheitsleute die Verdächtigen gehen.

Ich war von dem Vorfall begeistert. Diese Türkei-Reise, spürte ich, würde anders werden als alle zuvor.

Das Geisterschiff

Am nächsten Tag bestiegen wir die Fähre, die uns bis nach Trabzon am Schwarzen Meer bringen sollte. Es war ein riesiges Schiff der Turkish Maritime Lines. Wir hatten eine Zweierkabine mit Toilette und Bad, sie war winzig, aber sauber, und wir fühlten uns wie im Orientexpress, auch wenn man durchs Fenster das Meer sah. Seltsam leer war es auf unserem Gang, den wir am ersten Abend entlanggingen und dann hinauf in den Speisesaal. Der Speisesaal schien das halbe Deck einzunehmen, ein riesiger Raum mit dunkelblauem Teppichboden und Dutzenden großer runder Tische. Auf allen lagen bordeauxfarbene Tischdecken, eingedeckt aber waren nur fünf Tische in einer Ecke des Saals und einer in der Mitte. Man führte uns in die Ecke und brachte Tomatensalat. Der Salat biss sich mit der Tischdecke, und die Decke, das sahen wir jetzt, war voller verblichener Flecken und alter Nähte. Wir bestellten und aßen Hühnchen mit Reis, und an all den leeren Tischen schienen Geister in Abendgarderobe zu sitzen und uns stumm zu beobachten.

Da ging die Tür ein zweites Mal auf, und acht Männer kamen herein. Sie setzten sich an den Tisch in der Mitte, und man brachte ihnen Rakı. Sie bestellten Vorspeisen, Fisch und Fleisch, und plötzlich hatte einer ein Mikrophon in der Hand. Er erhob sich und sang, mit kräftiger, lauter Stimme, ein Klagelied, das aus den Lautsprechern durch den ganzen Saal hallte. Ich verstand «Tränen», «Abschied» und «Blut». Als er verstummt war, hoben die Männer ihr Glas. Die Geister an den leeren Tischen applaudierten.

Nach dem Essen gingen Alex und ich durchs Schiff. Da hörten wir Lärm. Auf dem Deck, das nach draußen führte, auf dem zwei Kioske und eine Bar lagen, wimmelte es plötzlich von Menschen, überall saßen sie in Gruppen beisammen, sie hatten Tüten und Körbe dabei und machten ein Picknick. Ein paar hatten Kassettenrecorder mitgebracht, und jeder spielte ein anderes Lied. Wer keine der Sitzgruppen mehr ergattert hatte, saß auf dem Boden. Die kämen vom Unterdeck, wo die Mehrbettkabinen ohne Bad und Toilette lägen, erklärte uns ein Steward, der blaue Müllsäcke verteilte, weil die Abfallbehälter längst überquollen. Nach zwei Tagen würde an der Hälfte der öffentlichen Toiletten des Schiffes ein Zettel kleben: «Defekt».

Wir holten uns Tee und gingen nach draußen. Für Türken war die Nacht viel zu kühl, keiner war mehr hier. Ein junger Kellner wischte die Tische. Wo wir herkämen und wo wir hinwollten, fragte er uns. Aus Berlin, sagten wir, und wir wollen nach Trabzon. Wieso denn das, fragte er, Trabzon sei hässlich, er studiere dort. «Wir fahren in die Kaçkar-Berge», sagten wir. «Die Berge sind schön», nickte der Kellner, «Trabzon ist verdorben.» – «Du meinst die Russen?», ließ Alex mich übersetzen. Wir wussten aus unserem Reiseführer, dass Trabzon, hundert Kilometer von der Grenze entfernt, ein wichtiger Umschlagplatz für den regen Handel mit Georgien war. «Die Russen und ihre Frauen», sagte der Kellner. «Käufliche Frauen. Russinnen. Und türkische Frauen. Die geben sich jetzt als Russinnen aus, da verdienen sie mehr. Russinnen sind aufgeschlossener, denken die türkischen Männer. Die Russen verderben sogar die Huren.» Kopfschüttelnd wischte er weiter.

Am Morgen des dritten Tages kamen wir in Trabzon an und suchten den nächsten Bus in die Berge. Wir hielten Ausschau nach russischen Mädchen, sahen aber keine. Doch auf dem

Busbahnhof verteilten verschleierte Frauen Flugblätter der islamistischen Refah-Partei: «Lasst uns Trabzon sauber halten!» Wir setzten uns zum Warten auf eine Bank neben zwei alte Männer, die interessiert das Geschehen beobachteten. «Das hätte es früher auch nicht gegeben», sagte einer zum anderen, «dass Frauen auf der Straße Politik machen!»

In Yusufeli, das bei Engländern und Australiern beliebt ist für sein Rafting auf dem Çoruh-Fluss, stiegen wir um, von dort fuhren nur *dolmuş*, Sammeltaxis, hoch hinauf in das Bergdorf Altıparmak. Ein steinernes Haus fiel uns dort auf, hinter der georgischen Kirche am Hang. Sein erster Stock war aus frisch glänzendem Holz gezimmert und hatte eine Terrasse, die über den Ort auf die Berge zu blicken schien. «*Pansiyon*» wies ein Schild in seine Richtung. Der Wirt wollte dreißig Mark für die Nacht, für ein kahles Zimmer mit Matratzen auf dem Boden, Bad und Toilette im Nebengebäude. «Wie bitte?», fragte ich.

«Der Blick ist unbezahlbar!», grinste er.

«Wir hätten gern den Preis für Landsleute», antwortete ich, «nicht für naturverbundene Touristen.»

«Zwanzig Mark. Woher kannst du so gut Türkisch?»

Ich sagte mein Sprüchlein auf, in Deutschland geboren, Vater Türke, Mutter deutsch.

«Frühstück bekommt ihr dazu, morgen früh auf eurer Terrasse!»

In den nächsten zwei Tagen erkundeten wir die Landschaft, stiegen zwischen Schafen im Nebel an verlassenen Berghütten vorbei und besuchten die steinernen georgischen Kirchen in den Dörfern der Umgebung. Die meisten stammen aus dem 10. Jahrhundert, viele verfallen seit der Vertreibung der Christen Anfang des 20. Jahrhunderts. Manchmal hatten Nachbarn die unkrautbewachsenen Giebel genutzt, um Satellitenschüsseln darauf zu befestigen. In einigen hoch gelegenen Fensterbögen waren noch Reste von farbigen Fresken zu sehen, in Augenhöhe bestimmten eingeritzte Liebesbotschaften und Schimpfwörter das Bild. Oft lagen leere Flaschen und Dosen in den Ecken, es stank nach Urin.

«Eine Schande ist das», sagten plötzlich zwei dicke Frauen, die sich im Schatten des Hauptschiffs auf einem Stück Mauer niedergelassen hatten. Wir stimmten ihnen zu. «Beten kann man hier nicht mehr.» Da lachten sie und boten uns Sonnenblumenkerne an, die sie knabberten. «Wer soll hier schon beten, wenn sogar unsere Moschee jeden Tag halb leer steht?» Im Dorf lebten nur noch die Alten und die ganz Jungen, der Rest suche sich Arbeit in Erzurum oder gleich an der Mittelmeerküste. «Aber sauber halten könnten sie den Platz! Ist so ein hübsches Fleckchen. Außerdem mögen Touristen so was. Meine Cousine hat mir von Sumela erzählt. Da fahren Busladungen hin!» Sumela ist ein berühmtes, über tausend Jahre altes Kloster in den Bergen bei Trabzon. «Wie habt ihr zwei denn hierher gefunden?» Unser Reiseführer erwähne die Kirchen, antwortete ich. «Siehst du?», sagte die eine Frau ihrer Freundin. «Ich sag's doch! Die Europäer mögen kaputte Häuser!» Sie kicherten noch, als wir uns verabschiedet hatten. «Gute Reise, Gott beschütze euch!»

Am nächsten Tag wollten wir Altıparmak verlassen und warteten auf das *dolmuş*, das uns zum Busbahnhof von Yusufeli bringen sollte. Auf dem kleinen Marktplatz herrschte Trubel. Das *dolmuş* habe eine Panne, es würde noch eine Weile dauern, informierte uns der Besitzer der Teestube. Und die Leute hier würden alle darauf warten. «Es ist Monatsanfang, da fahren sie von überall nach Yusufeli zur Bank, um ihr Geld zu holen.» Wir ließen uns einen Tee geben und setzten uns auf den Brunnen in der Mitte des Platzes. Fünf Minuten später waren wir in ein Gespräch verwickelt.

«Du bist die Türkin aus Deutschland, die in Ismets Pension wohnt, richtig?», fragte einer. «Ist das dein Mann?»

«Nein», sagte ich und lachte, «ein Freund.»

«Bist du verheiratet?»

«Nein. Wieso?»

«Wir könnten mal ausgehen.»

«Äh, ich bin gerade bei der Abreise.»

«Das *dolmuş* kommt heute nicht mehr. Was macht dein Vater?»

«Wieso?»

«Ich kann gut arbeiten. Hier im Dorf mache ich alles. Ich würde gerne nach Deutschland kommen.»

«Mit mir, oder was?»

«Wieso nicht? So eine schlechte Partie bin ich nicht!»

«Ich kenne dich überhaupt nicht, du sprichst mich auf dem Marktplatz an und willst nach drei Minuten mit mir nach Deutschland???» Da kam sein Freund dazu. «Hör nicht auf ihn. Der spinnt! Nimm mich.»

Ich musste lachen. «Auf die Tour kriegt ihr nie eine Frau, schon gar keine Deutsche!»

Zehn Minuten später hatten die beiden uns eine Mitfahrgelegenheit organisiert. Kollege Murat und sein Vater fuhren mit ihrem Pick-up hinunter in die Stadt, auf der Ladefläche war Platz für uns. Murats Vater drückte uns ein Bund frische Pfefferminze in die Hand. «In die Nase!», sagte er noch, dann stieg er vorne ein. Verwundert kletterten wir auf die Pritsche. Ein Stapel Schafshäute mit Wolle lag dort, bereit zur Weiterverarbeitung in Yusufeli. Als wir bergab holperten, begriffen wir den Zweck der Pfefferminze. Es stank fürchterlich, sogar auf der offenen Rampe, und die serpentinenreiche Strecke verstärkte das Übel. Mit Pfefferminzbüscheln in der Nase und blassgrünen Gesichtern hockten wir in den Ecken, möglichst weit entfernt von den Fellen, und klammerten uns an die Seitenwände. Warum waren wir nur so ungeduldig, so deutsch? Warum konnten wir nicht wie die Einheimischen einfach aufs nächste *dolmuş* warten?

In Yusufeli erholten wir uns eine Stunde beim Tee am Çoruh, der um diese Jahreszeit träge dahinfloss. Zufrieden stellte ich fest, dass man uns Tee bisher ausschließlich in den kleinen, den traditionellen Tulpengläsern serviert hatte, nicht in den Tassen meiner Verwandtschaft. Dann fuhren wir gen Westen.

Ich hatte inzwischen von Alex gelernt, dass in der Türkei Überlandbusse den Schienenverkehr ersetzen, mit ihnen lässt sich fast jeder Punkt des Landes erreichen. Wir gingen einfach zum Busbahnhof, nannten unser Ziel und konnten meist innerhalb der nächsten Stunde in den passenden Bus einsteigen. Der öffentliche Personenfernverkehr war mit geradezu deutscher Ordnung geregelt. Man kaufte ein Ticket mit Sitzplatznummer und hatte sich unbedingt in den richtigen Sessel zu setzen, sonst gab es Ärger und Chaos wie in Kinos mit nummerierten Sitzen. Meist betätigte sich ein halbwüchsiger Junge mit weißem Hemd und schmaler Krawatte als Steward, und er nahm seine Aufgabe der Uniform entsprechend ernst. Während der Fahrt ging er herum und verteilte Wasser, manchmal auch eingeschweißte Kekse. Und regelmäßig *kolonya*, Eau de Cologne. Wir würden *kolonya* in vielen Lokalen bekommen, auch die Klomänner der öffentlichen Toiletten schütteten es uns zum Abschied in die Hände. Es war das Parfüm der Türkei, eine Duftmaske zur Verschleierung allen Übels, allgegenwärtig zur Erfrischung und Reinigung.

Entzückt sah ich, dass der Steward mit genau der gleichen Flasche umherging, die auch immer auf dem Nachttisch meiner Oma gestanden hatte. Er gab uns in die geöffneten Handflächen einige Spritzer, die wir verrieben. Danach klatschten wir wie die anderen Reisenden fachmännisch mit unseren Händen gegen Hals und Wangen. Dann lehnten wir uns wieder zurück und sahen aus dem Fenster. Nirgendwo in der Türkei war es so ruhig wie in einem Überlandbus, außer vielleicht in einer Moschee außerhalb der Gebetszeiten. Die meisten Türken nutzten die Fahrt für ein Schläfchen, die Gegend kannten sie ja schon, sie waren nicht zum Sightseeing unterwegs, sondern zur Arbeit oder fuhren nach Hause.

Aber am liebsten waren uns die kleineren Busunternehmen, dort lief oft eine Musikkassette des Fahrers, und so bekamen wir einen ausgezeichneten Überblick über die aktuelle Folklore-Szene. Es kam durchaus vor, dass wir nach vorn gingen und um den Namen des Interpreten baten, um uns das Werk in der nächsten Stadt zu besorgen. So entdeckte ich ein Musikprojekt, das sich nach einem Gedicht Nazim Hikmets «Salkım Söğüt», Trauerweide, nannte. In wechselnden Formationen spielten seine Mitglieder melancholische Volksweisen auf traditionellen Instrumenten. Immer aber sahen die Mitglieder aus wie singende Lehrer. Zu Liedern, die Titel trugen wie «Der Pascha kam nach Urfa» oder «Wenn es Abend wird, gerätst du ins Dunkle», fuhren wir durch die zerklüftete Berglandschaft. Je weiter es nach Westen ging, desto fröhlicher wurde die Musik, dann sangen oft junge Frauen, die sich auf dem Kassettencover stark geschminkt und mit tiefem Ausschnitt präsentierten, und als wir uns Wochen später der Mittelmeerküste näherten, tönte tatsächlich Tarkan aus den scheppernden Lautsprechern. Jahre später würde der türkische Superstar auch die deutschen Popcharts erobern, und ich fühlte mich ungeheuer türkisch, als ich abwinken und sagen konnte, ja, den kenne ich, seine CD habe ich schon länger.

Schon wieder ein Heiratsantrag

Unterwegs in Richtung Amasya bekam ich drei weitere Heiratsanträge. Einen von einem Kioskverkäufer, bei dem ich mir am Busbahnhof einen Tee bestellte. Einen vom Sohn des Besitzers einer kleinen Pension. Und einen vom Kellner eines *köfte salonu*. Wir aßen meist in solch einfachen Lokalen, die im Gegensatz zu den *restorans* fast immer auf ein Gericht spezialisiert waren, auf Frikadellen, *köfte*, zum Beispiel oder *pide*, türkische Pizza. Der Kellner wartete, bis Alex auf die Toilette ging, dann kam er an unseren Tisch und fragte, woher wir kämen. Und dann nahm das Gespräch einen ähnlichen Verlauf wie schon auf dem Marktplatz von Altıparmak, einen ähnlichen wie schon am Kiosk und in der Pension. Woher ich so gut Türkisch könne? Ob ich einen türkischen oder deutschen Pass besäße? Ob Alex mein Mann sei? Keiner war beleidigt, wenn ich seinen Antrag ablehnte und ihn für verrückt erklärte. Sie nahmen es sportlich, es war, als sähen sie es als ihre Pflicht an, es zumindest einmal probiert, jeden Versuch unternommen zu haben, um sich ein besseres Leben aufzubauen. Der Kioskverkäufer hatte nach meinem Nein von mir wissen wollen, ob es stimme, dass Deutschland auch an einem Meer liege. Von dort sei es nämlich einfacher, sich hineinzuschmuggeln.

So kam es, dass bis Amasya Alex mein Verlobter wurde. Ich hätte genug von den unsinnigen Anträgen, sagte ich, künftig habe er als mein Zukünftiger zu fungieren. «Schade», sagte Alex, «war doch lustig.» Das Kopftuch der Braut aus Amasya nahm ich übrigens drei Straßen weiter wieder ab. Aber ich packe es für jede Türkeireise ein, um damit Moscheen zu besichtigen.

Von Amasya fuhren wir quer durch Zentralanatolien nach Kappadokien. Wo wir Station machten und durch die Dörfer spazierten, liefen uns Kinder hinterher und wollten, dass wir ein Foto von ihnen machten. Alte, graubärtige Männer saßen vor ihren Häusern oder der örtlichen Moschee und glotzten. Jeder war freundlich, wenn wir um eine Auskunft baten, und oft bekamen wir einen Tee, aber zum Essen lud uns nie jemand ein. Dabei gab es doch diese vielen Reiseberichte euphorischer Deutscher, die mit dem Motorrad oder Rucksack durchs Land gefahren waren, überall eingeladen wurden und fortan «die legendäre türkische Gastfreundschaft» priesen.

Einmal liehen wir uns Räder, um durch die Landschaft zu fahren. Nach zwei Stunden hatte ich einen Platten. «Hier fahren doch alle Pick-ups», sagte Alex, «lass uns versuchen zu trampen.» Allerdings konnte man die Autos, die uns bisher begegnet waren, an zwei Händen abzählen. Als wir hinter uns nach einer Weile Motorengeräusche hörten, hoben wir sofort die Daumen. Es war tatsächlich ein Lieferwagen. Er fuhr an uns vorbei, bremste und hielt. Der Fahrer stieg aus und winkte uns zu: «Es tut mir so Leid, aber hinten ist alles voll, ich kann euch nicht mitnehmen!» Irritiert beruhigten wir ihn, das sei nicht so schlimm, aber vielen Dank, dass er angehalten habe, um uns Bescheid zu sagen. Da war er schon an der Rückseite seines Wagens, öffnete die Türen zu einem Kühlraum und wies bedauernd auf Kisten voll Fisch, die sich dort türmten. «Alles voll! Aber ich rufe meinen Kollegen an, damit er auf jeden Fall hält. Er ist ein Stück hinter mir, sein Laderaum ist leer!» Wir bedankten uns und winkten ihm nach, als er hupend wieder losfuhr. Fünf Minuten später verlangsamte hinter uns ein Auto seine Fahrt, noch bevor wir uns bemerkbar machen konnten. Es war wirklich wieder ein Lieferwagen mit dem gleichen Logo wie vorher. Der Fahrer hupte, ließ die Scheinwerfer kurz aufleuchten, hielt ein paar Meter vor uns und hatte die Laderaumtüren schon offen, als wir ihn erreichten. «Hinein damit! So hat doch alles sein Gutes. Erst war ich sauer, weil wir nicht so viel Fisch bekommen haben, wie wir wollten, und jetzt verhilft mir Gott zu einer schönen guten Tat! Wenn das kein Glück ist!» Er fuhr uns bis vor die Tür des Fahrradverleihs. «Da hast du deine türkische Gastfreundschaft», sagte Alex.

Am nächsten Tag überlegten wir kurz, ob wir unsere Reise nicht vielleicht trampend fortsetzen sollten, entschieden uns dann aber doch wieder für den Bus. Nachmittags erreichten wir Göreme. Göreme ist das Zentrum der Tuffsteinlandschaft von Kappadokien. Wir bezogen Quartier in einer der höchstgelegenen Pensionen des Ortes, die ihre Zimmer oft in die Felsen gehauen haben. Auch zwei der Wände unseres Zimmers bestanden aus Tuffstein, mit Regalen darin, die direkt aus dem weichen Stein geschlagen worden waren. In einer dieser Einbuchtungen stand zur Dekoration eine winzige Puppe mit langem Haar und einem spitzen Hut. Eine Fee. Das Zimmer ging wie ein paar andere auf eine halbrunde Terrasse hinaus, die so etwas wie den Marktplatz der Pension bildete. Die Besitzer hatten Korbsessel und Bänke mit Kissen aufgestellt, und man konnte kilometerweit über das Land blicken. Das Abendlicht färbte sandfarbene Zuckerhüte und dahinter Wellen aus schneeweißen Felsen rot.

Ein Vulkanausbruch vor Millionen von Jahren hat, zusammen mit Flüssen, Regen und Wind, für eine Landschaft gesorgt, die aussieht wie der Ziergarten eines Riesen, mit Pilzen, Kegeln und Torbögen aus Tuffstein, die aus dem Boden ragen. Manchen davon sitzen oben seltsame, fast identische Türmchen auf, «Feenkamine» nennen die Türken sie.

Menschen haben jahrhundertelang Höhlen in das Gestein gehauen. Kirchen sind daraus geworden, Wohnungen, ganze unterirdische Städte. Tagsüber kletterten wir zwischen den Felsen umher oder wanderten durch das fruchtbare Tal der Ihlara-Schlucht. Wir aßen Fisch an wackeligen Plastiktischchen am Ufer des Ihlara und ließen uns von den Bauern mit Aprikosen und Äpfeln beschenken gegen das Versprechen, ihnen einen Abzug des Fotos von sich mit ihrem Esel zu schicken. Aber jeden Abend saßen wir oben auf der Terrasse unserer Pension und blickten über die Feenkamine. «Was für ein Land», dachte ich jeden Abend, «was für ein Land!»

Dann fuhren wir weiter gen Westen, Konya war unser Ziel. Ich sah zweimal auf der Landkarte nach, weil ich nicht glauben konnte, dass Konya westlich von uns lag – jenes Konya, aus dem Teyzes anatolische Nachbarn stammten, jenes Konya, wo die Männer doch direkt neben ihren Schafen schnarchten und die Frauen hinterm Haus Dungfladen zum Feuern ihrer Hütten herstellten. Jenes Konya zudem, das, wie mir Alex erzählt hatte, die Hochburg der islamistischen Refah-Partei des finsteren Rechtsaußen Necmettin Erbakan war.

«Hier würde ich auch Refah wählen», dachte ich, als wir durch Konya spazierten. Es war die sauberste Stadt, die ich in der Türkei je gesehen habe. *Refah* heißt Wohlfahrt, und überall gab es ordentliche Bürgersteige und gepflegte Grünanlagen mit Bänken darin, und Spielplätze. Und nagelneue, riesige Moscheen natürlich.

Wir besuchten eine *medrese*, eine ehemalige Schule für islamische Geistliche, in deren zweistöckigem Innenhof es inzwischen ein Café gab. Es war sehr gut besucht, und auf der oberen Galerie, an den Tischen hinter den Säulen, saßen überall turtelnde Pärchen, die Jungen im Anzug, die Mädchen tief verschleiert. Dann besichtigten wir das ehemalige Kloster der tanzenden Derwische des Mevlana-Ordens. Es ist heute ein Museum und beherbergt den Sarkophag Celaleddin Mevlanas und anderer Ordensführer, was es zum Pilgerziel zahlloser Gläubiger macht. Kein anderes Museum, keine Moschee in der Türkei habe ich je so voll erlebt wie diesen Ort.

In dem Raum mit den Sarkophagen und goldverzierten Schätzen des Ordens musste man die Schuhe ausziehen, und ich hielt es nicht lange aus, so unerträglich war der Gestank nach Schweiß. In einer Nische, zwischen Vitrinen voller Kalligraphien, stand ein einzelner Mann in einem schwarzen Anzug und drehte sich im Stil der tanzenden Derwische. Immer auf der Stelle, die Augen geschlossen und die Arme erhoben, als wäre er allein auf der Welt. Die anderen Besucher umrundeten ihn respektvoll, als gehöre er zur Einrichtung, doch später sah ich ihn im Museumsshop stöbern. Ich wollte mir dort eine CD kaufen, aber offensichtlich war das Angebot an Musik mit der Sufi-Flöte Ney nur auf Touristen ausgerichtet.

Am Abend spazierten wir die Einkaufsstraßen entlang. Ich suchte weiter nach der CD und war sehr enttäuscht, als es auch in den ganz normalen Plattenläden ausschließlich CDs mit englischer Aufschrift gab, «Sufi Music of Türkiye Vol. 2». «Doch, doch», sagte der Händler, «die hören wir auch.» Ein paar Läden weiter sah ich im Schaufenster eines Optikers ein Brillengestell, das mir gefiel. Es hatte einen ganz dünnen Rahmen aus silbernem Titan, edel und stabil. Und war ein Drittel so teuer wie entsprechende Modelle in Deutschland.

Nachdem ich mir in Deutschland hatte Gläser einsetzen lassen, trug ich sie gelegentlich sogar tagsüber anstelle meiner Kontaktlinsen, auch im Urlaub. Vor allem meine türkischen Verwandten informierte ich dann gern, ja, meine schicke neue Brille hätte ich aus Konya, genau, der Hauptstadt der Kopftuchträger.

Von Konya fuhren wir an den Beyşehir-See. Der Beyşehir-Nationalpark ist ein beliebtes Ausflugsziel der Türken, überall gibt es Picknickplätze und Badestellen. Ein kleines Hotel mit Blick über den See war ausgebucht. Wir standen auf dem Marktplatz von Beyşehir und blätterten in unserem Reiseführer, da sprach uns eine junge Frau an. Sie würde Zimmer vermieten, sehr preiswert, wir sollten mitkommen.

Drei Straßen weiter stieg sie mit uns die Treppe eines weiß gekalkten Hauses hoch, im Garten stand ein rostiges Mofa, und auf einem Scheunendach lagen Beeren zum Trocknen. Sie schloss eine Tür auf, und plötzlich standen wir mitten im Wohnzimmer und wurden von drei Frauen angestarrt, die mit Handarbeit beschäftigt waren. «Das sind Touristen!», sagte unsere Führerin und lächelte uns zu, wir sollten nur mitkommen. Sie riss die Tür eines Nebenzimmers auf, in dem zwei schmale Betten standen. In einem lag, mit dem Gesicht zur Wand, eine dicke alte Frau in einem geblümten Rock und Pluderhosen. «Steh auf, Oma, wir haben Gäste!», sagte das Mädchen und schob uns ins Zimmer.

Da winkte ich ab, erklärte, nein danke, das ginge nicht, bitte nicht böse sein, aber wir würden wohl weiterreisen. Die Oma hatte sich aufgerichtet und nestelte verschlafen an ihrem Kopftuch. Das Mädchen zuckte mit den Schultern, sagte: Na gut, wie ihr wollt, und ging mit uns zurück durch die Wohnung. «Wo kommen sie her?», wollte eine der Frauen im Wohnzimmer wissen. «Aus Deutschland, und das Mädchen kann Türkisch!», antwortete unsere Begleiterin. Zeit für mein Sprüchlein. «Ach, na so was, mein Mädchen, kommt, setzt euch, wenigstens einen Tee sollt ihr trinken!» Wir setzten uns auf tiefe Liegen, über die selbst gehäkelte Decken gebreitet waren. «Ist das dein Mann?» – «Nein, ein Freund!», sagte ich, schließlich drohte mir hier wohl kein Heiratsantrag. «Und, hast du ihm schon Türkisch beigebracht? *Türkçe biliyor muzun?*», wandte sie sich an Alex. «*Hayir*», antwortete er bedauernd, nein, er spreche kein Türkisch. Die Frauen kicherten. «Na ja, es gibt ja auch wichtigere Eigenschaften bei einem Mann!» Alex sei sozusagen ein Sandkastenfreund, winkte ich wahrheitsgemäß ab, ein Bruder gewissermaßen. Ja, sicher, grinsten die Frauen.

«Du willst aber schon einen Deutschen, nicht wahr?», fragte mich eine. «Eigentlich denke ich noch gar nicht ans Heiraten», antwortete ich. «Wirklich? Wie alt bist du? Wird es nicht langsam Zeit?» – «Also wirklich, *teyze*, was sagst du denn da», unterbrach sie das Mädchen, das uns hergeführt hatte. «Ich will auch noch nicht heiraten. Überhaupt: Vielleicht heirate ich gar nicht.» – «Gute Idee, die hätte mir auch mal kommen sollen!», kicherte die dritte Frau und stocherte mit ihren Stricknadeln auf einen imaginären Gegner ein. Alle lachten, dann sagte die erste: «Nein, nein, heiraten ist schon in Ordnung, dann hat man seine Ruhe und führt ein schönes Leben. Sieh uns an!» So ging es noch eine Weile weiter, ich erfuhr, welcher ihrer Männer der fleißigste war, welcher Schuppen hatte und dass ich bei Auswahl eines Ehemanns unbedingt auf meine Freundinnen hören sollte – «Wenn die ihn nicht mögen, dann gute Nacht!»

Vom See fuhren wir an die Küste, nach Demre. Nachdem der Bus das Taurusgebirge durchquert hatte, konnten wir in der Ferne das Mittelmeer sehen und unter uns seltsame Lichtreflexe, als hätte die Augsburger Puppenkiste überall Plastikplanen ausgebreitet, um ein Meer darzustellen. Als wir näher kamen, erkannten wir, dass es sich um die glitzernden Dächer zahlloser Gewächshäuser handelte.

Aber Demre lebt nicht nur von der Landwirtschaft, Demre ist die Heimat des Nikolaus. Von der Durchgangsstraße Richtung Antalya wies ein leuchtend gelbes Schild den Weg zur Kirche:

«Noël Baba» war da zu lesen, «Weihnachtspapa», so nennen die Türken halb französisch auch den Weihnachtsmann.

Das Haus vom Nikolaus war eine steinerne Kirche und stand malerisch zwischen Pinien, Pappeln und Palmen. Als Demre noch Myra hieß und in Lykien lag, war hier ein gewisser Nikolaos Bischof. Ihm zu Ehren ließ Kaiser Theodosius II. um 430 eine Kirche erbauen, ihre Nachfolgerin wird seit 1989 restauriert. Die Erde, die bei den Ausgrabungen anfällt, kommt in kleine purpurne Samtsäckchen und wird als heilig an die Russen verkauft.

Ganze Busladungen stiegen vor der Kirche aus dem Wagen und erwarteten Geschenke vom Nikolaus. Sie wünschten sich Fürbitte im Himmel, einen Ehemann oder dass wenigstens das Rheuma besser werde. Dafür hinterließen sie auch gern ein wenig Geld auf dem Sarkophag, obwohl der Nikolaus da gar nicht mehr drin liegt. Doch die Museumswärter freuen sich, wie mir einer erzählte, bevor er vorschlug, später doch «einen Drink zu nehmen».

Auch die Türkei hatte sich in Demre ihren kleinen kommerziellen Nikolaus-Markt aufgebaut, nur dass statt Schokoladenmännern Holz-Ikonen und Henkelbecher verkauft wurden. Und die Perlen gegen den Bösen Blick. Ayşe, Mehmet und Ismet stürzten sich auf dem Platz vor der Kirche sofort auf jedes Opfer. Die drei waren vielleicht zehn Jahre alt. Gerade für Reisende seien die blauen Glassteinchen mit dem aufgemalten Auge absolut unverzichtbar, riefen sie. «Hallohallohallo Geschenkgeschenk» konnten sie in allen möglichen Sprachen brüllen, doch wer gerührt nach einem Anhänger griff, wurde sofort aus den ach so niedlichen großen dunklen Augen angestrahlt und um etwas «small money?» gebeten. Als sie aber zu uns kamen und ich ihnen auf Türkisch erklärte, dass wir schon genug blaue Perlen besäßen und nur den Nikolaus besucht hätten, hüpften sie aufgeregt auf und ab und schrien durcheinander, und wir bekamen einen dreistimmigen, atemlosen Vortrag:

«Der Nikolaus hat da gewohnt der bringt Kindern Geschenke wir kriegen auch welche, jedes Jahr am 6. Dezember werden hier Tische aufgestellt und dann kriegen wir was dann sind Tausende von Touristen in der Stadt und wohnen in den Hotels aber die Hotelmänner sind nicht besonders beliebt in Demre die nehmen nämlich schon ein bisschen viel Geld, weil nämlich meine Tante die hat eine Pension in Kas da kostet ein Doppelzimmer 40 Mark mit Klimaanlage meistens übernachten da Russen manchmal auch Franzosen Deutsche nicht so viele die kommen nicht wegen dem Zweiten Weltkrieg glaub ich aber sie bringen unheimlich viel Geld in die Türkei sagt meine Tante, in Demre nehmen die Hotelmänner viel mehr Geld weil hier nur übernachten tut wer hier übernachten muss und dann hast du den Bus verpasst und musst hier bleiben und dann zahlst du 50 Mark für ein doofes Zimmer ohne Klimaanlage, nicht einmal Schnee gibt es hier es regnet nur ganz viel dann steigen wir auf das höchste Haus das hat fünf Stockwerke und oben auf dem Dach sehen die Regentropfen manchmal noch aus wie Schneeflocken aber sie schmelzen sofort auf der Zunge, willst du einen Anhänger schenk ich dir, wirklich.»

Damit hatten wir eigentlich alles erfahren über Demre und den Nikolaus.

Unser nächstes Ziel war Fethiye, ein Hafenstädtchen und mangels Stränden nicht ganz so überlaufen wie die anderen Ferienorte am Meer. Wir besichtigten die lykischen Gräber im Felsen über der Stadt und staunten über die lykischen Sarkophage, die wie 2000 Jahre alte riesige Poller mitten auf der Straße standen.

In der Nähe von Fethiye aber liegt Ölüdeniz, eine palmengesäumte Lagune, die als berühmtester Strand der Türkei fast jeden Ferienprospekt ziert. Unter Hinweis auf den Club Med verzichtete ich auf eine Besichtigung, und auch Alex wollte lieber ins Hinterland. Dort liegt Kayaköy, das verlassene Dorf.

Es war sehr still. Über einen kargen Hang verteilten sich verfallene Häuser aus Stein. Durch die Mauerreste wucherte das Unkraut und huschten die Eidechsen. Auch zwei Kirchen standen dort, neben einer von ihnen waren die Überreste eines Beinhauses zu erkennen. Einst hieß Kayaköy Levissi. Levissi starb 1923, als der Friedensvertrag von Lausanne die Wiederherstellung der türkischen Vorkriegsgrenze zu Griechenland festschrieb. Fast vier Jahre hatte der «Türkische Befreiungskampf» gegen die griechische Invasion getobt. Nun mussten rund 1,3 Millionen Christen Kleinasiens nach Griechenland umziehen, im Austausch wurden die 400 000 Moslems aus Griechenland in die Türkei umgesiedelt. Levissi war einer der Orte, der dabei einen Großteil seiner Bewohner verlor.

Am Fuße des Hangs mit den Ruinen stand ein Häuschen mit einer Bank davor, auf der ein sehr alter Mann saß. Die Besichtigung koste Eintritt, sagte er auf Englisch. «Eintritt, um zwischen ein paar Steinen herumzulaufen?», wunderte ich mich auf Türkisch, «dann gucken wir sie uns lieber von hier unten an, es gibt ja noch nicht mal Informationen.» Es folgte das gewohnte Ritual: Die Frage nach meinem Türkisch, dann meine Antwort zu meiner Herkunft und darauf der Hinweis, dass ich dann natürlich nur den Preis für Landsleute zahlen müsse. Ja sicher, mein Verlobter auch, er gehöre ja schon zur Familie. So hatte ich im Laufe unserer Reise herausbekommen, dass Türken im Museum und bei anderen Sehenswürdigkeiten nie den vollen Preis zahlen müssen, sondern für sie stillschweigend jener für Schüler und Studenten gilt. Seitdem achte ich darauf, beim Ticketkauf möglichst Wörter ohne r zu verwenden; da ich es ja nicht rollen kann, erkennt man daran immer meinen Akzent.

Der Wächter von Kayaköy wollte gar kein Geld mehr und begleitete uns den Hang hinauf. «Die Leute aus Griechenland», erzählte er, «wollten nicht in die leer stehenden Häuser von Levissi. Sie sagten, dort würde es spuken. Sie bauten sich lieber neue.» Gegenüber dem Hang standen ein paar bewohnte Häuser mit Gärten, in denen Gemüse und Obst angebaut wurde. Eines hatte seinen Garten zu einem winzigen Teegarten gemacht und bot auf einer Tafel «Çay, Coffee & Cake» an. Vor dem nächsten war ein Holzregal aufgebaut, in dem handbestickte Deckchen zum Verkauf auslagen. An einem Kiosk gab es Postkarten und kalte Getränke. Ob er auch aus Griechenland stamme, fragte ich den Wächter. Nein, seine Familie seien türkische Moslems, «aber ich bin in Kayaköy aufgewachsen, und wenn wir als Kinder nicht brav waren, dann hieß es immer: Heute Nacht schläfst du in den Geisterhäusern!»

Als wir neben den Resten einer Kirche standen, ließ er seinen Blick über Kayaköy schweifen. «Das war wirklich überhaupt nicht gut, was den Menschen 1923 passiert ist», sagte der Wächter. «Anderseits kämen sonst heute keine Touristen nach Kayaköy, und das Dorf wäre ganz tot. So hat vielleicht alles im Leben seinen Sinn.» Wir verzichteten darauf, die seltsame Logik seiner Gedanken zu kommentieren.

Unsere Reise neigte sich dem Ende zu. «Ich würde gerne noch einmal Bodrum sehen», bat ich, und so fuhren wir von Fethiye die Küste weiter in Richtung Westen.

Ich erkannte nichts wieder. Die Häuser waren immer noch weiß, die Fensterläden blau, und auch pinkfarbene Blumensträucher gab es noch immer. Doch die Farbe der Stadt bestimmten bunt gekleidete Touristen aus England, Holland und Deutschland, die sich die Gassen entlangschoben. Die eine Hälfte der Ateliers war durch «British pubs» ersetzt worden, die andere durch Souvenirläden mit Bauchtanzpuppen aus Plastik im Angebot. Am Hafen lagen Gulets wie Sardinen vor Anker, smarte Jungs in Levi's und mit Handys standen davor und brüllten den Passanten ihre Angebote ins Gesicht: «Blue Voyage *spesiyal*!! Blue Voyage *spesiyal*!!»

«Lass uns fahren», sagte ich zu Alex. Wir nahmen den Nachtbus nach Istanbul und flogen zurück. Was für ein Land, dachte ich, eigentlich sollte ich da öfter hin.

«Und? Sind sie noch zusammen?»

Nach meinem Studium in Berlin bewarb ich mich an einer Journalistenschule in München. Zum Auswahlverfahren gehörte ein Gespräch vor einer hochkarätig besetzten Kommission, der wir in Fünfergruppen gegenübersaßen. Sie schienen jedem Kandidaten Fragen zu besonderen Merkmalen aus seinem Lebenslauf zu stellen. Einer hatte ein paar Semester in Italien studiert, der wurde zu Berlusconi befragt. Eine war als Au-pair-Mädchen in Mexiko gewesen, von der wollten sie etwas über das Gefälle zwischen Arm und Reich in Mexico City hören. Ich überlegte, ob sie mich zur Automobilindustrie oder zum Fall der Mauer befragen würden.

«Woher kommt denn der Nachname?», wollten sie wissen. Und dann: «Was sagen Sie zur Kurdenproblematik?»

Sie hätten mich genauso gut nach meiner Meinung über spanische Separatisten oder indonesische Befreiungskämpfer fragen können. Mir fiel als Erstes meine Tante in Istanbul ein, die auf dem Markt immer bei den kurdischen Händlern einkaufte, weil die das beste Obst hätten. Dunkel erinnerte ich mich außerdem daran, dass es einmal eine Zeit gegeben hatte, in der meine Schwester und ich immer im Auto schliefen, wenn wir zu spät in Izmir ankamen und vom Flughafen abgeholt wurden. Das muss die Zeit des Militärputsches von 1980 gewesen sein, es herrschte nächtliche Ausgangssperre. Meine Eltern warteten sie mit unseren Verwandten gelassen in einem

Restaurant am Flughafen ab, und alle hielten das Eingreifen der Generäle in das politische Chaos für einen Segen.

«Äh», sagte ich vor der Auswahlkommission. «Also, die PKK ist eine terroristische Organisation, die zu Recht verboten ist. Aber dass die Kurden ihre Kultur unterdrücken müssen, ist ganz falsch. Natürlich müssen sie ihre Sprache sprechen und ihre Volkstänze aufführen dürfen.» Die Auswahlkommission schaute betreten.

Sie nahmen mich trotzdem, wahrscheinlich wegen meines guten Deutsch.

Nach der Journalistenschule wurde ich Redakteurin. Erst schrieb ich vor allem über Medien, über amerikanische Fernsehserien, deutsche Moderatoren und den Quotendruck zulasten des Kulturfernsehens. Dann wurde ich Literaturredakteurin, schrieb Porträts über amerikanische Schriftsteller, rezensierte deutsche Romane und interviewte französische Autorinnen. Manchmal traf ich mich im Sommer mit meiner Familie im Ferienhaus meines Onkels bei Izmir. Dort schwamm ich im Meer, oder ich saß auf der Terrasse und las.

Im Sommer 2002 startete meine Zeitung eine Sommerserie. Zeitungen starten im Sommer gerne Serien, weil es sonst nicht viele Themen gibt und man so das Blatt mit Anstand voll kriegt. Bei uns hieß sie «Der schönste Platz der Welt», darin schrieben Redakteure über ihre persönlichen Lieblingsplätze. Palmenstrände kamen vor und britische Kolonien. Willst du nicht mitmachen?, fragte der federführende Kollege. Ich dachte an Oma und Teyze. Maichingen. Maichingen, der schönste Platz der Welt? Etwas Exotischeres wäre gut. Die Türkei. Izmir. Nein, Istanbul. Der Balkon meiner Tante. Oma und Teyze müssten mit auf den Balkon. Ich schrieb einen Text, in dem ich meine halbe türkische Familie auf den Balkon von Istanbul packte. Ein Nachmittag beim Tee, natürlich aus Tulpengläsern.

Der Artikel erschien, und ich bekam Briefe, so viele wie nie zuvor. Ich hatte so kluge Porträts geschrieben, Rezensionen mit viel Mühe verfasst, aufwendige Interviews geführt. Nichts. Dann erzählte ich von Omas und Tanten und Cousinen und Onkeln, und ich wurde bestürmt. Kollegen, auch welche, die ich überhaupt nicht kannte, sprachen mich an, Leser schrieben mir: «Diese Türkei gehört nach Europa!» – «Hoffentlich begreifen endlich mehr Menschen, dass die Türkei nicht nur aus Gemüsehändlern besteht!» – «Danke für dieses Bild der wahren Türkei!»

Die wahre Türkei? War meine Familie die wahre Türkei?

Fortan musste ich schreiben, wann immer die Türkei in die Schlagzeilen geriet. «Erzähl doch mal, was deine Familie vom Wahlsieg der Islamisten hält.» – «Beschreib doch mal, wie viel Europa es in der Türkei schon gibt.» Fahr mal lieber wieder hin, dachte ich, bevor dir die Anekdoten von Omas, Tanten, Cousinen und Onkeln ausgehen. Künftig reiste ich wieder durch die Türkei und fuhr erst anschließend zum Ferienhaus bei Izmir.

Ich fuhr mal mit Freunden, und manchmal auch allein. «Allein?», fragten meine Verwandten, «ganz allein?» Ja, ganz allein, antwortete ich. Aber das war nach meinen Touren, wenn wir auf der Terrasse saßen – vorher erzählte ich, ich würde mit einer Freundin fahren. Sie hätten meine Pläne sonst nicht verkraftet, und meinen Vater hätte ich täglich anrufen müssen. Kopfschüttelnd wandten sich meine Stiefomas an ihn: «Was du für eine verrückte Tochter hast! Ganz schön deutsch!» Da nickte mein Vater besorgt: «Ich bin ja selber schuld.»

Je älter er wird, desto häufiger bereut er nämlich, bei unserer

Erziehung so großen Wert auf unsere Unabhängigkeit gelegt zu haben. Eine Überreaktion auf die Unselbständigkeit seiner Mutter und seiner Tante sei das wohl gewesen. Etwas mehr Familiensinn würde er sich von mir schon wünschen, sagt er auch gern. Und wie schön es doch wäre, wenn ich in Sindelfingen leben würde. Dann rollt meine Mutter mit den Augen: «Je älter er wird, desto türkischer wird dein Vater!»

Ich weiß, was sie meint: Eines Morgens stand ich neben ihm in der Küche, während er eine Kilodose mit seinen türkischen Lieblingsoliven öffnete. Ein seltsamer Geruch strömte aus der Konserve, und ich sagte instinktiv «ihhh!». Da schaute er mich vorwurfsvoll an: «Das ist nicht ihh, das ist reine Natur. Offensichtlich hast du deinen südländischen Geruchssinn verloren!»

Aber auf meinen Fahrten allein durch die Türkei hatte ich dank meiner südländischen Instinkte nie Probleme. Immer erzählte ich, ich würde mich im nächsten Ort mit Freunden treffen. Ich stieg in *«aile pansiyonları»* ab, «Familienpensionen», die keine allein reisenden Männer aufnehmen und wo sich die gesamte Familie der Besitzer rührend um mich kümmerte.

Wenn ich abends durch den Ort gehen wollte, setzte ich das Du-elender-Wurm-Gesicht auf. Damit schützt sich die türkische Frau höchst erfolgreich gegen ihren Landsmann auf der Straße: hochnäsig wie eine Königin und ohne jeglichen Blickkontakt. Er funktionierte perfekt. Ich bekam keinen einzigen Heiratsantrag, und sobald ich mit Verkäufern, Kellnern oder Kioskbesitzern türkisch sprach und dabei die Augenbrauen hob, gaben sie ihren leutseligen Touristencharme auf und behandelten mich mit freundlicher Dienstbereitschaft.

Ganz im Osten war ich immer noch nicht, aber vom Rest des Landes habe ich wahrscheinlich mehr gesehen als alle meine türkischen Verwandten zusammen. Ich schreibe immer noch über deutsche Schriftsteller, ich rezensiere schwedische Krimis und werde oft in romantische Komödien aus Amerika geschickt. Und neuerdings schreibe ich besonders gern über Tiere, egal welcher Herkunft.

Aber wenn türkische Filme laufen, muss ich sie bewerten. In winzigen Kinos sehe ich mir meist düstere Sozialdramen an, die von misshandelten Frauen erzählen, traumatisierten Kriegsheimkehrern oder melancholischen Künstlern. Ich bin sehr glücklich über die Filme von Fatih Akin, der von sich sagt, er sei ein Hamburger Regisseur, verdammt. Ich lese auch gern Romane mit türkischen Schauplätzen, die deutsche, türkische und deutschtürkische Autoren und Autorinnen immer häufiger zu schreiben scheinen und in denen es selten um Einsamkeit geht, sondern um Mordfälle, Boxerkarrieren und Sex im Hausflur. Aber ich kann sie nur lesen, wenn die Romane auf Deutsch vorliegen. Ich interviewe Istanbuler Intellektuelle, aber nur, wenn sie Englisch können. Ich gehe auf Tagungen zum Thema «Modell Türkei?» und lasse mich von Istanbuler Künstlern für meine «typisch westlichen Fragen» beschimpfen, wenn ich sie nach ihrer Rolle im türkisch-europäischen Verständigungsprozess frage.

Gerne werde ich auch auf türkische Konzerte geschickt, Tarkan habe ich live gesehen und den türkischen Megastar Sezen Aksu. Aber den größten Spaß hatte ich bei «Kudsi Erguner und den Muezzins aus Istanbul». Ich verstehe weder viel von Musik, noch hatte ich eine Ahnung, wer Kudsi Erguner war, aber das interessierte natürlich niemanden. Muezzins plus Istanbul ergab Redakteurin Alanyali.

Der Weg zu den Muezzins führte am Bruder des arbeitslosen Fliesenlegers vorbei. Die Po-li-tik sei un-an-nehm-bar, rief er vom Wagen in die Menge, auch er ein moderner Muezzin,

Teil der Karawane, die gegen Hartz IV durch Berlin zog. Fast kam ich zu spät in die Kreuzberger Passionskirche zu «Kudsi Erguners Ghazals aus Goethes Diwan mit Muezzins aus Istanbul», und was immer das auch war: Zu Kudsi Erguners Ghazals aus Goethes Diwan mit Muezzins aus Istanbul sollte man wohl lieber nicht zu spät kommen. Zum Teufel mit arbeitslosen Fliesenlegern.

Die Kirche war zu meinem Erstaunen bis auf den letzten Platz gefüllt, als die Muezzins begannen. «In dei-ne Reimart hoff-ich-mich-zu-fin-den» hoben sie an und klangen fast wie der Bruder des arbeitslosen Fliesenlegers. Das Publikum raunte, staunte – dann hatten wir verstanden. Die Muezzins predigten Goethe. Kudsi Erguner hatte Verse des «West-östlichen Diwans» mit osmanischer Musik vertont. Ich hatte mich inzwischen auch informiert: Er ist der unbestrittene Meister der Sufi-Flöte, und seine CDs im Vorraum der Kirche hatten keine englische Beschriftung. Atatürk wäre stolz auf Erguner, wollte er doch bereits zum Ramadan 1932 verbieten, auf Arabisch zum Gebet zu rufen.

«Gottes iiiiiiihiist der Ooooohohohooooriiiiient!», sangen die Muezzins, «Gottes ist der Oooookzident!» Das Publikum grinste. «Nooooord- uuuhund süühüüühüüüdliches Geläääääähähände / Ruuuuhuuuhuuuhuuut im Friiiiieden seiiiiner Häääähäääähäääände!» Meditativ begleiteteten Ney-Flöte, Zither und Laute die Gesänge. Allmählich breitete sich glückselige Versonnenheit in der Kirche aus. Ich sah mich um. Die türkische Hausfrau im hochgeschlossenen Mantel und mit Kopftuch schien die traditionellen Melodien zu erkennen; die Kreuzbergerin mit der schweren Silberkette, dachte ich mir, fühlte sich in den spirituellen Klängen bestimmt so geborgen wie letzten Mittwoch in ihrem Volkshochschulkurs «Finde deine Mitte». Beide jedenfalls wiegten sie den Kopf. Ich stellte mir Goethe und Atatürk im Himmel vor, Arm in Arm auf einer Wolke schunkelnd. «Darauf einen Bembel, Mustafa», würde der Hesse Goethe rufen, und der alkoholsüchtige Atatürk würde zufrieden zurückprosten.

Aber inzwischen hatten die fundamentalistischen Terroranschläge auch die Türkei erreicht. Als Islamisten in Istanbul vier Bomben zündeten, ging ich zu meinem türkischen Zeitungshändler und holte mir neben ein paar deutschen Blättern unter anderem die «Hürriyet» und die «Milliyet». Ich wusste, ich würde vielleicht etwas über die Anschläge schreiben müssen. Diese Zeitungen hier seien aber auf Türkisch, warnte mich der Verkäufer. Der Mann spricht – im Gegensatz zu seinen Kindern – sehr schlecht Deutsch, hat aber – im Gegensatz zu seinen Kindern – immer gute Laune. Die halbe Familie hilft im Laden mit, und im Hinterzimmer hockt manchmal eine Oma in bunten Pluderhosen. Sie erinnern mich ein bisschen an Teyzes anatolische Nachbarn. «Schon in Ordnung», meinte ich auf Türkisch, «ein bisschen kann ich die Sprache.» Der Mann strahlte mich fragend an. «Ja, ich bin in Deutschland geboren und aufgewachsen, aber mein Vater ist Türke. Meine Mutter Deutsche.» – «Ach», sagte der Mann da und schaute skeptisch: «Und? Sind sie noch zusammen?»

Natürlich, habe ich gesagt.

Aber seit mir so türkisch zumute ist, habe ich erfahren, wie schwierig Integration sein kann. Der einfache Anatolier hält mich für einen Verräter, wenn ich seine mangelnde Anpassungsbereitschaft kritisiere. Westlich orientierte Türken sind entsetzt über mein «typisch deutsches Multikulti-Verständnis» für ihre religiösen Landsleute. Deutsche sind je nach politischer Einstellung enttäuscht, wenn ich auf die Rückständigkeit der Türkei schimpfe, oder sie halten mich für eine undistanzierte Patriotin, wenn ich auf der EU-Tauglichkeit des Landes beharre. Bei jedem islamistischen Terroranschlag habe ich das Gefühl, ich sollte mich entschuldigen, und würde am liebsten von den Playmobil-Männchen auf dem Gebetsteppich meiner Oma erzählen. Und es ist ganz schön schwierig, als Experte in Sachen Parallelgesellschaft zu fungieren, wenn ich doch nie in die Wohnung der Güleroğlus durfte.

Aber ich werde weiter nach der wahren Türkei suchen. Als Deutsche. Allerdings eine Deutsche, die über die Türkei einiges mehr weiß, als wie man «Döner» richtig betont. Selbst wenn ich wirklich große Schwierigkeiten hätte, einen nichttabellarischen Lebenslauf auf Türkisch zu schreiben.

Wissen Sie was? Ich muss jetzt leider gehen. Türkische Vokabeln pauken.

Eine Bemerkung zum Schluss

Ob die Geschichten dieses Buches alle wahr sind? Nun, es kann schon sein, dass ich manche Namen, Orte und Zeiten durcheinander gebracht habe. Und ich habe vieles weggelassen und manches übertrieben. Aber ich kann mich auch nicht an alles genau erinnern und habe einiges untertrieben. Unterm Strich also, würde ich sagen, sind die Geschichten alle sehr wahr.